石川忠久 講話集

埋もれた詩傑

河《こう》野《の》鉄《てつ》兜《とう》

その洒落た風趣

前田 隆弘 編

神戸新聞総合出版センター

まえがき

三年前、湯島聖堂の漢詩講座の受講生が古い詩集を持ち込んできました。播磨生まれの江戸末期の漢詩人、河野鉄兜の『鉄兜遺稿』です。一読して、その「洒落た風趣」に改めて新鮮な驚きを覚え、早速、これを講座で取り上げることにしました。

本名・河野絢夫の風変わりな号「鉄兜《てっとう》」は、伊予・河野氏伝来の遺品に依るそうです。

河野鉄兜は幼い頃から神童と呼ばれ、十五歳の頃には一夜に百首を作るなど博覧強記、博学多才な人物と評されています。漢詩は梁川星巌の教えを受け、忽ち詩名を挙げて故郷の播州に居を置きながら、江戸、京坂、中四国、九州と活躍の舞台を広げました。

当時の詩壇を代表する広瀬淡窓、草場珮川《はいせん》、大沼枕山等から高く評価され、広瀬旭荘ら親しい詩人と夜を徹して談論し、若い森春濤らと江馬細香《さいこう》を訪ねて詩会を楽しむなど、数えきれぬほど多くの文人と交遊しています。

しかし惜しいことに明治の始まる前年に四十三歳で亡くなります。

そこで、今回の講話では、激動する世の変遷の中に埋もれてしまった鉄兜の主な詩を再評価する趣旨で進めました。

講話は二松學舍大学の二回の公開講座*で全体を俯瞰することから始め、湯島聖堂で永年続けている文化講座「日本の漢詩**」の一環として七言絶句を中心に十三回行ないました。

講話が半ば進んだ頃、「全てを活字に記録して残したい」との申し出がありました。

気楽な講座なので余談や脱線もあり、また、周到な準備が出来なかった所もあって躊躇しましたが、この企画が漢詩に親しむきっかけとなり、鉄兜詩の再評価、さらには、鉄兜の故郷、播磨の文化活動の一助にもなれば、と思い「了」としました。


漢詩は中国のもので日本人が作って何の意味があるのか、と聞かれることがあります。

日本人の漢詩とは、むろん日本人が作った漢詩（中国の古典）という意味ですが、実は、これは「たいへんなもの」なのです。

そもそもの初め、日本人は荒海を越えて中国へ渡り、その先進文明を懸命に吸収し、中国語も学びました。そして、漢字を我が物とするや漢字を元として仮名を発明し、やまと言葉の読み（訓）をつけ、漢文の原文に記号を施すことによって、語順を変えて読む方法「訓読法」を発明したのです。

これによって、遣唐使船が廃止になる頃（九世紀末）には自由に漢文を書き、漢詩を作ることもできるようになりました。

技量が整わないうちは、いわゆる和臭（習）がまつわりましたが、五山文学の時代を経て江戸に到ると、徳川文治主義の体制の下、漢文の素養は庶民にまで浸透し、江戸の後期から明治へかけて素晴らしい作品が生まれるようになりました。中国との風土の違いを超えて、日本文化の基調を担うほどになります。言わば、日本の漢詩の爛熟期です。

この時代を代表するのが頼山陽でした。そして、これを継ぐ世代に登場するのが河野鉄兜です。明治へ入って西洋文化の奔流とともに、漢詩は日本の正統文学として扱われなくりました。さらに、戦後は「時代遅れ」として蔑ろにされてしまいます。

十五年ほど前に、この貴い文化遺産を再認識すべきだ、との思いから『日本人の漢詩』（大修館書店）を著しました。その中で「吉野の桜」を詠んだ江戸時代の代表的な詩人として、真っ先に河野鉄兜を取り上げ詳しく説明しました。残念ながら、その後、河野鉄兜の他の詩についてはは接する機会も無く打ち過ぎてしまいました。

しかし三年前、先に述べたように『鉄兜遺稿』をきっかけとして、十五回、二年半にわたり鉄兜の漢詩について講話を行なうこととなり、講話集発刊に至りました。

出来上がってみると、ほぼ期待に違わぬ充実した内容の出版物と成りました。もとより、触れられた詩は全体のほんの一部に過ぎず、また詩の解釈や説明にも異論もあるかも知れません。今後、若い研究者たちが足らざる点を補ってくれることを願っています。

河野鉄兜の詩は日本人の辿り着いた極地点にある、とも言えるでしょう。幕末、明治へ向かう時代の雰囲気も色濃く反映しています。
豊かで斬新な発想と幅広い知識に裏打ちされた詩は、現代の読者をも厭きさせない魅力があります。面白さを楽しみながら、漢詩の風趣を味わっていただければ、喜ばしい限りです。

令和元年（二〇一九）秋

石川忠久

＊二松學舍大学私立大学戦略的研究基盤形成支援事業（ＳＲＦ）「特別講座　幕末・明治の漢詩」

＊＊湯島聖堂文化講座「日本の漢詩」

石川忠久講話集
埋もれた詩傑　河野鉄兜　その洒落た風趣――目次

特別講義

コラム

I

代表作「芳野」ほかに親しむ

二松學舍大学SRF特別講座「幕末・明治の漢詩」より

［第1講］ 浅処に深意あり

取り上げる漢詩

江戸／画に題す／香魚の腸／残日／初春出遊／村女／無月拝悶／水天／偶爾／浅処／出処／夜浪華に入る

さて今日は、河野鉄兜《こうのてっとう》の作品を読むことにしましょう。河野鉄兜（文政八年～慶応三年／一八二五～六七、名・羆、維羆、字・夢吉）は、播磨国揖東郡網干村《いっとうあぼし》（現在の兵庫県姫路市網干区）の人です。播磨のことを「播州」ともいいますが、「ばんしゅう」と読むのは本当は正しくない。日本人は手偏に番だから「ばん」だと思ってそのように読んでいますが、この字は正しくは「は」です。嘉永元年（一八四八）から二年にかけて、二十四歳で江戸に来ていろいろと勉強して頭角を現しました。その後日光などを歴遊し、嘉永五年（一八五二）、播磨・林田藩藩校、敬業館の教授となりました。同年、讃岐や大坂、山陽、九州方面への遊学に出て見聞を広め、そのときに九州・日田の広瀬淡窓《たんそう》（一七八二～一八五六）のところも訪ねたようです。

肖像画をみると、なにしろ数えの四十三歳という若さで亡くなった人ですから、顔がつるっとして若いですね。どこまでご本人に似ているかわかりませんが、およそ偲ばれる。

木版本の二冊本で『鉄兜遺稿』上・下というのがあります。河野鉄兜の同郷のかたが私に贈ってくださいました。上に律詩と古詩が、下に絶句が入っています。五言絶句と六言絶句と七言絶句を選びました。今日は五言絶句と六言絶句を見てみましょう。

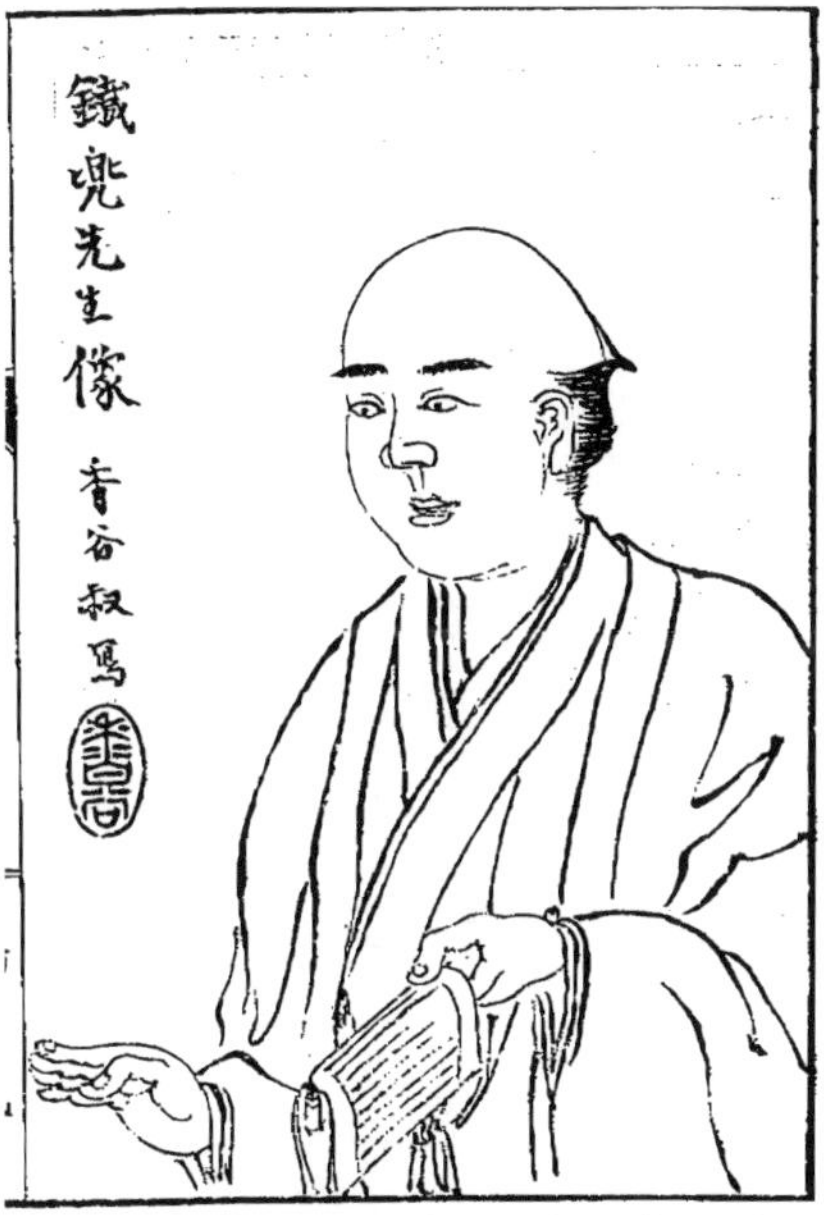

河野鉄兜像（『鉄兜遺稿』〈明治32年発行〉より）

◎富士をうたう

江戸　　　　　　　　　五言絶句（上平・十二文）

勿酔江戸酒
勿作江戸文
請看江戸雨
富士膚寸雲

江戸

酔う勿かれ　江戸の酒
作《な》す勿かれ　江戸の文《ぶん》
請う看《み》よ　江戸の雨
富士膚寸《ふすん》の雲

これは言葉が短いからなかなか難しい。前の二句はよくわかります、江戸の酒を飲んで酔っ払うな、「江戸の文《ぶん》」、文というのは狭くは文章という意味ですが、ここではもっと広く、江戸の文化に染まるな。

そして、見てごらんよ江戸の雨を、一方、富士山には雲がかかっている。「膚寸《ふすん》」というのは「非常に短い」、指四本を並べた長さ、富士山にそんなちょっとばかりの短い雲がかかっている。表面の意味はそうだけど一体何が言いたいか、難しいね。どうですか、考えてみてください。いろいろに考えられるね。一つは、江戸の雨は富士山のある西のほうから東へ雲がやって来て雨が降る。だから江戸の雨を見てごらん、富士山で雲がむくむく湧いた、それが江戸の雨になったんだよ。江戸の人は富士山が大好きだから、富士山をしょっちゅう見る。地名でも富士見町や富士見坂があちこちにありますよね。その富士山にちょっと雲がかかっている、それがサーッとやって来て雨になるんだよ、という意味らしい。だけどそれが一体何だということは、あまりにも言葉が短くてよくわからない。（韻字：文、雲）

◎絵をうたう

題画　　　　　　画に題す　　　　　　五言絶句（上平・四支）

竹気風含処　　竹気《ちくき》　風含む処《ところ》

蕉声雨度時　　蕉声《しょうせい》　雨度《わた》る時

緑陰清昼永　　緑陰　清昼《せいちゅう》永し

読尽右丞詩　　読み尽くす　右丞《ゆうじょう》の詩

「題画（画に題す）」とあるから、逆に詩からどういう絵が描いてあるか想像できますね。まず竹です。竹が生えていて、そこに風が吹いて、竹が揺れている。

「蕉声《しょうせい》」の「蕉」は芭蕉。芭蕉の大きな葉っぱが描いてあって、そこに雨が当たっている。芭蕉は葉っぱが大きいから雨に感じやすいというか、雨が当たると、最初にパラパラと音がする。前半の二句が対句になっています。

そして、風と雨のあと今度は陽の光。陽が照らして、緑の木陰ができ、昼が永く過ぎていく。昼が永いというのは、春と夏です。春と夏は日が長い、秋と冬は日が短い。こういうような絵が描いてある、それに書きつけた詩です。絵を描いて書きつけるのを題画詩といいます。「右丞《ゆうじょう》」は役職の名前で、唐（六一八～九〇七）の王維《おうい》（七〇一頃～七六一）を指します。これはさしずめ昔の王維の詩の世界、王維の絵の世界だと、ほめているんですね。王維は王右丞と呼ばれ、絵も上手で詩も上手、山水画（風景の絵）に非常に特徴がありました。尚書右丞は今でいえば次官クラス。左丞というのもありました。（韻字：時、詩）

◎清流の碧色が我が腹に

香魚腸　　　　五言絶句（入声・十一陌）

塩気発魚香
軟黄和膩白
嘗来笑一捫
腹蓄秋潭碧

香魚《こうぎょ》の腸《ちょう》
塩気《えんき》　魚香《ぎょこう》を発し
軟黄《なんこう》　膩白《じはく》に和す
嘗め来《きた》って　笑い一捫《いちもん》
腹に蓄《たくわ》う　秋潭《しゅうたん》の碧《へき》

香魚《こうぎょ》というのはアユです。アユのうるか、はらわたを塩漬けにしたものはおいしくて酒の肴には非常にいいものですが、そのうるかをうたっている。江戸時代、味覚が発達して、うるかを食べるようになったんでしょうね。

塩気《しおけ》で魚の香りがパーッと出てきた。「膩白《じはく》」は魚の脂、白い色をしている。「軟黄《なんこう》」は身です。「嘗める」というのは食べるという意味。「一捫《いちもん》」というのは腹をさすること、おいしいものを食べるとき腹をさする。「腹鼓を打つ」という言葉があるじゃないですか。アユは香魚《こうぎょ》といういい別名を持っている、その香魚のはらわたといえば一番粋《すい》のところ。アユは小さいのでそのはらわたは量的には大したことはありませんが、それを食べることによって、アユが泳いでいた秋の淵の碧の色がお腹にたまっている。これは洒落た言い方です。白と碧というのもきれいだ。（韻字：白、碧）

◎夕日が照らすカラスの紫の背

残日　　　　　　　　　　五言絶句（上声・四紙）

樵歌下晩山
村遠寒烟起
残日透楓林

残日

樵歌《しょうか》して　晩山《ばんざん》を下る
村遠くして　寒烟《かんえん》起こる
残日　楓林《ふうりん》を透《とお》す

一行鴉背紫

一行《いっこう》鴉背《あはい》　紫なり

「樵歌《しょうか》」というのは、木こりが山で木を切って下りてくる、そのときに歌う歌のことで、唐詩にもよく出てきます。唐詩の場合はたとえば都の長安の、森のほうに山があります。そこで木こりが木を切ってそれを炭に焼いたりする、そういう風景は、唐の時代にはよく知られた親しい風景でした。山は結構遠いのですが遮るものが何もないのでよく見え、親近感もあるので、よく詩の題材になりました。木こりが歌を歌いながら夕暮れの山を下りてくる。

村は遠く、寒々しい夕靄が起こってきた。「烟《えん》」というのは靄のこと。「残日」、日が沈みかけで、「透《とお》す」は透かすという意味、木が生えているあいだから日の光が見える。カエデの林はもう葉っぱが落ちて透けている、だから沈みゆく日が見えるわけです。

そういう時刻にひと連なりのカラスがカーカー群れをなして山の寝ぐらへ帰っていく、その背中が紫に見える。これが洒落ている。先ほどは「秋潭《しゅうたん》の碧《へき》」という深い碧色がうたわれていましたが、今度は紫です。カラスの背中が夕日に照らされて紫に見えるというのは聞いたことがありませんから、あるいは河野鉄兜が言い始めかもしれません。そう言われてみればなるほど、そんな色かなという気もします。（韻字：起、紫）

◎黄金色の春の芽吹き

初春出遊
山遠雪猶寒
春風来水国
沿堤楡柳條
一一黄金色

初春出遊《しょしゅんしゅつゆう》　　五言絶句（入声・十三職）
山遠くして　雪猶寒し
春風《しゅんぷう》　水国《すいこく》に来《きた》る
堤《つつみ》に沿う　楡柳《ゆりゅう》の條《えだ》
一一《いちいち》　黄金《おうごん》の色

次は春の歌で、これもなかなか洒落た、きれいな詩です。

向こうのほうの山、そこにはまだ雪が積もっている。

ところが季節はもう春、「水国《すいこく》」というのが非常に気分のいい表現ですね。冬のあいだ凍っていても、春になると融けて、あちらからこちらから水が湧き出てくる、そういう水が豊かに流れている地方を「水国」といいます。第一句と第二句は対句ではない。「来水国」で「水国に来《きた》る」と読みます。「（春風が）水の豊かな地方に吹いてきた」という意味です。たとえば雨が降ることを「降雨」と言い、「雨降《うこう》」とは言わないのと、同じ構造です。主語になる「雨」が下に来ている。漢文の構造では動詞の目的語のようになっているわけです。これと同じ構造で、「水国に来る」。文法的には「現象文」といって、日本語に直したときに主語になるべきものが目的語のようなところにあるわけです。たとえば水が出ることを「出水《しゅっすい》」、草が生えることを「生草《せいそう》」と言う。みんな同じです。

「條」というのは長い枝のことをいいます。堤の上にニレや柳が植わっていて、その枝が少し色づいてきている。柳はにこ毛というのか、毛がいっぱい生えているのが出てくるでしょう。

「黄金」というのは、唐の詩にも、春先になって柳が芽吹くときの情景によく出てきます。（韻字：国、色）

◎擬宝珠の咲く水辺で

村女　五言絶句（入声・十三職）

不知脂粉香
臨水照顔色
水際玉簪花
天然好首飾

村女《そんじょ》

知らず　脂粉の香《かおり》
水に臨んで　顔色《がんしょく》を照らす
水際《すいさい》の玉簪花《ぎょくしんか》
天然の好首飾《こうしゅしょく》

今度は村娘の詩です。

村娘なりにおしゃれをするわけですが、村娘ですから白粉《おしろい》を塗ったり紅をつけたりはしない。

「脂」は紅、「粉」は白粉、そういうものは知らない。

で、水鏡で見るわけです。

ちょうど水鏡をしているときに、そのかたわらに玉簪花《ぎょくしんか》の花が咲いている。これは日本では擬宝珠《ぎぼし》というユリ科の花です。

それで首飾りをつくる。これもきれいないい詩です。なまめかしいところもある。（韻字：色、飾）

◎月を隠す雲を払いたい

無月排悶
聴尽南楼雨
愁眠到夜分
夢縛窓前竹
掃空天上雲

五言絶句（上平・十二文）

無月排悶《むげつはいもん》
聴《き》き尽くす　南楼《なんろう》の雨
愁眠《しゅうみん》　夜分に到る
夢に窓前《そうぜん》の竹を縛り
空《くう》を掃《はら》う　天上の雲

題を見ると、「無月」といっている。ちょうど満月の日に月見をしようと思ったけど、雲がかかったり雨が降ったりして見られない、これを「無月」といいます。その無月の悔しさを払うのが「排悶」。悶はもだえ。心のもだえ、くさくさしているのを払うためにこのような詩をつくりました。

南楼でずっと雨が降っている。その雨の音をずっと聞いている。「聴《き》き尽くす」というのは、「ずっと聞いている」。

夜分の「分」というのは真夜中のことで、つまり真夜中まで、愁いのためにうつらうつらしている。

そのうつらうつらの夢に、ちょうど窓の前に竹が生えているから、その竹を縛ってほうきをつくり、雨を降らせる天上の雲を払いましょう。一種のウィットですね。とくに対句はありません。

（韻字：分、雲）

◎天に輝く月、水に映る月

水天　　　　　　　　水天《すいてん》　　　　　　　五言絶句（下平・五歌）

上無秋天霧　　　　　上《かみ》に秋天の霧無く

下無秋水波　　　　　下《しも》に秋水の波無し

水天同一碧　　　　　水天《すいてん》　同一《どういつ》の碧《みどり》

俯仰見姮娥　　　　　俯仰《ふぎょう》して姮娥《こうが》を見る

題の「水天」は「水と空」。

晴れていて上には遮る雲や霧はないし、下には波がなくて鏡のような水面が広がっている。水と空は同じ碧色だ。

最後の第四句を見るとなぜこういう言い方をしてきたか、よくわかります。月が上にも照っているし、下にも映っている。「姮娥《こうが》」というのは月のことで、女神になぞらえている。「嫦娥《じょうが》」という言い方もあります。（韻字：波、娥）

◎たまたまいい詩ができた

偶爾　　　　　　五言絶句（上声・二十二養）
偶爾得新詩
書之蕉葉上
夜来秋雨鳴
戛然金石響

偶爾《ぐうじ》
偶爾《ぐうじ》に新詩《しんし》を得《う》
之を蕉葉《しょうよう》の上に書す
夜来《やらい》　秋雨《しゅうう》鳴り
戛然《かつぜん》として　金石《きんせき》の響《ひびき》

偶爾《ぐうじ》というのは偶然という意味です。たまたまできた。無題ということです。

たまたまできた新しい詩を芭蕉の葉の上に書いた。芭蕉の葉は大きいですからね。この芭蕉の葉の上に詩を書くというのは、唐の詩にもしばしば出てくる、決まった表現です。

夜になると秋の雨がザーッと降ってきた。「鳴り」ですからしとしとのような雨ではなくて、かなりたくさんの雨が降ってきたのです。

そうなると、「せっかく書いた芭蕉の葉の上の詩が秋の雨で消えてしまった」というのがごく普通の発想ですが、この詩はそうではない。「戛然《かつぜん》」というのは、硬いものがぶつかり合うときの音の形容で、「カツカツ」「コツコツ」です。ですから、なんと、金石のような硬いものがコッコツと響いてきたと言っている。そのような音がしてきたということはどういうことかというと、その偶然できた詩がいいぞ、ということなんです。いい詩ができたから天もそれを嘉《よみ》して雨を降らせた、そうすると芭蕉の葉の上に書いた詩が鳴るというんですね。（韻字：上、響）

◎浅処に深意有り

浅処　　　　　　　　　　　五言絶句（上平・十三元）

游山非偶事

細与故人論

浅処有深意

浅処《せんしょ》

山に游《あそ》ぶは偶事《ぐうじ》に非ず

細《こま》かに故人と論ず

浅処《せんしょ》に深意《しんい》有り

五言詩訣存

五言詩訣《ごごんしけつ》　存《そん》す

この詩の一番言いたいことは第四句です。

山に遊ぶのは偶然のことではない、目的もなくぷらぷら遊びに行くのとは違う、目的があって遊びに行くのだ。

何をするか。「故人」というのは「親友」、親しい友達と一緒に細かく議論をする。「細かい」の反意語は「粗い」です、こういうときには反意語を考えるとよくわかる。仲のいい友達といろいろ論ずるために山に行くのだ。

第三句は「浅い所に深い意味がある」、これがなかなか意味深長です。

それは五言詩の訣、一番大事なところ、そこに大事なことが存している。別な言葉で言えば、五言詩の一番のかなめのものがそこに存している。

今ちょうど五言絶句をやっているわけですが、五言絶句というのは難しいんですよ。言葉が少ないでしょう。一句が五字で四句しかないから、全部で二十字しかない。漢詩で一番短く、一番短いので言えることが少ない、言えることが少ないから難しい。俳句と似ています。俳句も非常に短いだけに却って難しい。短い言葉のなかに深いものをうたわなければ意味がないわけでしょう。それと同じで、漢詩の場合も、五言絶句は言えることが少ないから、言葉の含蓄や風雅といったものがにじみ出るようにうたわないと駄目なんですね。五言詩の詩訣、詩の一番大事なところが、ここにある。浅い所に深い意味がある。一見、表現が浅いかもしれないところに深い意味がある。

山に遊ぶときにただぼんやり遊ぶんじゃないんだよ。その山に遊ぶことによってその山の醍醐味といったものを会得する。そのことについて仲のよい友達と議論する。浅い所に深い意味がある。五言詩の要諦はそこにある。（韻字：論、存）

これはなかなか深いですね。五言絶句の要諦、一番かなめなことをこの短い詩で言っているわけです。含蓄のある詩です。「浅処に深意有り」、これはいい言葉だ。一見浅いように見えるが、そこに深い意味がある。芭蕉の「古池や蛙《かわず》飛び込む水の音」も、あるのは池とカエル一匹だけだけど、非常に深いですね。わが国の俳句芸術は、漢詩でいえば五言絶句でしょうか。

夏目漱石と漢詩

漢詩を習うとき、一番字数が少なくてとっつきやすいと思って、五言詩から始める人がいます。しかし、五言絶句（一句五言で四句から成る）から始めたら全然駄目です、うまくなれません。それで昔から、まず最初に七言絶句（一句七言で四句から成る）から始めるのです。七言絶句は二字多いだけですが、二字多いだけでつくりやすいんです。七言絶句をつくって練習して、二百ぐらいつくって、絶句二百、韻を踏んでる（笑）、二百の絶句をつくって七言絶句がうまくなったら、律詩（八句から成る）をするんです。律詩は、五言の場合易しい。二字少ないから。七言律詩と五言律詩とで難易度がうんと違う。五言律詩を一としたら七言律詩は十ぐらいだ。七言律詩をうまくつくるのは大変ですよ。それで七言律詩がうまくできたら、免許皆伝です。じゃあ五言絶句はどうした。「五言絶句はふとつくるんだよ」と言う。

夏目漱石（一八六七～一九一六）はそのとおりでした。夏目漱石は二松學舍で勉強しているころに七言絶句を勉強し、そして正岡子規（一八六七～一九〇二）と知り合ってやり取りをするようになりました。それで、漱石が子規の母校である松山の中学に赴任するときに五言律詩をつくって子規が贈ったり、漱石が返したり、丁々発止やっていました。ただ、今の目から見るとどっちもまだ上手ではありませんでしたが。そして七言律詩もつくりました。熊本に行くと、野口寧斎《ねいさい》（一八六七～一九〇五）といういい先生がいて、古詩（律詩・絶句成立以前の自由な形式の詩）を教わりました。明治三十三年（一九〇〇）にロンドンに行き、二年で帰ってきましたが、その後忙しくて漢詩に戻りませんでした。そして丸十年の空白のあと、漢詩の世界に戻ります。なぜかというと、大病をしたからだといわれています。死ぬかと思われるほど血を吐いて、それでベッドに寝ているとふとできた、これが五言絶句。で、五言絶句ができたことによって詩が復活して、そこから漱石は詩をつくり始めて、絵を描いて、自画自讃をして、そういう楽しみを見つけた。そうして今度は七言律詩をたくさんつくりました。最後の最後につくった七言律詩では、いわゆる死の予言をしています。

眼耳双忘身亦失
空中独唱白雲吟

眼耳双《ふた》つながら忘れ　身も亦失す
空中に独り唱う　白雲の吟

こういう「身も心も忘れて空にのぼっていく」という縁起でもない詩をつくっていますが、これが最後の詩でした。これなんか見ると、夏目漱石の漢詩の一生というのが完結しているんですよ。これは私の持論なんですね、漱石の漢詩人生というのは非常に筋立ちがはっきりしている。そして完結している。ちょうど五十歳だ。そこでおもしろいのが、漱石が死ぬ年の夏に芥川龍之介（一八九二〜一九二七）と久米正雄（一八九一〜一九五二）が房総半島で遊んで、漱石と手紙のやり取りをしていて、その手紙のやり取りのなかで漱石先生は若い二人に諭しているのです。ちょうど年が半分、五十歳の漱石に対して二十五歳の芥川と久米、それに芥川が刺激されたのでしょう。もっとも芥川はその前から漱石の真似をして漢詩を少しつくっていました。結局芥川は三十五で自殺するんだけど、漢詩は物にならなかった。しかし漱石先生の刺激を受けてね、結構まじめにつくっているんですよ。こんなこと言うと悪いけど、漱石先生に及ばない。漱石はずっと筋立てを立てて、そして完結している。

漱石の詩の解釈はいろいろ出ていますが、なかでも、中国文学者の吉川幸次郎さんが岩波書店に頼まれて書いた『漱石詩注』（岩波新書）はおもしろい本ですよ。わざと素っ気なくしている。「漱石といえども素人じゃないか。中国文学の専門家として、素人のつくる漢詩に大まじめで注釈することはできない」という態度がありありとしている。おもしろいのは、「これはわからない」と突き放しているところです。「俺がわからないものは人もわからない」と言っている。そういうものの、吉川さんは夏目漱石を尊敬しています。何よりも、それを取り上げて注釈するということは尊敬している。しかし、しょせん漱石の詩は素人のつくったものだという一線がはっきりしているんです。

◎六言絶句のなかなかの傑作

六言絶句は、先ほど「画に題す」で触れた王維が始めたといわれています。ご覧のとおり、七言絶句と比べると一字足りない。

出処　　六言絶句（下平・十一尤）

出処《しゅっしょ》

処之靖節康節

之《これ》に処《お》るは　靖節康節《せいせつこうせつ》

出則留侯武侯　出づれば則ち　留侯武侯《りゅうこうぶこう》
龍乎屈伸如意　龍や　屈伸《くっしん》意の如し
雲也舒巻自由　雲や　舒巻《じょけん》自由

普通の三三と切れる六言絶句と違ってちょっと変わったかたちで、二二二と切れます。そして前半の二句、後半の二句、二句二句と対仕立てになっている。

題の「出処《しゅっしょ》」の「処」は「いる」で、家にいる、外へ出ないという意味です。外へ出ることと外へ出ないこと、ということで、出処進退という言葉もありますが、その事例を挙げている。

第一句は節、節と調子がいい。靖節《せいせつ》は陶靖節、陶淵明（三六五～四二七）のことです。唐の前の晋《しん》の人。康節《こうせつ》は邵《しょう》康節、邵雍《よう》（一〇一一～七七）、唐の次の宋の人。この二人は、時代がだいぶ違いますが、似たような生き方をした。つまり「処」のほう、外へ出ない、もっとはっきり言うと、宮仕えをしない。役人として宮仕えをして出るというのが普通ですが、その役人を辞めて、たとえば陶淵明は四十歳のときに役人を辞めて故郷へ帰ってきて、それから六十三で死ぬまで故郷を出ずに暮らした。邵康節もそうで、洛陽の町のなかで隠者の暮らしをしていた。そういうことで、「家に処る」という生き方をした人は古くは陶淵明、そのあとには邵康節。

一方、出る、外へ出て活躍した人には留侯《りゅうこう》と武侯がいる。留侯は張良《ちょうりょう》（？～前一六八）のことです。漢の高祖、劉邦（前二五六～前一九五）を助けて、この人のおかげで漢王朝が成り立ったといわれるぐらいの大功をたてた人です。武侯は諸葛孔明、諸葛亮（一八一～二三四）。武侯は諡《おくりな》です。死んだあとその人の一生をみて、ふさわしい字をあてて、名乗らせる。諸葛孔明は『三国志』で有名なとおり、覇権を争った魏・呉・蜀三国のうち一番弱体の蜀の国を盛り立てて魏と呉と対抗したということで、大活躍しました。ただし張良の留侯は諡ではなく、爵位です。張良は漢の創業を助けた大功によって侯爵になったのです。留というのは地名で、留の地をもらった大名なので、留侯と名乗るようになりました。だから同じ「侯」でも意味がちょっと違いますが、「留侯・武侯」と、侯がつくので対になった。第一句の「靖節・康節」というのも、たまたま同じような名前をつけた二人が同じような生き方をしたというのを見つけてきたわけです。処《い》る場合が靖節と康節、出る場合が留侯と武侯と対になっていて、この二句はとてもよくできている。六言であるのが却って調子がいい。

第三句では、張良・諸葛孔明のような働きをしたのを「龍」と例えている。龍のように身をかがめたり伸ばしたりして意のままに活躍した。「屈」はかがむ、「伸」は伸ばすですから、自由自在に活躍することを言っているわけです。

一方、陶淵明と邵康節の場合は、雲だ。「舒」は伸びる、「巻」は巻くで、雲は巻いたり伸びたり、小さくなったり大きくなったり、そういうふうに自由だ。

そういうまったく違う生き方をしている人物の対照で、それが「靖節・康節」、「留侯・武侯」と対になっていて、これはなかなか傑作です。六言絶句というのは人はあまりつくりませんが、この作品はもうちょっと人が知ってもいいんじゃないでしょうか。書家がこれを書いたらどうでしょうかね。今日みた作品のなかで一番洒落ているかもしれない。意味の深いということではありませんが。（韻字：侯、由）

◎数字で距離と時刻を巧みに表現

夜入浪華　　六言絶句（下平・八庚）
扁舟五里十里
細雨二更三更
撞破蘆花残夢
菅神祠外鐘声

夜浪華《よるなにわ》に入る
扁舟《へんしゅう》　五里十里
細雨《さいう》　二更三更
撞破《しょうは》　蘆花　残夢《ざんむ》
菅神《かんしん》　祠外《しがい》　鐘声《しょうせい》

前の二句は、対をうまく使っています。あとの二句はちょっと違っていて、厳密には対になっていませんが、洒落た言い回しになっている。

京から淀川を下る舟に乗って、扁舟《へんしゅう》は小舟、小舟で行きますから、浪華《なにわ》（大坂）まで結構時間がかかる。

小舟で五里十里と進むと、ちょうど細かい雨が降ってきた。二更三更というのは時刻で、二更は夜十時ごろ、三更は夜十二時ごろ。

夜の十時、十二時、そのあいだずっと葦の花が咲く浅いところを、「撞」は撞くという字ですから、突き破って行く。「残夢」といっているから夢心地だ。

舟のなかで一夜を明かす。「菅神《かんしん》」は菅原道真、天神さま。大坂には北野天満宮という大きな天満宮があって、そこで撞く鐘の音が聞こえてくるんですね。夜明けの鐘です。

この詩もいいなぁ。五里十里、二更三更と数字をうまく使って、距離と時刻の進行をうまく表現できている。そして葦の花とか鐘の声とか、目に訴えるのと耳に訴えるのと工夫があって、うまくできていますね。この六言絶句はなかなか洒落ていて、河野鉄兜の独特の一つと言っていいかと思います。（韻字：更、声）

河野鉄兜は六言絶句がなかなか上手ですが、今日はそのなかから二つだけ選びました。全体の数も多くありません。


（平成二十九年一月二十一日）

［第2講］「芳野三絶」読み比べ

取り上げる漢詩

総州道中／野州道中／掛川路上／江尻路上／品川／玉宇／雑言／芳野懐古（梁川星巌）／芳野懐古（藤井竹外）／芳野／芳野に遊ぶ（頼杏坪）／芳野懐古（野田笛浦）／七夕／箱根／四十自寿

この前は五言絶句と六言絶句をみました。今日は七言絶句をみましょう。今日みるなかでは「芳野」というのが、「河野鉄兜といえばこの詩」というほど知られている詩ですが、逆にいうとこの詩しか知られていないということで、まことに残念ですが、光をあてましょう。

今日は七言絶句と五言律詩、それから「芳野三絶《よしのさんぜつ》」といわれる梁川星巌《やながわせいがん》と藤井竹外《ちくがい》と河野鉄兜の吉野をうたった七言絶句、それから頼杏坪《らいきょうへい》と野田笛浦《のだてきほ》のものも有名なので、それも併せてみてみましょう。

◎千葉、スイカズラの道を馬に乗って

総州道中

七言絶句（上平・一東）

裊裊鞭絲細細風
人家断続水西東
清和時節総州路
騎馬忍冬花気中

総州道中《そうしゅうどうちゅう》
裊裊《じょうじょう》たる鞭絲《べんし》　細細《さいさい》の風
人家断続《じんかだんぞく》す　水《みず》の西東《せいとう》
清和の時節　総州の路《みち》
騎馬　忍冬《にんとう》　花気《かき》の中《うち》

総州《そうしゅう》は今の千葉県です。千葉県の房総半島の突端は安房《あわ》で違う国ですが、その北が上総《かずさ》、そのさらに北が下総《しもうさ》で、引っくるめて総州です。

「裊裊《じょうじょう》」は「嫋嫋」と同じ、風の形容で、そよそよ吹く。柳が枝垂れていて、それを「鞭絲《べんし》」（鞭の糸）となぞらえている。そこに細かい風が吹く。「細細《さいさい》」はびゅうびゅうではなく、さやさや、そよそよ。

柳が茂っているということはつまり川が流れていて掘割が走っているわけで、「水《みず》の西東《せいとう》」は、掘割が西へ東へ通っているということです。そこに「人家断続《じんかだんぞく》す」とあるから、人の家が水の西東に切れ切れに続いている。びっしりではない。このように第一句と第二句でもって、いかにも総州らしい情景描写をしている。

「清和の時節」というのは清らかで和やかという意味ですから、今の四月の初めごろ、清明のあたり。気持ちのよいころです。

「忍冬《にんとう》」は和名はスイカズラという花ですね。冬を耐え忍んで咲くということだと思うが、忍冬花がいっぱい咲いているなか、総州の道を馬に乗って通って行く。気持ちのいい詩ですね。(韻字：風、東、中)

◎栃木の喜連川にて

野州道中

緑波芳草遍天涯
何処行人不憶家
寒食喜連川上路
満城風雨送梨花

七言絶句（下平・六麻）

野州道中《やしゅうどうちゅう》
緑波芳草《りょくはほうそう》　天涯に遍《あまね》し
何《いず》れの処の行人《こうじん》か家を憶《おも》わざらん
寒食《かんしょく》　喜連川《きつれがわ》上《じょう》の路《みち》
満城《まんじょう》の風雨　梨花を送る

野州《やしゅう》というのは下野《しもつけ》（栃木県）です。上野《こうづけ》（群馬県）と下野はどちらも野州と言いそうなものですが、上野のほうは野州ではなくて上州といっている。次の詩は掛川、その次は江尻、その次は品川と、旅の途上、あちこちで詩をつくっています。

その下野をずっと行く。「緑波」というのは、たくさん緑の草が生い茂っていて、そこに風が吹いて波のように見えるから緑波といったんですね。緑の波が立つようなかぐわしい草が生い茂って、ずっと天の涯てまで続いている。

「何《いず》れの処の行人《こうじん》か家を憶《おも》わざらん」は特殊な読み方だから注意しなくてはいけません。「どこの行人（旅人）が家を思わないだろうか」というのは反語で、「そんなことはない、どこの旅人もみんな家を思う。思わない人はない」という意味です。「何れの」は疑問詞ですから、上のほうは疑問、下のほうは否定、疑問と否定の組み合わせですが実は否定ではなく、反語になっています。直訳すれば、どこの旅人が家を思わないだろうか、いやどこの旅人も家を思う。旅人となったら家を思わない人はいない。もうホームシックにかかってしまった。

今ちょうど寒食の季節だ。「寒食」というのは冬至後一〇五日目で、清明節の前日です。今の四月の初めに当たります。その日は火を使わないで料理をするという習わしだから寒食といいます。二日あって、清明節の前の前の日が小寒食、前の日が大寒食といい、二日間、火を使わないで食事をしました。

次は、今もある川ですが、喜連川《きつれがわ》という固有名詞がおもしろく感じられて詩心をそそったんでしょうね。故郷を離れて遠くへ旅していて、気持ちも滅入りがちなところへ喜連川、喜び連なるという名前の川があって、ちょっと愉快な気持ちになった。この春の気持ちのよい季節に旅をするのにぴったりの名前。実はそんな大した景色があるわけではないのでしょうが、喜連川という名前にウキウキする。

次の「満城の風雨」という言い方は、宋の古詩にあるのです。蘇東坡《そとうば》（一〇三六〜一一〇一）の弟子、潘大臨《はんだいりん》（生没年不詳）の「満城の風雨　重陽に近し（町じゅうの風雨の気配から重陽の節句の近いことを思わせる）」という有名な詩があり、これの影響を受けているのでしょう。潘大臨の詩は「重陽」ですから、九月九日という秋の季節ですが、それを梨の花が咲いている春の季節としました。「満城《まんじょう》」の「城」は町という意味です。町じゅうに風が吹き雨が降って、梨の花を散らしている。「梨花を送る」というのは、ちょうど梨の花が咲いているときにあいにく風や雨が吹き付けて散っているということです。

なかなかこの詩はおもしろい。だいたい喜連川という固有名詞がおもしろい。喜び連なるという字面が働くわけだ。これがもし悲しみの川なら、全然詩になりません。日本の場合、いろいろな固有名詞がありますが、その固有名詞を漢字で書いたときに実際の景色とは関係なしにイメージが湧いて、そのイメージをうまく利用することが詩の面白味になってくるのです。日光もそうでしょう。「日が光る」という、日光という地名は、実際の日光山よりもイメージとして詩に向いている。一字で光山《こうざん》ともいう。（韻字：涯、家、花）

◎静岡・掛川、海棠の香り

掛川路上
墻角海紅花正開
半因風雨落莓苔
行人馬上猶残夢
恰被微香吹醒来

七言絶句（上平・十灰）

掛川路上《かけがわろじょう》
墻角《しょうかく》の海紅《かいこう》　花正《はなまさ》に開く
半ば風雨に因って　莓苔《ばいたい》に落つ
行人《こうじん》馬上《ばじょう》　猶残夢《なおざんむ》
恰《あたか》も微香に吹き醒まされ来《きた》る

静岡県です。

「海紅」というのは海棠《かいどう》で、塀の角に海棠の花がちょうど今開いた。半分は風雨のために苔むしているところに落ちた。「莓《ばい》」も「苔《たい》」も苔です。旅人は馬の上でなお夢を見てうつらうつらしているだろうが、この海棠の花のかすかないい匂いがしてくるから寝ていても覚めてしまうだろう。「残夢」は夢が残っている、夢を見ている。第四句の「来《きた》る」は「来《く》る」という意味ではありません。方向助字というものの一つで、方向・方角を示しています。吹き醒ますという動作にくっついて、そういうのが起こるという意味です。被は受け身、何何される。「吹き醒まされ来《きた》る」で、「吹き醒まされるだろう」という意味になります。あまりおもしろくないけれども、上品な詩です。（韻字：開、苔、来）

◎静岡・江尻、富士を見る

江尻路上　　　　七言絶句（下平・一先）
東関裏足久無縁
夢在三峯二十年
今日珠流河上路
一天秀色玉生煙

江尻《えじり》路上《ろじょう》
東関《とうかん》　足を裹《つつ》むこと久しく縁無し
夢は三峯《さんぽう》に在り　二十年
今日《こんにち》　珠流河《するが》上《じょう》の路《みち》
一天《いってん》の秀色《しゅうしょく》　玉《ぎょく》に煙を生ず

江尻はやはり静岡県です。

東関は関東と同じ、箱根の関の東です。「足を裹《つつ》む」というのは旅支度をするということです。旅支度をして東のほうに旅をするということが久しくなかった。

三峯《さんぽう》というのは富士山、富士山の夢を二十年も見ている。

「珠流河」は「駿河」の別表記で、今の静岡県中央部。

だんだん進んできて、駿河の道で振り返ってみると、空にぼーっと煙を生じている富士山が見える。（韻字：縁、年、煙）

◎富士に見送られて江戸の町へ

品川　　　　　　　七言絶句（下平・八庚）

墜葉寒沙踏有声
馬蹄三日恰牢晴
此行不負看山眼
一路芙蓉送到城

品川

墜葉寒沙《ついようかんさ》　踏んで声有り
馬蹄三日《ばていみっか》　恰《あたか》も牢晴《ろうせい》
此行《このこう》　山を看《み》るの眼に負《そむ》かず
一路《いちろ》　芙蓉《ふよう》送りて城に到る

寒々しい砂浜に木の葉が落ちて、踏むとカサコソと音がする。旅の一つの情景描写です。季節が秋から冬にかけてだとわかる。

「馬蹄三日《ばていみっか》」というから、三日の行程で馬に乗っていて、快晴に恵まれた。「牢晴《ろうせい》」は快晴という意味です。

「山を看《み》る眼に負《そむ》かない」というのは、この旅の三日間よく山が見えたという意味です。

「芙蓉」は富士山、「城」は江戸城。富士山がずっと私のことを送って、江戸城に至った。もう品川に来ていますから、富士山の姿が後ろにあって、それが自分を見送ってくれているという意味です。（韻字：声、晴、城《せい》）

◎雲ひとつない夜空に天の川

玉宇

玉宇無雲銀漢流
夜深横笛倚江楼
凝成星月融成露
只是空明一気秋

玉宇《ぎょくう》

七言絶句（下平・十一尤）

玉宇《ぎょくう》雲無く　銀漢《ぎんかん》流る
夜深くして　横笛江楼《おうてきこうろう》に倚《よ》る
凝って星月《せいげつ》と成り　融けて露《つゆ》と成る
只是空明《ただこれくうめい》　一気の秋《あき》

「玉宇」というのは空のことです。天には天帝がいて、その天帝の住んでいる所が玉宇です。広い空には雲ひとつない。そこに「銀漢」、天の川が流れているのが見える。夜も更けて川べりの高殿《たかどの》から笛を吹く音が聞こえてくる。まことに気持ちのよい夜。このあたりは唐の詩にもよくうたわれる情景ですね。

気が凝って星になったり月になったりする、それが融けると露になる。美しいですね。上の四字と下の三字は同じ構造になっている。

「只是」というのは強調です。「空明」という言葉は蘇東坡の有名な「赤壁の賦」にも「桂櫂《けいとう》蘭槳《らんしょう》　空明を撃ちて」（桂のさおと木蓮の櫂で、水に映る月影を打って）と出てくる。清らかな水に月影が映り、秋の気配が満ち満ちている。「一気の秋」というのはそういう意味です。（韻字・・

流、楼、秋）

◎文章で後生を動かす

雑言

玉起楼台金鋳印
一棺長闔夢中栄
寒号饑泣何為者
却把文章動後生

雑言《ざつごん》　　七言絶句（下平・八庚）

玉《ぎょく》もて楼台を起こし　金《きん》もて印を鋳《い》る
一棺《いっかん》長く闔《とざ》す　夢中《むちゅう》の栄《えい》
寒さに号《な》き饑《うえ》に泣く　何するものぞ
却って文章を把《と》って　後生《こうせい》を動かす

この詩は、河野鉄兜の最も言いたいことだ。

玉で楼台をつくって、あるいは金ではんこを鋳ったりする、これは皇帝とか大臣とか位の高い人の非常に豪奢な生き方です。

しかし死んでしまえばお棺のなかに長く閉ざされて、生きていたときの栄えといったものは夢のなかのようなものだ。どんな王侯貴族で豪壮な生活をしていたってお棺のなかに入ってしまえば同じだと。

一方、寒さをしのぐ着物もなく、飢えをしのぐ食べ物もなくて泣いているというまことに悲惨な生活をしている。「号」というのは叫ぶとか泣くとかです、いったいそれは何をしているんだ、どういう奴だ。

「却って文章を把《と》って　後生《こうせい》を動かす」、これが言いたいんだね。つまり文人・詩人というものは貧乏で、生前は非常な苦労をしているけれども、却って彼らが残した文章は残って後の人を動かすではないか。

前半の二句では、現実世界で栄耀栄華を極めている連中だって死んだら何もならないと言って、後半の二句では、逆に生きているときは悲惨な生活をしている者のほうが物を残すと、前半の二句、後半の二句で対照させている。これは、自分のことを言っているんです。河野鉄兜も客人は多かったけれど貧乏生活をしていましたからね。それにしても四十三で死んでしまったのは惜しい。（韻字：第一句踏み落とし、栄、生）

◎「芳野三絶」を読む——十九世紀の日本人と漢詩

「芳野三絶」というのは、梁川星巌（一七八九～一八五八）と藤井竹外（一八〇七～六六）と河野鉄兜（一八二五～六七）の吉野山をうたった三つの優れた詩のことです。「芳野」の芳という字は、元々は吉という字ですが、吉野が桜の名所ということで、わざわざ芳という字にしています。

梁川星巌がいちばん先輩、次が藤井竹外、河野鉄兜はいちばん後輩になります。河野鉄兜の亡くなった年は慶応三年、普通に生きていたら明治の中頃まで活躍できたはずですが、病気のために四十三歳の若さで亡くなりました。この三人の詩のうち、どれかを外して、頼杏坪（一七五六～一八三四）、野田笛浦（一七九九～一八五九）を三絶のなかに入れるという人もいます。まず梁川星巌からみていきましょう。

芳野懐古　　七言絶句（下平・七陽）
今来古往事茫茫
石馬無声抔土荒
春入桜花満山白
南朝天子御魂香

芳野懐古　　梁川星巌
今来古往《こんらいこおう》　事茫茫《ことぼうぼう》
石馬《せきば》声無く　抔土《ほうど》荒《あ》る
春は桜花《おうか》に入って　満山《まんざん》白し
南朝の天子　御魂《ぎょこん》香《かんば》し

「今来古往」というのは互文《ごぶん》といって、「今古来往」というのを互い違いにしたものです。意味は「昔から今日まで」。ずっと月日が流れて、以前のことはもう茫茫と定かでなくなった。この「事茫茫」の「事」が指しているのは何かというと、最後に「南朝の天子　御魂香《ぎょこんかんば》し」とありますから、南北朝のことを指しているんですね。まだ第一句ではそれをはっきりうたっていませんが。これ、何年経っているんですか、相当時が経っていますよ。

おもしろいのは「石馬」ですね。お墓に置く石の馬です。もちろん石の馬ですから鳴くわけはなく黙っているわけですが、あえて「声無く」と言ったところに、一つの懐古の気持ちが出てきます。本当の馬ならば鳴く、しかし石の馬は鳴かない。じっと長いあいだここでこれを守っている。「抔土《ほうど》」の「抔」という字は「つかむ」という意味で、ひとつかみの土というのはつまりお墓のことです。土盛りをした粗末な小さなお墓のことで、皇帝陵のような大きなお墓には使わない言葉です。ですから後醍醐天皇（一二八八～一三三九）の陵《みささぎ》は普通の天皇陵よりも小さくてお粗末だ、という気持ちがここにある。理屈を言う人は「石の馬は日本のお墓には置かない」と言う。それは理屈はそうだけど、中国では置くのです（笑）。中国風味なんだね。殊に皇帝陵というのはたくさん置くじゃないですか。私も唐あるいは宋の都の跡に行きまして、皇帝陵に行きましたが、参道に石の馬だとか石の人間だとかがずらっと並んでいました。そういう皇帝陵のイメージと違う、ごく粗末な荒れたお墓。

「春は桜花に入って　満山白し」、今はちょうど春、その春という季節が桜の花に入っているという言い方をしているのですが、要するにいま桜の花が満開で、山いっぱいに白く咲いている。桜の花は赤くも見えるが、白くも見えるので白いという形容もあります。

さぞかし後醍醐天皇は御魂《みたま》もかんばしく感ぜられることではないでしょうか。（韻字：茫、荒、香）

「御魂香し《ぎょこんかんば》」と、〈みたま〉のことを〈ぎょこん〉と言っているが、これは物議をかもしたというか、理屈を言う人は「〈ぎょこん〉というのは和語だ」と言う。〈みたま〉という言葉を漢字で書くとこれになるでしょう。漢文に昔の皇帝陵の詩がたくさん出てきますが、〈ぎょこん〉なんて言葉、ありません。だいたい、御《ぎょ》という字がつくのは、たとえば着物のことを御衣《ぎょい》といって、この言葉はある。「恩賜の御衣　今此《ここ》に在り」と菅原道真がうたっているのは、中国に出してもおかしくない。それから、香炉のことを御炉《ぎょろ》という。物にはよく付くんです。たとえば宮城《きゅうじょう》のお濠は御溝《ぎょこう》という。しかしここでうたっているような御魂《ぎょこん》という言葉は見かけない。魂《たましい》のようなものに御《ぎょ》が付くかというと、付かない。したがってこれは漢語ではなく日本語だということで、「せっかくの立派な詩だけど、梁川星巌ともあろう人が和語を使っているじゃないか」とこの作品をけなす人がおります。

しかしそんなことは、梁川星巌は百も承知で使ったんですよ。というのは梁川星巌のころになると、日本人は漢詩を自分のものとして自由自在につくるようになってきました。だから日本語が多少混じってもそんなにおかしくないし、ことにこれは御魂《ぎょこん》と言わなければほかの言い換えができない。言い換えができるならば変えなければならないけど、できないから、承知でもって押し通した。これは私の考えですよ。

梁川星巌は十八世紀末に生まれて、十九世紀にずっと七十歳ぐらいまで生きた人です。この時代になると日本人は、漢詩を自由自在につくっています。ちょっと先輩には頼山陽（一七八〇～一八三二）がいる。梁川星巌の九歳年上です。彼らは先輩後輩としてつきあっていた。京都に住んでいる頼山陽を梁川星巌が先輩として尊敬してわざわざ訪ねて、泊まってもいる。こういうことで頼山陽の時代、西暦でいうと十八世紀の後半、日本の漢詩はピークだった。

たとえばその先輩で、菅茶山《かんちゃざん》（一七四七～一八二七）という人がいた。菅茶山は頼山陽の親の世代です。この、一七五〇年前後に生まれた人たちが第一世代です。この第一世代には、頼山陽のお父さんの頼春水《しゅんすい》（一七四六～一八一六）がいる、それから江戸で活躍した三人の学者、いま私が関係している湯島聖堂の「寛政の三博士《はかせ》」がいる。古賀精里《こがせいり》（一七五〇～一八一七）、尾藤《びとう》二洲《じしゅう》（一七四七～一八一三）、柴野栗山《しばのりつざん》（一七三六～一八〇七）です。柴野栗山がいちばん年長で讃岐（今の香川県）の人、尾藤二洲が伊予（今の愛媛県）の人、古賀精里は九州の佐賀県の人で、いずれも西のほうの人です。抜擢されて幕府が聖堂のところにつくった昌平黌《しょうへいこう》で教えました。当時は寛政という年号でしたから「寛政の三博士」といいます。したがって十八世紀前半のあたりからグーッと日本の漢詩文は調子が上がってきたわけで、たくさんの詩人が現れ、たくさんの詩を残しました。

そして十九世紀に入ると、梁川星巌を筆頭とする頼山陽の次の世代、今日ここでみる藤井竹外や河野鉄兜が活躍します。菅茶山や頼春水らが祖父の世代、頼山陽らが子どもの世代、梁川星巌らが孫の世代、となるでしょうか。この三代で日本の漢詩はグーッと高まって、日本人の漢詩になった。おもしろいことです。江戸の約三百年間は、鎖国をしていますから中国に行くことはできませんし、中国からも来ません、日本に来て帰化したような朱舜水《しゅしゅんすい》（一六〇〇～八二）のような人はいますが、本当に例外です。だから没交渉ですが、情報や本はいろいろ入ってくる。そういうわけで、日本の漢詩人たちは自力で、自分の詩を意識的につくるようになってきた。

だから、この梁川星巌のような詩ができるんです。〈みたま〉という言葉は日本語だけど、後醍醐天皇のことをお偲びするのに、ほかの言葉は使えない、ここはどうしても〈ぎょこん〉と言いたい。それであえて使った。それをあげつらって「梁川星巌ともあろう者が和語を使って何事だ」と言う人は、詩を知らない人なんだね（笑）。そういうことで私は、この作品を非常に評価します。

「石の馬」などが出てきて、中国風な墓の様相を描くようであるけれども、あえて御魂《ぎょこん》という和語を使って、バランスをとっているともいえる。季節は春、桜の花がいっぱい咲いている、その桜の花がはらはらと散っている、そういう情景のなかで、打ち捨てられたような後醍醐天皇の陵《みささぎ》にお参りしているという構図になっている。

次に藤井竹外。高槻藩の家臣だった人です。

芳野懐古
古陵松柏吼天飈
山寺尋春春寂寥
眉雪老僧時輟帚
落花深処説南朝

芳野懐古《よしのかいこ》　藤井竹外

七言絶句（下平・二蕭）

古陵の松柏《しょうはく》　天飈《てんぴょう》に吼《ほ》ゆ
山寺《さんじ》春《はる》を尋ぬれば　春寂寥《はるせきりょう》
眉雪《びせつ》の老僧　時《とき》に帚《ほうき》を輟《と》めて
落花《らっか》深き処《ところ》　南朝を説《と》く

「帚」という字は手偏を付けると「掃《はら》う」とか「掃く」という動詞ですね。だから「輟帚」は「はくをやめて」と訓んでもいいし、これを名詞にとって「ほうきをとどめて」と訓んでもいい。意味は同じです。「庭を掃いていた手を休める」ということです。眉の雪のように白い老僧が時に庭を掃いていた手を休める。ちょうど花が散る季節なので、はらはらと花が散る。そのなかで過ぎにし南朝の歴史を説いた。

「天飈《てんぴょう》」はゴーッというようなつむじ風。ちょっとオーバーな表現ということでけなす人もいますが、松や柏《はく》（ヒノキ）といったお墓につきものの、樹齢何百年という大きな木の生えた、古い陵にゴーッという音を立てて風が吹く。

第二句は一転して静かに、そのような春風のなかで置き捨てられたような山寺をたずねてみると、春はまことに物寂しい。あえて春という字を重ねることによって一種の雰囲気づくりをしている。

そうして、山寺《やまでら》の春はなんと物寂しい、と前半の二句で舞台装置をしておいて、そこで役者が出てくるように、雪のように眉の白い老僧が出てくる。それは何をしているかというと、前の二句でわかるように相当風が吹いているので、桜の花がパーッと散っているのを掃いているんです。その掃く手を時に休めて、たずねて来た作者に対して、花びらの落ちるところ、深く積もっているところで、過ぎにし南朝の話をしてくれた。（韻字：颸、寥、朝）

これはじつは唐の白楽天（七七二〜八四六）の友人の元稹《げんじん》（七七九〜八三一）に、元になった五言絶句があります。

行宮　　元稹　　五言絶句（上平・一東（宮・紅）／二冬（宗））

寥落古行宮
宮花寂寞紅
白頭宮女在
閑坐説玄宗

行宮《あんぐう》
寥落《りょうらく》たり　古《いにしえ》の行宮
宮花《きゅうか》　寂寞《せきばく》として紅《くれない》なり
白頭《はくとう》の宮女《きゅうじょ》在《あ》り
閑坐《かんざ》して玄宗《げんそう》を説《と》く

今はさびれてもう誰も住んでいない行宮（仮の御殿）へたずねてみると、年をとった昔の女官《じょかん》が、いわゆる守り役をしていた。その老女が昔の話をしてくれる。元稹の時代から五十年前は玄宗皇帝(在位七一二〜七五六)の時代でした。玄宗皇帝のかたわらには楊貴妃(七一九〜七五六)がいた、楊貴妃が死んだ安史の乱から五十年経っても、みんなそういう話をよく知っています。若いときには玄宗にお仕えしていたその老女がそのころのことを語ってくれた。

藤井竹外の作品は、明らかにこの「行宮」を念頭に置いてつくっている。しかし、さすがにそのままではない。「行宮」に出てくるのは、今は年とっているけど昔は美しかったであろう女性です。藤井竹外のほうは、出てくる人物は無骨な男で、たぶん前身のあるような老僧が、ほうきの手を休めて静かに日本の南北朝の悲憤の物語を語ります。ですから藤井竹外は、元の元稹の作品をうまく翻案しているわけです。

この作品について、欠点を言う人がいます。それは、元稹の場合は五十年前のことですから、老女は玄宗皇帝や楊貴妃のことを実際に見ているわけで、その老女が話をしてくれている。ところが藤井竹外のほうはいくら年をとったお坊さんでも後醍醐天皇のときに生きているわけではないですから、又聞きの話をしているわけで、「そこが弱い、だからこれはアイデア倒れだ」と。なるほど、それはそのとおりなんだけど、しかしこれはそこに重点があるのではありません。打ち捨てられたような陵に、春ともなれば桜の花がパーッと散るという雅な雰囲気、そのときに一人の老僧がぽつぽつと南朝の物語をしてくれるというところに、なんともいえない味わいがある作品になっている。だから原作と少し違う方向をめざしているわけです。ですから、そのようなケチをつけることはあたりません。

老僧はたぶん無骨な手でもってほうきを掃いているのだと思います。この老僧には、元は武士だったとか何かではないか、そういうことを思わせるような雰囲気があります。ですから藤井竹外の作品は元稹の作品を踏まえているけれども、さらにそれを日本の感性でつくりかえたというか、後醍醐天皇の悲憤の涙、南北朝の悲しい物語といった、玄宗皇帝物語とは違うものが、よく表されている作品だと私は思います。

そしていちばん後輩の河野鉄兜。詩吟でもよくやる作品なので、知らない人はないくらい有名です。

芳野　　河野鉄兜　　七言絶句（下平・二蕭）

山禽叫断夜寥寥
無限春風恨未消
露臥延元陵下月
満身花影夢南朝

芳野
山禽叫断《さんきんきょうだん》　夜寥寥《よるりょうりょう》
無限の春風《しゅんぷう》　恨み未だ消えず
露臥《ろが》す　延元陵下《えんげんりょうか》の月
満身《まんしん》の花影《かえい》　南朝を夢《ゆめ》む

まず第一句が洒落ていて、山鳥がキキキキーッと鳴くところから幕が開いている。これは藤井竹外の「古陵の松柏　天飈に吼ゆ」とちょっと似ている。藤井竹外のほうはつむじ風がゴーッと音を立てて吹いている。河野鉄兜の場合には、キキーッというつんざくような山鳥の声が聞こえて、夜はしーんとした。あるいは藤井竹外の作品をちょっと頭に置いたかもしれません。「叫断《きょうだん》」の「断」は添字で、「叫ぶ」を強める。「断つ」という意味ではない。「寥寥《りょうりょう》」は、寂寥《せきりょう》という言葉がありますが、夜は寂しい、しーんとしている。

春風がそよそよとあとからあとから吹いて、この地に込もる恨みを吹くけれども、恨みは非常に深く、消えない。この言い方、なかなかいいね。まず第一句で、「叫断」という言葉によって、夜をつんざくような山鳥の声によって、出だしが非常に鋭い。それを受けてやんわりと、そよそよとあとからあとから吹く限りない春風《しゅんぷう》にそそがれても、ここに込もっている恨みが消えない。これは後醍醐天皇が、都を追われて、吉野でもって仮の御殿をつくったことをいっているわけだから、その恨みが消えない。

さて、この作品の一番の味噌はこの次です。後醍醐天皇が亡くなったのは延元四年（一三三九）のことでした。一三三六年が延元元年で、一三四〇年まで、数えで五年続いた年号です。ですから「延元陵《えんげんりょう》」といえば後醍醐天皇の陵ということになる。後醍醐天皇の陵のところに月が差している。そこにごろんとそのまま外に寝る。身体に露がおりるので「露臥《ろが》」という。すると、第三句の末に「延元陵下の月」とあるから、月が差している。最後が、まるで歌舞伎のひと幕を見ているみたいだな。「満身《まんしん》の花影《かえい》　南朝を夢《ゆめ》む」、寝ると、月影が花を照らし、その花影《はなかげ》が身体いっぱいに包んでくれて、過ぎにし南朝の夢を見る、という構図になります。悲劇性という悲しみと、浪漫性という美しさが、うまくないまぜになっている。いやぁ、これもすばらしい。（韻字：寥、消、朝）

この三つをみると、それぞれ独自にいろいろ工夫をしています。それぞれのいき方、三者三様のおもしろ味が出てきているね。そこでさらに二つ加えましたが、まず頼杏坪。頼山陽の叔父に当たります。

遊芳野　　　　　　　　　　頼杏坪　　　　　七言絶句（上平・一東）
万人買酔攪芳叢
感慨誰能与我同
恨殺残紅飛向北
延元陵上落花風

芳野に遊ぶ
万人酔《ばんじんえい》を買うて　芳叢《ほうそう》を攪《みだ》す
感慨《かんがい》　誰《たれ》か能く我と同じき
恨殺《こんさつ》す残紅《ざんこう》　飛んで北に向う
延元陵上《えんげんりょうじょう》　落花の風

かぐわしい花の咲くところでたくさんの人がみんな酒に酔っている。花見酒だ。

そういうような連中と違って、私はここへ来ると感慨にふける。この私が感じているような感慨に誰が同じだろうか。同じ人はいない。反語です。つまり、私はここへ来ると深い感慨に襲われるのに、一般の人はここへ花見に来て酔って騒いでいると、対照させている。
次の「恨殺」の殺は、殺すという意味ではありません。これは上の動詞を強めています。たとえば今でも、相手を無視することを「黙殺」と言います。黙っていることによって相手を無視する。この殺も殺すという意味ではありません。ひどい恨みによって残紅が飛んで北に向かっている、まことに恨みが込もっている。吉野から北へというのは、都のほうへということです。
後醍醐天皇の陵の上に花を落とす風が吹いて、花びらがその風でずっと都のほうへ吹いているという、こういう理屈になっている。（韻字：叢、同、風）
最後が野田笛浦。

芳野懐古

南山往時夢茫茫
万樹春深不復香
日夜陰風吹自北
小楠無力護花王

芳野懐古　　野田笛浦　　七言絶句（下平・七陽）

南山の往時《おうじ》　夢《ゆめ》のごとく茫茫《ぼうぼう》たり
万樹《ばんじゅ》春深くして　復香《またかんば》しからず
日夜《にちや》　陰風《いんぷう》北より吹き
小楠《しょうなん》力無し　花王を護《まも》るに

南山の昔の出来事はもう夢のように茫茫として過ぎてしまった。今たくさんの木が咲いて春が深い季節になっているけれども、もういい匂いがしない。昼も夜も北の都のほうから暗い風が吹いてくる。

楠木正成の息子正行《まさつら》のことを、正成のことを大楠公というのに対して、小楠公《しょうなんこう》という。だから「小楠」といえば小楠公のこと。と同時に楠という字ですから、楠の木のことも指している。楠が「花王」つまり桜の花を守るのに力がない、と言っている。理屈になっている。どうもこの詩がいちばん落ちるみたいだ、言っては悪いけどね（笑）。これはほかの作品に比べると理屈っぽくておもしろくない。（韻字：茫、香、王）

頼杏坪の詩はそれなりにおもしろい、ことに「恨殺《こんさつ》す残紅　飛んで北に向う／延元陵上　落花の風」のあたりはおもしろいけど、前に見た「三絶」には及ばない。

「三絶」人気投票

さて問題は、「三絶」のうちどれがいちばん優れているか。人気投票しようと思う。二つ挙げてよろしい。

梁川星巌だという人。七つ。

藤井竹外だという人。二十六。うん、これに決まりだ。

河野鉄兜だという人。二十四。相拮抗したぞ。

いいところいっているなぁ。そう、この三つはどれもいいんですけど、やはり、数字に表れたとおり、藤井竹外と河野鉄兜がいいですね。梁川星巌の詩は、格調は高いけれども、いわゆる情のほうは、後輩の二人に譲るほかない。ことに藤井竹外のおもしろいところは、唐の元稹の五言絶句をうまく包含しているところが味噌なんですね。

そしてわが河野鉄兜の場合には、なんといっても、ごろ寝をするところがおもしろい。延元陵下でもってごろ寝をする、そこへ「満身の花影　南朝を夢む」と。この「露臥」という言葉について後世、天皇陵の前で不謹慎であると難癖をつける人がいましたが、詩を知らない人です。実際にそこで転がっているわけではない。後醍醐天皇はあちらへこちらへと流れた天皇で、お墓もさみしい。そういう気分をどういうふうに表すかというと、「露臥」がいいんですね。私は河野鉄兜だな、やっぱり。これは日本的な美意識です。歌舞伎の芝居を観ているような感じがします。

「山禽叫断」というのは、たぶん藤井竹外の「古陵の松柏　天飈に吼ゆ」あたりにヒントを得たと思います。しーんとしているところへキキーッという音がする。その音がすることによって逆に静けさが際だつ。こういう句法なんですね。

吉野の漢詩は、このほかにも有名人がいっぱいつくっています。吉野に家を持っている人の家へみんなで行ったことがありました。そこで一泊して酒盛りをした。そうしたらそこの家に国分《こくぶ》青崖《せいがい》（一八五七〜一九四四）の軸が掛かっていた。それが芳野三絶に負けない作品なんですね。

芳野懐古　其一
聞昔君王按剣崩
時無李郭奈龍輿
南朝天地臣生晩
風雨空山謁御陵

芳野懐古　その一　　国分青崖　　七言絶句（下平・十蒸）
聞く　昔　君王　剣を按じて崩ずと
時に李郭《りかく》無く　龍輿《りょうこう》を奈《いか》んせん
南朝の天地　臣生《うま》るること晩《おそ》し
風雨　空山《くうざん》　御陵に謁す

第三句の警句（戒めの句）など、第三者から見たらオーバーだと思うかもわからないが、この世界に入り込んでいないと出てくるものではありません。国分青崖は仙台の人です。明治の初めのころに東大の前身の学校で勉強していましたが、賄征伐《まかない》（調理場荒らし）をやって放校になりました。だから学歴はありませんが、当時は新聞の漢詩欄の人気が高かったので、新聞社に勤めて、漢詩を選評して、詩の高い水準を保って、昭和十九年まで生きた人です。惜しいことにその家はのちに火事に遭って、国分青崖の軸も焼けてしまいました。

吉野は日本人の美意識にぴったりで、そこで詩人というものはみんな我も我もとこういう詩をつくりました。皆さんも挑戦してみたらどうですか？

この河野鉄兜の「芳野」は先輩の二人に譲らないですね。あと三票で一位になるところでしたが、惜しかった。

◎天上世界から地上を見る

七言絶句をあと二つばかり読みます。

七夕　　　　七言絶句（下平・五歌）

燈光多似衆星多
水色簾前涼欲波
却自鵲橋看人世
也応明処是銀河

七夕《しちせき》
燈光《とうこう》の多きは衆星《しゅうせい》の多きに似たり
水色簾前《すいしょくれんぜん》　涼　波《なみだ》たんと欲す
却って鵲橋《じゃっきょう》より人世《じんせい》を看《み》れば
也応《またまさ》に明処《めいしょ》は是《これ》銀河なるべし

理屈の詩ですね。ともしびの光がいっぱいなのは、天空で星がたくさんなのに似ている。

水の色、川のほとりに面した部屋のすだれの前は非常に涼しい。「波」という字を動詞に使って「涼　波《なみだ》たんと欲す」と訓みますが、要するに涼しさが波の上にやって来る、非常に涼しい。

七夕《たなばた》というのは陰暦の七月七日ですから、もう秋なんですね。今の暦からだいたいひと月からひと月半、あとになりますから、もう初秋でしょう。そこで「七夕」という作品はこのように涼しみというのをうたう。

そして、いま人々は天空のカササギの橋を見ているが、カササギの橋のほうから人間世界を見たらどうだろうか。きっと明るいところは銀河のように見えるのではないだろうか。（韻字：多、波、河）

河野鉄兜は明治になる直前に死にますから、明治は知らないのですが、幕末にはもう都会は非常に明るくなっていて、そこでこういう詩ができたと思う。地上から銀河を見上げるけど、天上世界から地上の世界を見てもやはり銀河のように見えるのではないかという、そういう洒落です。ちょっとおもしろいね。江戸も末期になると、ことに江戸の町は人口が非常に多く、家が建て込んでいて、まだ電気はないころですが、家々がみんな、あかりを点けている。それを空から見たら、銀河のように見えるだろうという、この発想が新しい。こういう発想の詩は今までなかったですね。人口が密集する大きな都会になって、初めてできる作品です。

◎鈴の音が過ぎていく箱根の山道

箱根
落葉鳴鞵底
秋山一路分
老杉晴滴雨
幽石午生雲
茶気傍林見
鈴声過駅聞
渓村人自楽
上有聖明君

箱根
落葉《らくよう》 鞵底《けいてい》に鳴り
秋山《しゅうざん》 一路《いちろ》分る
老杉《ろうさん》 晴れて雨を滴らせ
幽石《ゆうせき》 午《ひる》に雲を生ず
茶気《ちゃき》 林に傍《そ》うて見《あらわ》れ
鈴声《れいせい》 駅を過ぎて聞く
渓村《けいそん》 人自《ひとおのずか》ら楽しむ
上《かみ》に聖明《せいめい》の君《きみ》有り

五言律詩（上平・十二文）

五言律詩です。箱根をうたった人は多いのですが、これはなかなかおもしろい。

落ち葉が靴底でキュッキュと鳴っている。

秋の山はずっと一つの道が続いている。この「分る」は分明、はっきりしているという意味です。

箱根は今もそうですが杉の老木がたくさんある、その葉っぱから、晴れているけれども自然に水滴がしたたり落ちてくる。

奥深いところにある岩は昼だというのにそこから雲が湧いている。朝夕に雲が湧くのならばわかるけれども昼に雲が湧いているということで、深山幽谷ということを間接的に表現しているわけで、この辺なかなかうまいですね。

五言律詩はなんていったって対句が物を言う。「茶気《ちゃき》　林に傍《そ》うて見《あらわ》れ／鈴声《れいせい》　駅を過ぎて聞く」、これはおもしろい対句です。どこかに茶店があって、そこで茶を沸かしている煙が森に沿って出てきたのが木のあいだから見える、その暗いところを馬車とか駕籠のシャンシャンという鈴声が駅（宿場）を過ぎていく。これはなにげない情景ではありますが、昔の箱根の山道というのをよく表現している。夏目漱石にも箱根の律詩がありますが、先輩ですね。

最後の「上《かみ》に聖明《せいめい》の君《きみ》有り」は将軍をちょっとヨイショしています。（韻字：分、雲、聞、君）

◎命の残りを予感したかのように

四十自寿　　四十自《しじゅうじ》寿《じゅ》　　七言律詩（上平・十一真）

四十無聞聖代春　　四十《しじゅう》にして聞こゆる無し　聖代《せいだい》の春
東風吹髩髩華新　　東風《とうふう》髩《びん》を吹いて　髩華《びんか》新たなり
文章是業従他拙　　文章は是業《これぎょう》　他の拙《せつ》に従う
土木為形任我真　　土木《どぼく》形《かたち》と為って　我が真《しん》に任す

久病已空平素志
微官却遂自由身
梅花雀語北堂宴
膝下頽然初老人

久しく病んで已に空し　平素の志《こころざし》
微官《びかん》却って遂《と》ぐ　自由の身《み》
梅花雀語《ばいかじゃくご》　北堂《ほくどう》の宴《えん》
膝下頽然《しっかたいぜん》たり　初老の人

七言律詩で、四十歳になったときに自分の年齢を祝ったものです。昔は四十歳というのは大きな切れ目で、ことに平安時代なんかは「四十《しじゅう》の賀」といって、四十歳になるのが非常にめずらしく盛大に祝いました。河野鉄兜も自分が四十三で死ぬとは知らなかったけれども、四十歳は大きな切れ目と思って、自分で自分をことほいだ。

第一句では、非常に謙遜しています。

第二句では鬢《びん》、髪の毛に春風が吹く。

「土木形《どぼくかたち》と為って　我が真《しん》に任す」、こういう対句はなかなか難しい。

「久しく病んで已に空し　平素の志《こころざし》」、このへん、まさか三年後に死ぬとは思っていなかったでしょう。

そして第六句で、偉くないから却って身が自由だと言っています。こういう言い方は昔からあります。

悲しいのが第七・八句です。梅の花が咲き雀が鳴いている。「北堂」というのはお母さんの部屋のことです。河野鉄兜のお父さんはもう亡くなっていますが、お母さんは生きておられて、お母さんの部屋で宴会をしていた。

「膝下《しっか》」というのはお母さんのひざ元、「頽然《たいぜん》」というのは身を崩すということで、宴会で酔ってちょっとお母さんに甘えている。そして自分のことを「初老の人」と言っている。四十歳はもう老人に入っている。

われわれは河野鉄兜が四十三で死んだと知っていますから、この「四十自寿」という詩に深いものを感じますね。四十歳になったときにわざわざこんな詩をつくる人は少ないですよ。その点でやはり予感がしたのかもしれない。ことに最後の二句にそう思います。（韻字：春、新、真、身、人）

これを機会に河野鉄兜を再認識するようになってもらえばうれしいと思います。今日はこれまでにしましょう。

（平成二十九年二月四日）

Ⅱ

『鉄兜遺稿』を愉しむ

湯島聖堂文化講座「日本の漢詩」より

［第3講］ 旅をうたう

取り上げる漢詩

妙台／詩を論ず　その一　その二／
明石より兵庫に抵る途中　その一　その二　その三／
有功桂陰書屋に寓す／鈴鹿の嶺／三河路上　その一　その二

ここ湯島聖堂はご承知のとおり、江戸幕府の学校・昌平黌《しょうへいこう》の跡です。建物こそこのように建て替えられましたが、この辺りに教場があり、今は病院になっている辺りも敷地で、先生の役宅もあって、いわゆる寛政の三博士《はかせ》（古賀精里《こがせいり》・尾藤二洲《びとうじしゅう》・柴野栗山《しばのりつざん》）たちが住んでいました。この三博士が活躍したのは寛政年間（一七八九～一八〇一）のころ、このころは最も充実した時代で、全国の各藩から推薦されたエリートが来て、ここで勉強したのです。だからときどき、窓の外から彼らが覗いているような気がします（笑）。昔は病院の辺りまで敷地だったから相当広かったのですが、今は四三〇〇坪と小さくなりましたけれども、昔の名残りもありますし、いいところです。脈々として流れているものがここにはありますから、よそとは違います。紛れもなくみんなここで勉強しました。頼山陽（一七八一～一八三二）も頼三樹三郎《みきさぶろう》（一八二五～五九）もここで勉強したのですからね。もっとも三樹三郎はやんちゃで、酒を飲んで上野の寛永寺の石灯籠を全部倒したとかで放校になったとか（笑）。

さて、河野鉄兜の自選の詩集である『鉄兜遺稿』をみていくことにしましょう。なお、この『鉄兜遺稿』には有名な「芳野」も収められていますが、第2講で取り上げたので、今回の一連の講義では取り上げません。

◎かぐわしい花が咲く中で

妙台　七言絶句（上平・四支）

妙台春物入凞凞
海立山揺彼一時
喝起石霜枯木衆
百花香裏講唐詩

妙台《みょうだい》

妙台の春物《しゅんぶつ》　凞凞《きき》に入《い》る
海は立ち山は揺るる　彼一時《かれいちじ》
喝起す　石霜枯木《せきそうこぼく》の衆
百花香裏《ひゃっかこうり》　唐詩を講ず

妙台《みょうだい》というところでは、春になると陽が燦々と照らして、花が咲いたり葉が茂ったり、生き生きとしている。「凞《き》」は陽の光という意味です。

海が立ったり山が揺れたり、一つの例えですね、それも一時の現象である。

そういった春の花が咲く華やかな情景とまったく反対の、石に霜が降り、枯れた木がたくさんある、こういった生気のない連中に対してかつを入れて起こす。「喝」は、いわゆる「喝！」と叱る声です。衆は多いという意味。

そういう生気のない連中を呼び起こすように、たくさんかぐわしい花が咲くなかで唐詩を講ずる。唐詩は、李白（七〇一～七六二）や杜甫（七一二～七七〇）など百花繚乱のような人がたくさん現れました。そういうようななかで唐詩を講ずると言っている。だから妙台は、そういう講釈をするところですね。どうという詩ではありません。（韻字：凞、時、詩）

◎詩を論ず　その一――杜甫がもし後世に生まれたならば

論詩

諸公角逐競乗時
換羽移商互出奇
設使杜陵生後世
也応草創一家詩

詩を論ず　　七言絶句（上平・四支）

諸公角逐して競いて　時に乗ず
羽《う》を換え商《しょう》を移して　互いに奇を出《いだ》す
設《も》し杜陵《とりょう》をして後世に生まれしむれば
也応《またまさ》に一家の詩を草創すべし

諸々の詩人たちが時に乗じようと思って才能を競っている。「角逐」は競争すること。「羽《う》」「商《しょう》」は中国の音階の「五音」です。西洋音階はドレミファソラシドの七音階ですが、中国から日本に入ってきたのは五音階で、宮《きゅう》、商、角《かく》、徴《ち》、羽の五つです。「羽を換え商を移して」は、メロディあるいは音楽の階梯をいろいろと変化させて工夫をしながら、「互いに奇を出《いだ》す」、それぞれ面白味や独自性を出そうとしたということです。簡単にいえば、諸公はいろいろな詩をつくって華々しく競う、それを二句かけて言っている。

次の「設」は「もし」と読む、仮定ですね。昔の都、長安の南の郊外に杜陵《とりょう》というところがあり、杜甫はそこの出身ですから、この「杜陵」は杜甫のことです。だから、杜甫を後世に生まれさせたならば、その時代にあってもきっと一家の詩をつくったであろう。杜甫は唐の時代に一家の詩をつくりましたからね。当たり前でおもしろくもなんともない話ですね。

「也」はまたと読む。「応」は「まさに……べし」と読んで下から返ってくる。「きっとそのはずだ」という推量です。返り点、送りがなの付け方には原則があって、その原則さえ覚えれば、どうにでもできます。今のように読めばわかりやすいでしょう。（韻字：時、奇、詩）

◎詩を論ず　その二―鳥が競い合って鳴くように

七言絶句（下平・八庚）

就人格調写吾情
唐宋元明集大成
簾外春深微雨湿
花間百舌不停声

人の格調に就いて　吾が情を写す
唐宋元明《みん》　集大成《しゅうたいせい》
簾外《れんがい》春深くして　微雨湿《うるお》う
花間《かかん》の百舌《ひゃくぜつ》　声を停《とど》めず

人のいろいろな詩の調子をみて、自分の情をそれを借りて写す。唐宋元明《みん》といった各時代、それを集大成する。つまり、唐には唐詩、宋には宋詩、元や明にも元詩や明詩がありますが、そういったものを集大成する。

そしていま御簾の外を見ると、春の深い季節になって、しとしと雨が降って潤っている。「百舌《ひゃくぜつ》」は普通はモズのことですが、ここではたくさんの鳴く鳥という意味で使っています。舌というのは声を出す道具ですから。花のあいだでは、たくさんの鳥が声をとどめることなくみんな競い合って鳴いている。

これは例えになっています。第二句に「唐宋元明　集大成」と言っているでしょう。人々は自分の格調をつくり、自分の情を写して、唐宋元明それぞれの時代にいろいろな詩の流派が集大成された。それと同じようなことが自然の世界でもある、御簾の外では花のあいだのたくさんの鳥が声をとどめることなく鳴いているだろう、と。（韻字：情《じょう》、成《しょう》、声《しょう》（呉音）。漢音で「せい、せい、せい」も可）

「詩を論ずる」という題で、このように二つの詩をつくったわけです。いろいろな詩の様子をこの二詩でもって表している。一種の理屈の詩、議論の詩ですね。

◎明石より兵庫に抵る途中　その一――「赤壁の賦」を思わせる景色

明石抵兵庫途中　明石より兵庫に抵《いた》る途中　七言絶句（上平・十灰）

一角烟消見一堆　一角烟《いっかくけむり》消えて　一堆《いったい》を見る

何山遠翠入眸開　何《いず》れの山か遠翠《えんすい》　眸《ぼう》に入《い》りて開く

得非赤壁賦中物　赤壁賦中《せきへきふちゅう》の物に非ざるを得ん

輪大羽衣過水来　輪大《りんだい》の羽衣《うい》　水《みず》を過ぎて来《きた》る

題の「抵」は「いたる」と読みます。

理屈の詩ですね。明石から兵庫まで行く途中の海沿いの景色をうたっている。

「一角」は一つのかどという意味ですから、かどのところに立ち込めていた靄が消えると、今度はこんもりとした山が見えてきた。

どこの山だろうか、遠い緑の山が我が瞳に入ってきた。明石から兵庫に行く途中に見える山は何だろうな。眸《ぼう》はひとみと読んでもいい。「眸《ぼう》に入《い》りて開く」は、目の中に入ってきた、よく見えるという意味です。

「赤壁賦中《せきへきふちゅう》の物に非ざるを得ん」は、「結局、そのなかのものだ」ということです。つまり、蘇東坡（北宋の文人。一〇三六～一一〇一）の「赤壁の賦」は誰でも知っている、そのなかにいろいろな景色が描かれているが、そのなかに出てくるもののようだと言っている。

大きな輪のような羽衣が水を過ぎてやって来た。これは一つの形容で、輪のような大きな羽衣ということから何だろう、第三句の「赤壁の賦に出てくる景色のようだ」ということからすると、第2講で説明した、水面に映る月明かりのことかもしれません。丸い大きな月影が映る海上を仙人にでもなったような心持ちで、舟で進む情景でしょうか。（韻字：堆、開、来）

◎明石より兵庫に抵る途中　その二――古戦場の地にて

七言絶句（下平・五歌）

驀地汀雲掠日過
西風簸雪去来波

驀地《ばくち》に汀雲《ていうん》　日《ひ》を掠《かす》めて過ぐ
西風簸雪《せいふうはせつ》　去来の波《なみ》

無人説著平公子
松色秋寒老塔婆

人《ひと》の平公子《へいこうし》を説著《せっちゃく》する無し
松色秋寒《しょうしょくしゅうかん》　老塔婆《ろうとうば》

「驀地《ばくち》」はおもしろい表現ですね。驀地というのは形容語で、雲が非常な勢いでもって動くことを言っている。突き進むことを「驀進」と言うでしょう。渚の雲がビューッと行く、それが西のほうに沈む日をかすめて過ぎていく。

そして西風が吹いて、「簸」は「ふるう」という意味、要するにふるいでもって物が落ちる、そのように、行ったり来たりする波の上にパラパラと雪が降っている。

こういう情景のなか、この辺りは、『平家物語』の有名な古戦場で平敦盛が熊谷次郎直実に首をとられたという伝説の地だけれど、その話をする人は今はもう誰もいない。

見ると、松の根方に年古りた卒塔婆（お墓）が立っている。敦盛の墓という意味ではないが、情景描写としてそれを思わせるような雰囲気がある。この詩はおもしろいなぁ。感情もなかなかよく表現されている。（韻字：過、波、婆）

◎明石より兵庫に抵る途中　その三—蓑笠にも馬のたてがみにも雨が降る

七言絶句（下平・八庚）

家家竹箔午風軽
松気浅深陰復晴
一霎馬前人後雨
蓑声鬣影両分明

家家《かか》の竹箔《ちくはく》　午風《ごふう》軽《かろ》し
松気《しょうき》浅深《せんしん》　陰《いん》復《ま》た晴《せい》
一霎《いっしょう》　馬前《ばぜん》人後《じんご》の雨《あめ》
蓑声《させい》鬣影《りょうえい》　両《ふたつ》ながら分明

家々では竹のすだれをさげて、そこに昼の風が軽く当たってすだれが揺れている。「箔」はすだれです。

松がいっぱい生えていて、その松の気が浅くまた深く風によってもたらされる。そして日が陰ったり晴れたりしている。「陰」は日が曇る、「晴」は日が晴れる。この二句で明石の海岸の情景、海岸にある漁師の家の様子と、松の様子とをうたっている。

「霎《しょう》」は短い時間を表す。「人後の雨」は人の後ろに雨が降ったということ。つまり馬に乗って人が進んでいくと、雨がサーッと、馬の前に降ったかと思うと人の後ろに降る。おもしろい情景描写です。

「蓑声《させい》」は、蓑笠を着ていますから、その蓑笠に雨が降ると音がする、その音です。「鬣《りょう》」はたてがみ、馬に乗っていますから、馬のたてがみにも雨が降る。蓑笠に注ぐ雨の音もくっきり聞こえるし、たてがみに注ぐ雨の様子もよく見えて、両方ともはっきりわかるという意味です。これはおもしろい詩だな、このなかで一番おもしろい。（韻字：軽、晴、明）

◎木犀の香りに包まれて見る夢

　寓有功桂陰書屋　　　七言絶句（下平・七陽）
紙窓無影月過廊
烟冷茶厨不送香
一枕秋燈生遠夢
木犀樹下小書床

　有功桂陰《ゆうこうけいいん》書屋に寓す
紙窓《しそう》に影も無く　月は廊を過ぐ
烟《けむり》冷ややかにして　茶厨《ちゃちゅう》香りを送らず
一枕《いっちん》の秋燈《しゅうとう》　遠夢《えんむ》を生ず
木犀樹下《じゅか》の小書床《しょうしょしょう》

　有功桂陰書屋という書斎で一夜を過ごしている様子を描いた。『鉄兜遺稿』にある「馬場有功に贈る」という詩に「詩（紙か）窓に月映り　桂開き初める」という句がありますから、京都の医者、馬場有功の書屋に泊まっているのかもしれません。あるいは、鉄兜の兄で、河野家を相続した三策の号が桂陰ですから、その兄の家のことかもしれません。鉄兜の子息、河野天瑞の『河野鉄兜先生伝』に、「（河野家の）入口の前方面の位置に大きな桂樹があった。高さ七、八丈（二一～二五メートル）もあったであろう。これにちなんで三策は号を桂陰とつけた」とあります。

「紙窓《しそう》」は障子、「紙窓に影も無く　月は廊を過ぐ」は、月が当たって障子にずっと月の影が宿っていたけれども、今やもう夜も更けて真夜中になったので、月は廊下を過ぎて、どこかに高いところへ行ってしまった。

そして茶の煙も冷え、茶を淹れる台所ではいい香りもしなくなってしまった。まだ月がよく見えた時刻ではお茶を淹れて飲んでいたんですね。前半の二句で、有功桂陰書屋という書斎の様子を形容していますが、非常にさびれているような様子がうかがえます。

その誰もいないさびしいところで枕して、季節は秋、枕辺にぽつんとともしびを点けて寝ると、夢の中で遠くへ行く。

木犀の木の下の小さな書斎の寝床。木犀の木はいい匂いがするので、どんな夢を見るのかということを想像させている。間接的に言っているわけね。洒落た言い回しをしているけれども、簡単にいえば、貧乏書斎で夢を見るという話だな。（韻字：廊、香、床）

◎鬼を学んで啼く鳥

鈴鹿嶺　　　　七言絶句（上平・八斉）

枯木回巌望欲迷

鈴鹿の嶺

枯木回巌《こぼくかいがん》　望み迷わんと欲す

秋煙匝地失東西
田公祠外青杉雨
鳥不知名学鬼啼

秋煙《しゅうえん》地を匝《めぐ》りて　東西を失う
田公《でんこう》の祠外《しがい》　青杉《せいさん》の雨
鳥は名を知らず　鬼《き》を学んで啼く

次は「鈴鹿の嶺」、鈴鹿峠（現在の三重県と滋賀県の境にある峠。箱根と並ぶ東海道の難所）のことですね。

鬼気迫るようなうたい方をしていますね。古い木が生い茂って、「回巌《かいがん》」、岩がぐるりとめぐっている。そういう険しいところです。

「望み迷わんと欲す」は、どこを見ても古い木があり岩がめぐっていて遠くを望むことができず、どこにいるかよくわからない。このたった七字で、鈴鹿の峠をうまく表現している。鈴鹿峠を通って行く難儀な旅の様子が第一句で表されている。

「秋煙《しゅうえん》」の「煙」は秋になると立ち込める靄や霞、それがすーっと地面に漂っていて、今いったい自分はどこにいるかわからない。「東西を失う」は、方角がわからなくなってしまったという意味です。「匝《めぐ》りて」の「匝」の音読みは「そう」です。

「田公《でんこう》」は土地の神様、土地の神様を祀った祠の外には青々とした杉が生い茂っていて、上からざーっと雨が降っている。高い木の上から雨が降ってざーっと木の枝あるいは葉っぱに音がして落ちてくるのを「青杉《せいさん》の雨」という。

なんの鳥か知らないけれども、非常に世間離れした声で鳥が鳴く。妙ちきりんな声を出して鳴いているということを「鬼《き》を学んで啼く」と言ったんですね、おもしろい表現ですね。無論これは形容で言っていて、鈴鹿峠を越えるときにいかに難儀をしたかということを言いたいから、「なんの鳥か知らないけれども、幽霊を学んで鳴いているような鳴き声の鳥がいるよ」と言っている。今からでは想像もつきません。（韻字：迷、西、啼）

◎三河路上　その一――お城の鴟尾が見えてきた

三河路上　　七言絶句（下平・八庚）

旗亭踈柳滴余声
矢矧川頭驟雨晴
行到橋心人意好
松間鴟尾忽分明

三河路上《みかわろじょう》
旗亭《きてい》の踈柳《そりゅう》　余声《よせい》を滴らす
矢矧《やはぎ》の川頭《せんとう》　驟雨《しゅうう》晴る
行《ゆ》きて橋心《きょうしん》に到りて　人意《じんい》好し
松間《しょうかん》の鴟尾《しび》　忽ち分明《ぶんめい》

「三河路上《みかわろじょう》」は、三河（今の愛知県東部）の道中（路上）をうたっています。

「旗亭《きてい》」は宿屋。宿屋に泊まると、その宿屋の傍らにまばらに柳が生えている。なぜ柳が生えているかというと、柳は別れの象徴なんですね。中国では別れるときに傍らに立っている柳の枝を折って手向ける。ですから昔はこういう街道筋の旅籠には柳が植えてあったんですね。「余声《よせい》を滴らす」は、雨が降ってぽたぽた音がする。旅籠で休んで、まばらに生えている柳の枝から雨だれがぽたぽたと落ちているという情景です。

矢矧《やはぎ》川という川があって、「驟雨《しゅうう》」はにわか雨、矢矧川のほとりににわか雨が降っていたけれどもようやく今晴れてきた。そのにわか雨で先ほどの、柳に雨だれがぽたぽた落ちているという情景描写になったわけですが、これがおもしろいな。

そこで旅を続けるわけだが、どんどん行くと橋があって、「行《ゆ》きて橋心《きょうしん》に到りて人意好《じんい》し」と言っている。どういうことかというと、橋の真ん中辺りまで行ったら、いい気持ちになった。なぜいい気持ちになったか。橋は真ん中辺りまで行くと高くなって遠くが見える。何が見えたか。お城が見えたんです。「鴟尾《しび》」というのは、城の屋根の飾りの、鳥の尻尾がはねているような瓦です。「忽ち分明《ぶんめい》」、くっきりと見えた。松のあいだからお城の鴟尾がくっきりと見えた、そこで「人意好し」と言っている。東海道筋の情景描写として非常にわかりやすい。（韻字：声、晴、明）

◎三河路上　その二―琵琶の音色に似た川のせせらぎ

七言絶句（上平・十五删）

澗泉一脉響珊珊
霜葉紅残宮地山
憶得妙音藤相国
四絃余調寄潺湲
　太政大臣師長称
　妙音院善琵琶

澗泉《かんせん》一脉《いちみゃく》　響き珊珊《さんさん》
霜葉紅残《そうようこうざん》　宮地山《みやじやま》
憶《おも》い得たり　妙音藤相国《みょうおんとうしょうこく》
四絃《しげん》の余調《よちょう》　潺湲《せんかん》に寄す
　太政大臣師長妙音院と称す　琵琶を善くす

「澗泉《かんせん》」の「澗」は谷川、「泉」は川の流れです。谷川の水が一筋、さらさら、さらさらと流れている。さらさら、さらさら、という音が「珊珊《さんさん》」です。「一脉《いちみゃく》」の「脉」は一筋という意味です。

宮地山《みやじやま》は、持統天皇も行幸したことがあるという宮路山（愛知県豊川市）のことでしょう。「紅《こう》残《ざん》」の「残」は残り少ない、すたるという意味です。宮地山では霜に打たれた葉っぱもすでに季節が過ぎて、紅葉がもう大分枯れ、葉が落ちて、残り少なくなった。

そこで「妙音藤相国《みょうおんとうしょうこく》」のことを思い出した。「藤相国」については註がついていて「藤相国は太政大臣藤原師長公である。この人は妙音院と称し、非常に琵琶が上手だった」とあります。藤原ですから藤、相国は大臣。藤原師長は治承三年（一一七九）、平清盛によって尾張国井戸田庄（現在の名古屋市瑞穂区）に流されたといいます。

「潺湲《せんかん》」は、川がさらさらと流れる音、その音を、藤原師長公が奏でる「四絃《しげん》の余調《よちょう》」、琵琶を奏でる音のようだと言っている。直接言っているのは「その四絃の奏でる音が川のさらさらという音に寄せている」ということですが、意味はつまり、「藤原師長公が奏でる琵琶の音色によく似た川のせせらぎだ」ということです。洒落た言い方だね。（韻字：珊、山、湲）

（平成二十九年十月二日）

〔第4講〕 詩を論ず

取り上げる漢詩

詩を論ず　その一　その二　その三　その四　その五／古文指揮を読む／
松靄上人上野の学寮に訪う

◎詩を論ず　その一――詩人を推すならば

論詩　　　　　　　詩を論ず　　　　　　七言絶句（下平・七陽）

低首相推誰至当　　首《こうべ》を低《た》れて相《あい》推す　誰《たれ》か至当なる
于今連璧説蘇黄　　今において連璧《れんぺき》　蘇黄《そこう》を説く
若従人品論優劣　　若《も》し人品に従って優劣を論ずれば
何啻元龍上下床　　何ぞ啻《ただ》に元龍上下《げんりゅうじょうげ》の床《しょう》

「首《こうべ》を低《た》れる」というのは昔の詩によく出てきます。「低首」といって、相手を尊敬する動作です。唐の李白（七〇一～七六二）や杜甫（七一二～七七〇）の詩にもあります。あの李白が「一生低首謝宣城《いっしょうていしゅしゃせんじょう》」と言って首を垂れた人がいます。それは誰かというと、六朝（二二二～五八九）の謝朓《しゃちょう》（四六四～四九九）という人。謝朓は宣城太守であったので謝宣城ともいいます。李白は八世紀の人、謝朓は五世紀の人で時代が違っていましたが、李白は一生のあいだ首を垂れた。謝朓は三十五歳の若さで死にましたが、非常に垢抜けした詩風でした。李白は自分の詩に垢抜けしないところがあるのを自覚していたのです。今日の文学観からいって李白と謝朓とを比べたら、李白がずっと上ですが、その李白にしても泣き所がありました。父親の名前がわからず、家柄がよくなかった。一方、謝は当時最高の貴族でした。ただし謝朓の家は謝でも低い謝でしたが、それでも王・謝の一つですから、李白の及びもつかない家柄でした。そんな家柄が詩に出て、謝朓の詩は垢抜けていました。そういうことは日本の和歌の世界でもあるでしょう。平安貴族の和歌が垢抜けていたりします。そんなわけで、李白は自分の詩が世の中で最高だと思っているけれども、一生涯頭が上がらないのは謝朓だと言ったわけです。大げさな言い方をしたわけですが。李白と杜甫は「李杜」と並び称されますが、杜甫は五百年さかのぼれる歴々たる名家の出ですけれども、李白は父親の名前も伝わらない。それが李白のアキレス腱でもありました。

さて、首を低れて推すとすれば誰が一番適当か。「至当」は最も適当ということです。

「璧《へき》」は玉《ぎょく》、たまのこと。たまを二つ連ねたような存在の、蘇《そ》と黄《こう》が最も推す人だ。蘇は蘇東坡（一〇三六～一一〇一）、黄は黄山谷《さんこく》（一〇四五～一一〇五）ですね。この二人は北宋（九六〇～一一二七）の二大詩人です。黄山谷は蘇東坡の弟子で、この二人を合わせて「蘇黄《そこう》」という。唐の時代（六一八～九〇七）の代表的な二人を、李白と杜甫の「李杜」というでしょう。宋の時代の代表的な二人は「蘇黄」です。宋は北宋と南宋があります。途中で都が北から南に移り、その南に移ったのを南宋（一一二七～一二七九）といい、その南宋の時代にも有名な人がいます。陸游《りくゆう》（一一二五～一二一〇）。陸放翁《りくほうおう》ともいいます。この陸游と蘇東坡を合わせて、宋の時代の代表的な二人として「蘇陸」という。「李杜」と違って、同じ時代の人ではありませんが。

「元龍《げんりゅう》」は人の名前で、こんな故事が知られています。「元龍は客主《かくしゅ》の意無し、久しく相与《とも》に語らねば、自《みずか》ら大床《だいしょう》に上《のぼ》りて臥《が》す、客をして下床《かしょう》に臥せしむ」。陳元龍《ちんげんりゅう》という人には、客と主人という気持ちの区別がなかった。普通でしたらお客さんはお客さんとして遇する、主人は主人として対応するわけでしょうが、区別がなかった。元龍は、長いあいだ話をする機会がなかった人に対して、自分が大きなベッドにのぼって寝て、お客を下の小さなベッドに寝かせた。いわゆる「傍若無人」という言い方をしますが、「上下の床」というのはそういうことです。元龍はお客とて眼中になく、自分で勝手に上の大きなベッドで寝てしまう。そしてこの詩の第四句は、あの元龍が上下の床でもって偉そうにしたよりもっと大げさだということです。人品によって優劣を論ずるならば、どうして昔の陳元龍の上下の床だけであろうか、そんなことはない、という批判です。

（韻字：当、黄、床）

◎詩を論ず　その二―典故や故事来歴を用い過ぎぬよう

七言絶句（下平・一先）

趺坐閉門春寂然
茶烟一榻落花天
冥捜旁引無余蘊
参透陳家曹洞禅

趺坐閉門《ふざへいもん》　春寂然《はるせきぜん》
茶烟一榻《ちゃえんいっとう》　落花《らっか》の天
冥捜旁引《めいそうぼういん》　余蘊《ようん》無し
参透《しんとう》す　陳家曹洞《ちんかそうとう》の禅

「趺坐《ふざ》」は坐禅を組むことです。お釈迦様が座っているように、膝を曲げて、あぐらにして座ることを趺坐といいます。門を閉ざしてじっと趺坐している。季節は春、「寂然《せきぜん》」は寂しいことですから、ひっそりとして、春が過ぎていく。

一方、庭ではお茶の葉を炒る煙がすーっと立つ。これは有名な杜牧《とぼく》（晩唐の詩人。八〇三～八五二）ですね。「茶烟軽《ちゃえんかろ》く颺《あが》る　落花の風」。茶烟がすーっとのぼっていく、晩春ですからそこにちょうど「落花《らっか》の天」、はらはらと花びらが落ちてくる。上からは花びらが落ちてくる、下からは茶烟がすーっとのぼってくる。このように春、静かに門を閉ざして、お茶の烟を立てて、はらはらと花が散る、こういう世界。

「冥捜旁引《めいそうぼういん》　余蘊《ようん》無し／参透《しんとう》す　陳家曹洞《ちんかそうとう》の禅」、これがわかりにくいですね。「冥捜」は暗いところからも探しだしてくる、「旁引」は脇のほうからも引っ張ってくる。どういうことかというと、詩の句をつくるときに、いろいろなところから詩の句を探してくる、あるいはいろいろな典故をもって詩をつくるということです。もっぱらそういうことばかり気を使っていると、「余蘊」、にじみ出るような味わいがない。詩のつくり方として、いろいろ知識をひけらかして典故を用いたりすることがありますが、それが過ぎると却って味わいがなくなってくる。

第四句、「参」はしみる、「透」はすかすという意味です。「陳家曹洞の禅」は何かいわれがあるらしいのですが、要するに禅の世界というのは奥深い世界ではあるけれども、純粋の詩の世界とは違う。つまり禅味というのは、詩の世界では臭みになります。詩に禅味が出てくるというのは、詩はお説教ではありませんから、お説教風の味がまつわってきたら、詩がおもしろくなくなる。だから「陳家曹洞の禅」というのは、悪口を言っているのです。禅の味がしみ通っていて、結局は詩としてはおもしろくない。詩のつくり方の一つの心得を、いろいろな場面でなぞらえをしながら説いているわけです。

「冥捜旁引　余蘊無し」、これが一番大事だ。「博引旁証」という言い方がありますが、言葉を使うのに、典故があったり故事来歴があったりするのを用いることが過ぎると、却って味わいが

なくなってしまう。（韻字：然、天、禅）

◎詩を論ず　その三―近い時代で私が推すのは

七言絶句（下平・七陽）

詩家誰不説三唐
一代風流互主張
我在近時推二子
曝書亭又帯経堂

詩家《しか》は誰か三唐《さんとう》を説かざらん
一代の風流　互いに主張す
我は近時に在りて　二子を推す
曝書亭《ばくしょてい》と又帯経堂《たいけいどう》

「三唐」は初唐、盛唐、晩唐のことです。初唐、盛唐、中唐、晩唐の「四唐《し》」という言い方もあります。「説かざらん」は反語で「皆説く」ということ。詩を専門にする人たちは誰もが皆三唐を説く、つまり、詩といえばみんな唐のことを言う。

そしてお互いに唐を代表する風流は誰だ、「杜甫だ」「李白だ」と主張し合う。

私は近代ならば二人の人物を推す。

曝書亭《ばくしょてい》も帯経堂《たいけいどう》も清朝（一六一六〜一九一二）の人ですね。曝書亭は朱彝尊《しゅいそん》（清の文学者。一六二九〜一七〇九）、帯経堂は王士禎《おうしてい》（清の詩人。一六三四〜一七一一）です。（韻字：唐、張、堂）

◎詩を論ず　その四——詩は性情が大事

七言絶句（下平・十二侵）

詩尚性情無古今
宮商誰得用心深
御書敬業堂三字
不負烟波査翰林

詩は性情を尚《たっと》ぶこと　古今《ここん》無し
宮商誰《きゅうしょうたれ》か得ん　心を用いることの深きを
御書《ぎょしょ》　敬業堂《けいぎょうどう》　三字《さんじ》
負《そむ》かず烟波《えんぱ》　査翰林《さかんりん》

「尚」はたっとぶという動詞です。今も昔も詩はなんといっても性情が大事だ。性情が大事だということの裏は、言葉を重んずるよりも気持ちだと言っているんです。詩はもちろん言葉でもって表現しますけれども、言葉のほうに重点がかかると性情が軽くなってしまう。それでは駄目で、詩というもので昔も今も一番大事なのは、詩の性情、つまり詩をつくる心だと言っているんですね。

「宮《きゅう》」「商《しょう》」というのは五音といいまして、宮、商、角《かく》、徴《ち》、羽《う》という、中国の五音階です。西洋音楽はドレミファソラシドの七音階ですが、中国は五音階なんです。宮、商、角、徴、羽の五音階というものはなかなか深いものがある。誰かその心を用いるの深きを得られるか、反語になっていて、その深みを誰がやることができようか。つまり、誰とは言えない、こういう音階を重んずるということはなかなか難しい。詩というものは性情を尊ぶことは昔も今も同じだけれども、宮、商というような詩の音調というものはなかなかわからない。その宮商はなかなか得られない、難しい。

「御書《ぎょしょ》　敬業堂《けいぎょうどう》　三字《さんじ》」、皇帝から「敬業堂」の三字の書もたまわっている。

「負《そむ》かず烟《えん》波《ぱ》　査《さ》翰林《かんりん》」、「査翰林」は人の名前で、清の初めの詩人、査慎行《さしんこう》（一六五〇～一七二七）という人だと思う。「翰林」は正確にいえば「翰林学士」といい、かなり高官の役職の名前です。文筆などに携わる政府の高官。だけれども査慎行は別の世界も持ち、仕官せずに釣りを楽しむ生活を送ったことから「烟波釣徒《ちょうと》」と号した。俗を脱したその号にも負けない人だったと褒めているわけです。（韻字：今、深、林）

◎詩を論ず　その五──飾り立てた文章は朽ちる

七言絶句（上平・十二文）

彼倣相如此子雲
競将仮飾広伝聞
彫花鏤葉供看玩
不是乾坤不朽文

彼は相如《しょうじょ》を倣い　此れは子雲《しうん》
競って仮飾《かしょく》を将《もっ》て　伝聞を広む
花を彫《え》り葉を鏤《ちりば》め　看玩《かんがん》に供す
是《こ》れ乾坤《けんこん》不朽の文ならず

「相如《しょうじょ》」は前漢の司馬相如（紀元前一七九～紀元前一一七）、「子雲《しうん》」は後漢の揚雄《ようゆう》（紀元前五三～一八）、漢（紀元前二〇二～二二〇）を代表する文人・詩人ですね。第一句は、やれ司馬相如だ揚子雲だといって真似をする、ということです。

第二句の「将《もって》」は「以」という字と意味は同じです。ここは平仄《ひょうそく》の都合で「将」を使っています。「将」は平とすべきところで、「以」は仄とすべきところで使われます。

漢字の声調は平、上、去、入と四つあるから四声です。上、去、入は平らでないので仄声という。

去―入
上―平

大抵の漢和辞典には、見出しの漢字が四声のどれになるか、右の表の位置に印が付いています。四字目の「飾」の音は「ショク」で、「ク」が付くでしょう。日本の漢字音で「フ・ク・ツ・チ・キ」で終わる字は全部入声です。発音してみたらすぐわかるね。旧仮名遣いで「てふてふ」と書いて「ちょうちょう」という、あの「ふ」がそうです。「てふてふ」が言いにくいから「ちょうちょう」になった。数字の一もそうですね。日本人はイチとかイッとか詰まる音だとすぐわかる。入声だとすぐわかる。ところが現代中国語では「イー」という詰まらない平らな音。そういうわけで日本の漢字音には却って古いものが残っていてわかりやすいことがあります。石川の石もそう。現代中国語では「シー」という詰まらない音ですが、日本の音では「セキ」と詰まる音です。

それで、七言絶句で、第二句の四字目が仄声だと、平仄の並びはこうならないといけません。

平平仄仄仄平平

そういうわけで、二字目に「以」ではなく「将」を使っているのです。

みな競争して「仮飾」、うわべの飾りをもって自分の伝え聞いたことを広めようとしている。わかりやすくいえば、昔の司馬相如とか揚雄とか、こういった人たちの真似をするということです。本当の詩ではなくて、昔の有名な詩人の言葉、修飾といったものを利用してしまう。それはたとえて言うならば、彫刻で花の模様を彫ったり葉っぱをちりばめる、そういうことによって、「看玩」は見てもてあそぶこと、現在の言葉では「鑑賞」ですから、鑑賞に備える、見る人の好みに合わせるようなものだ。

そんな飾ってつくった、目で見て楽しむような文章は、乾坤不朽の文ではない。大きく出ました。「乾坤」は天地。この天地に永遠に朽ちることのない、価値のある本当の文章ではない。第四句は、一番上の「不」という字が否定しているわけです。この詩はわかりやすい、おもしろいね。（韻字：雲、聞、文）

◎中国の錚々たる文章家たち

七言絶句（上平・四支）

読古文指揮
大漢文章両出師
奇才何数十曹丕
晋人不喜性情語
艶説建安七子詩

古文指揮を読む
大漢《だいかん》の文章　両《ふたつ》ながら師を出《いだ》す
奇才何ぞ数えん　十曹丕《じゅうそうひ》
晋人《しんひと》喜ばず　性情の語
艶《えん》に説く　建安七子《けんあんしちし》の詩

漢には前漢と後漢とがあります。ひっくるめて大漢。前漢が紀元前二〇二年から八年の約二百年、後漢が二五年から二二〇年の約二百年続きました。漢の時代、文章の先生が二人出た。「両《ふたつ》ながら」は二人ということ。前漢を代表するのは司馬遷（紀元前一四五頃～紀元前八六頃）。後漢を代表するのは班固（三二～九二）。「はんご」と濁る。この二人のことを言っています。

第二句の「奇才」は「師」との比較ですね、優れた才能のある人。漢のあとの魏の時代（二二〇～二六五）に曹丕《そうひ》（一八七～二二六）という人物がいましたが、それを「奇才」の代表として例にあげています。曹丕というと一代の才子といわれたけれども、十人の曹丕をどうして数えることがあるか、数えるまでもない。その才子が十人くらいいたってどうってことはない。つまり、漢の時代の文章家、司馬遷と班固を持ち上げたんです。

曹丕は曹操（一五五～二二〇）の倅《せがれ》です。曹操とその倅の曹丕、曹植《そうしょく》（一九二～二三二）を「三曹」といいます。曹操の倅は兄弟とも非常に文才がありました。兄の曹丕は政治的にも後継者になって魏の皇帝の位にも就きましたが、弟の曹植は皇帝になれませんでした。親父の曹操のことを魏の武帝だから「魏武」といい、位をついだ曹丕を「魏文」といいます。皇帝になれなかった曹植は陳思王、陳王《ちんのう》といいます。曹操・曹丕のように、権力者でありながら時代を代表する文人というのはめずらしい。「文武両道」というかな。とくに曹操は天下を取った男ですからね。北宋の蘇東坡が「赤壁の賦」で、その天下を取った男を「槊《ほこ》を横たえて詩を賦《ふ》す」といって讃えています。ほこを傍らに置きながら詩をつくる。曹操、曹丕、曹植の三曹は、文学者としても時代を代表する三人です。

くだって魏のあとは晋（二六五～四二〇）。なお漢文では「晋人」を「しんじん」とは言わず、「しんひと」と言います。こういうのは「読み癖」といって、いわゆる読み習わしのことです。というのは「じん」という発音の字には、「仁」もある。まぎらわしいので、漢文では「人」は「ひと」と読んで、「晋人」は「しんひと」と言う。晋の時代の人々は性情の語を喜ばない。

そして、建安七子のことを「艶説」、艶っぽくてよくないと言っている。「建安七子」というのは、晋の一つ前の三国の魏の時代、建安年間（一九六～二一九）ごろに、先の三曹を中心とする文学集団に属して活躍した七人の文人のことで、孔融《こうゆう》、王粲《おうさん》、陳琳《ちんりん》、徐幹《じょかん》、阮瑀《げんう》、応瑒《おうとう》、劉楨《りゅうてい》です。建安は後漢の一番最後の年号ですが、時代はもう三国の魏になっています。その、当時は大変もてはやされた「建安七子」の詩を、晋の時代の人々は艶っぽいとして喜ばない。こう言っています。（韻字：師、丕、詩）

◎松風が吹き渡るなかで

訪松靄上人上野学寮　松靄上人《しょうあいしょうにん》上野の学寮に訪《と》う　七言絶句（上平・四支）

松陰掃石坐填詞　松陰に石を掃《はら》って　坐して詞《ことば》を填《うず》む
稷稷清風繞筆吹　稷稷《しょくしょく》たる清風　筆を繞《めぐ》りて吹く
不似南唐成進士　似ず　南唐《なんとう》の成進士《せいしんし》
虎跑泉畔拾枯枝　虎跑泉畔《こほうせんぱん》　枯枝《こし》を拾う

題の「上野」は江戸の上野でしょうね。「松靄《しょうあい》」は、徳含《とくがん》（一八〇九〜七三）という江戸後期から明治時代初めの僧の号です。江戸上野の寛永寺から浅草の梅園院にうつり、漢詩をよくしたといいます。

松の木陰で石を掃《はら》い、その石の上に坐って、「詞を填む《ことばをうずむ》」というのは、詩をつくるという意味です。「填」は「あてはめる」ということで、七言絶句の、七字のどこにどの字をあてるかということを「填《うず》める」といいます。のちに「填詞《てんし》」という言い方ができますが、これはあとで説明します。

第二句、「稷稷《しょくしょく》たる清風《せいふう》」と言って「松風」とは言っていませんが、「稷稷たる清風」というと松風と決まっているんですね。松風が筆を繞《めぐ》りて吹く、そのいかにも気持ちのよい環境のなかで詩をつくる。

第三句の「南唐の成進士」は、五代十国の一つ南唐（九三七〜九六〇）の進士（科挙の合格者）、成彦雄のことで、続く第四句は、その詩集『梅岭集』にある「煎茶」という詩を典拠にしています。

「岳寺春深睡起時／虎跑泉畔思遅遅／蜀茶倩個雲僧碾／自拾枯松三四枝」（山寺で春の盛りにぐっすり眠り、目が覚めた。／虎跑泉に思いを残しつつ／蜀の茶を碾《ひ》くよう僧に頼み／自らは茶を煮るための枯れ枝を拾い集める）

虎跑泉は今でも浙江省杭州にある水の名所ですね。そこのことを思いながら、四川省の蜀の銘茶を坊さんに碾《ひ》かせて、自ら茶を煮るために枯れ枝を拾い集める。そんな成進士の姿に似ていないだろうか、といいたいのでしょう。（韻字：詞、吹、枝）

詩と詞

「南唐」は、五代十国のうちの十国の一つです。唐と宋のあいだ、五十年余りの短いあいだ（九〇七〜九六〇）に五代十国といって、五つの王朝と十の国がわっと出た。五代、梁、唐、晋、漢、周。七字で平仄も合っていますね（笑）。この華北に興った五つの王朝は後梁、後唐、後晋、後漢、後周とみんな「後」を付けます。本人たちは付けていませんよ、まぎらわしいので後世の歴史家が付けたのです。いずれも都は洛陽です。そして主に江南地方に前蜀、後蜀、呉、南唐、荊南《けいなん》、呉越、閩《びん》、楚、南漢、北漢などが興りました。それを平定して統一したのが宋ですね。宋は長く続いて、都が開封のときが北宋（九六〇〜一一二七）、やがて北が攻められ、都を臨安（今の杭州）に移して南宋（一一二七〜一二七九）といいました。

その宋の時代に入ると、詩ももちろんつくられますが、前の唐の時代にはなかった新しい文学形式として、「詞」ができました。中国語で、詩と区別して詞（ツー）という言い方をします。宋の時代、先ほど話した「填詞」が第一級の文学になるのです。唐の時代は、詩が第一級の文学でした。填詞というのは形が先に決まっていて、その形が複雑なんです。七言絶句のように全部七字なら七字、というなら簡単ですが、四字を使ったり三字を使ったり、時に一字を使ったりします。そこに言葉を填《は》めていく。だから填詞といいます。技巧的な文学で、逆に言うと言葉のほうに力が入ってしまっているから、風格といったものは詩と比べると落ちている。そういうことで、硬派の文学ではない軟派の文学、「軟文学」という言い方をします。しかしなかなか情緒纏綿たる作品がある。「詞」は宋に入ってから新しく開けた文学形式で、宋の時代を代表する文学形式です。

その後、元（一二七一～一三六八）と明（一三六八～一六四四）のあと、清朝（一六一六～一九一二）で詞はまた盛り返した。納蘭性徳《のうらんせいとく》（一六五五～八五）という一級の詩人が現れました。名前が中国人らしくないでしょう、この人は満洲人なんですよ。清という王朝は満洲族が建てました。満洲族が北から出てきて、それまでの漢民族を倒して、天下を統一したのです。納蘭性徳は清の貴族です。納蘭が姓です。これは中国の姓とは違います。この納蘭性徳が、清朝を代表する詞の大家、非常に優れた作家でした。

そのようにして詞という文学形式は、宋の時代に詩に代わって非常に盛んになり、宋が滅びてもつくられ続けて、ことに清朝の時代、納蘭性徳が現れたために復活したということで、二度興隆の波がありました。

詞はその題によっていろいろな複雑な形があり、填詞というとおりそれに言葉を填めていくわけです。字数の制約もいろいろあり、韻の置き方も一様ではなく、つくるのがむずかしい。これは日本でも江戸時代の後期、非常に流行りました。複雑だからおもしろいんだね。しかも繊細です。詩は唐詩に代表されるわけですが、骨太です。詞は繊細で女性的です。しかしつくるのがむずかしくて一般性がなく、今やつくる人もいないのではないでしょうか。

（平成二十九年十一月十三日）

［第5講］友をうたう、師をうたう

取り上げる漢詩

春初 疾を松竹山家に養う／高隆古 余が為に画を作る 係るに一詩を以てす／東條子臧の播州を問うに答う／春繍の図 関鉄卿に和す／微月弾箏図 篠箊の関氏の為にす／東台所見／万松山館図五山先生の嘱の為にす

◎病床で思うふるさとの梅

春初養疾松竹山家　　七言絶句（下平・六麻）

飄然一剣走天涯
病在城南儒者家
孤負故渓三百樹
就人詩稿読梅花

春初《しゅんしょ》 疾《やまい》を松竹山家《しょうちくさんか》に養う

飄然一剣《ひょうぜんいっけん》　天涯に走る
病んで　城南儒者の家に在《あ》り
孤負《こふ》す　故渓《こけい》の三百樹《さんびゃくじゅ》
人の詩稿に就いて梅花を読む

春の初め、松竹山家《しょうちくさんか》というところで病気の静養をした。「疾《やまい》を養う」というのは病気を治すために静養することです。

「飄然一剣《ひょうぜんいっけん》　天涯に走る」、これは決まり文句で、剣を携えてふらっと旅に出かけて天の涯てまでやって来た、これにはもちろん誇張があります。ところが病気になって、町の南の儒者の家にお世話になっている。題に見える「松竹山家」が「城南儒者の家」ですね。

「孤負《こふ》」はむざむざ負《そむ》くことで、「故渓」は故郷《ふるさと》の谷ですから、ふるさとの谷川の三百の木にむざむざそむく。三百本の木が何であるかは、第四句を見ると梅であることがわかる。ふるさとに三百本もの梅の花があるのにそれにそむいて、つまり、実際の梅を見るのではなく、人の詩稿の中にある梅の花を読んで詩を編み出している。病気ですから、実際に梅の花を見に行くことができないので、病床で人の梅の詩を読んで、慰めている。洒落た詩です。（韻字：涯《が》、家《か》、花《か》）

◎町にたなびく春の雲

高隆古為余作画　　高隆古 余が為に画《え》を作る 係《かく》るに一詩を以てす
係以一詩　　七言絶句（下平・八庚）

長堤過雨馬蹄軽　　長堤《ちょうてい》の過雨《かう》　馬蹄軽《かろ》し
木末楼姿淡不明　　木末《ぼくまつ》の楼姿《ろうし》　淡くして不明

絶似弥陀駅西路
春雲揺曳美人城

絶えて弥陀駅西《みだえきせい》の路《みち》に似る
春雲揺曳《しゅんうんようえい》す　美人城《びじんじょう》

「高隆古《こうりゅうこ》」は、「高」の付く姓を、中国風に一字にしたものです。江戸の末期ごろに流行りました。私の石川だと石《せき》としたりします。高久隆古《たかくりゅうこ》（一八一〇〜五八）という江戸時代後期の画家のことです。高隆古が私のために絵を描いた。その絵に関わるような詩をつくった。「係」は関係の係。どういう絵だったかは、詩によって想像してみるとわかります。

長い堤があって、馬がその堤を駆けていく。

「木末《ぼくまつ》」は梢、木の先。木が生えていて、木の先にさらに高殿《たかどの》が見えるけれども、ぼーっと煙っていてはっきりしない。なぜぼーっとしているかというのは、先を読むとわかります。

絶という字は強調の副詞で、「絶えて似る」というのは、非常によく似ているということです。何に似ているか。仏様のところへ行く宿場の西の道に似ている。これは一つの例えとして、あるいは想像して言っているわけだね。

人がたくさんいて女性もたくさんいるような賑やかな町を「美人城」という。たなびくことを「揺曳」という。春の雲がぼーっと霞んで、町にたなびいている。（韻字：軽、明、城）

◎お国自慢

答東條子臧問播州　七言絶句（下平・十五咸）

吾郷山水本超凡
淡蕩烟波開鏡函
十里垂楊風不断
家家門外有春帆

東條子臧の播州を問うに答う

吾が郷《きょう》　山水　本《もと》より超凡
淡蕩《たんとう》たる烟波《えんぱ》　鏡函《きょうかん》を開く
十里の垂楊《すいよう》　風断《た》えず
家家《かか》門外に　春帆《しゅんぱん》有り

東條子臧《とうじょうしぞう》、あるいは「たねぞう」と読むかもわからないが、東条琴台《きんだい》（一七九五〜一八七八）という江戸時代後期の儒者、考証学者です。その東條子臧が、播州はどういうところかと尋ねたのに対して、答えた。

私のふるさとである播州は、山水の様子が平凡ではない。平凡を超えているから超凡といいます。並みではない、非常に優れている。

たとえば、ぼーっとけむる靄、その靄がかかって鏡の箱を開くというのは、ここは海沿いですから、靄や霞が晴れてくると鏡の箱のような世界が開ける、鏡の箱のような景色が現れる、そんな意味だと思います。「淡蕩《たんとう》」はぼーっとしている、「烟波《えんぱ》」は靄がたちこめた水面。「鏡函《きょうかん》」は鏡の入っている箱です。

岸辺には十里四方に枝垂れ柳がずっと植えてあって、風が絶え間なく吹いている。そして家々の門の外には春の帆掛け船が見える。「家家門外」というのは、そのような外の景色に対してもっと特色があるのは、家の外には春の帆掛け船が見えるんだよと、洒落て言ったわけです。「播州ってどういうところだ」という質問に対して、「いいところだぞ」とお国自慢をしたのですね。この詩は非常にこの辺の風景を端的に表現していると思います。洒落ているな。（韻字：凡《はん》、函《かん》、帆）

河野鉄兜生家跡（姫路市網干区）に、この詩が刻まれた石碑があるそうです。

◎春風にも揺れぬ刺繍の景

春繍図和関鉄卿　　七言絶句（下平・十二侵）

碧紗窓外散軽陰
縷縷工夫費浅深
春著繍床吹不動
一団花影上金針

春繍《しゅんしゅう》の図　関鉄卿《せきてっけい》に和す

碧紗窓外《へきさそうがい》　軽陰《けいいん》を散ず
縷縷工夫《るるくふう》　浅深《せんしん》を費やす
春は繍床《しゅうしょう》に著《つ》いて　吹いて動かず
一団の花影《かえい》　金針《きんしん》に上《のぼ》る

「春繍図」というのは、春の景色を刺繍で描いた図です。関鉄卿《せきてっけい》がつくった詩に和した。関鉄卿は関雪江《せっこう》（一八二七〜七七）という幕末から明治時代の書家です。

紗《しゃ》という織物があります。更紗は「紗」という字を使うでしょう。その紗の青い生地に窓が描いてある。その窓の外の情景が絵柄としてある。どういう絵柄かというと、第四句に「一団の花《か》影《えい》」とあるから、花の模様があるんだね。

縷《る》というのは糸のことですから、「縷縷」はひと糸、ひと糸ですね。窓の外には景色が刺繍してあって、その刺繍のひと糸ひと糸の糸の使い方が、浅く、あるいは深く、いろいろと工夫を費やしている。この第二句は刺繍の様子をうたっています。

春の景色が描いてあって、「繍床《しゅうしょう》」、縫い取りをした床《とこ》といっているから、刺繍の生地に春の風が吹いているような図柄があるのかもしれないが、普通だったら春風が吹けば動くけれども、もともと縫い取りの情景であるから、吹いても動かない。当たり前といえば当たり前ですが、刺繍だから動かないと、洒落ているわけです。ですからこの作品は、刺繍の様子をうたって、それを実際の情景に合わせた表現にしているわけです。

さらに、たくさんの刺繍の花の絵が、「一団の花影《かえい》」といっているから、ひと塊になっている。その塊になっている花かげが、金の針によってできている。実際には金の糸で縫ってあって、金の針でもってつくっているわけではないけれども、その糸が非常にきれいなのを「金針に上《のぼ》る」、金針も金でつくったと表現しているのです。これは想像の景です。洒落た詩ですね。

関鉄卿に和したということは、その詩がないから想像ですが、関鉄卿の詩の韻をそのまま使っているのでしょう。(韻字：陰、深、針)

◎春の淡き月影

微月弾箏図　為箖箊関氏
月淡弘徽深殿煙
幽絃弾起想夫憐
白桃花影春如夢
人在水晶簾押前

七言絶句（下平・一先）

微月弾箏図《だんそうず》 箖箊《りんお》の関氏の為にす
月淡き弘徽深殿《こきしんでん》の煙《けむり》
幽絃弾《ゆうげんだん》じ起こす　想夫憐《そうふれん》
白桃《はくとう》の花影《かえい》　春《はる》夢の如し
人は水晶簾押《すいしょうれんおう》の前に在り

「微月《びげつ》」といっているから、月が少し出ている。その少し出ている月のもとで箏《こと》を弾いているという図柄がある。「箖箊《りんお》」は関さんの号で、前の詩の関雪江のお姉さんです。「江戸下谷《したや》に生まれ幼少より学を好み詩書をよくした」と伝わります。その図柄を見て、関箖箊のためにする。

弘徽殿《こきでん》という宮殿がある。「源氏物語」に「弘徽殿の女御」というのが出てきますね。京都の御殿のなかでも深いところにあるのを、深殿といった。弘徽殿の深い御殿の辺りに月が淡く煙って見える、けぶるように照らしている。「煙《けむり》」というのは、煙が立っているというより月影が煙っている。

その深い御殿の中から筝が聞こえてくる。何を弾いているかというと、「想夫憐《そうふれん》」という曲です。文字通り、夫を想う憐れな心、憐れというのは恋心ですね、つまり、夫を想う恋の曲「想夫憐」を筝で弾いている。「幽絃」といっているから奥深く上品に聞こえてくる。

ふと庭を見ると白い桃の花が咲いている。その花かげがぼーっと見えるわけで、「春夢《はる》の如し」。「水晶簾押《すいしょうれんおう》」というのは水晶の飾りの付いた御簾の前。その御簾は全部が水晶でできているのではなくて、水晶が垂れている。中国の詩にもあります。「押」は長押のことです。第一句に「月淡き」という表現があるので、月影が簾の水晶の飾りにキラキラ映っているという情景が想像されるね。綺麗な詩ですね。

題の「微月」は、月がかすかに見える。細い月ではなさそうだ。細い月のことを微月ということもありますが、ここでは丸い月が雲の中に隠れてかすかに照っているのを、微月といっている。こういう詩では、微月はだいたい満月なんですね。雲に隠れている満月のために、弘徽殿という深いところにある御殿の辺りにぼーっと月影が煙っている。（韻字：煙、憐、前）

◎上野・寛永寺の朝

東台所見
香露無声湿錦苔
廟門清粛暁光開
赭袍一隊排花去
知是伶官上殿来

七言絶句（上平・十灰）

東台所見《とうだいしょけん》
香露《こうろ》声《こえ》無く　錦苔《きんたい》を湿《うるお》す
廟門清粛《びょうもんせいしゅく》　暁光《ぎょうこう》開く
赭袍一隊《しゃほういったい》　花を排し去る
知る是れ　伶官《れいかん》の殿《でん》に上《のぼ》り来《きた》るを

「東台」は上野のお山のことです。東の天台山という意味です。なぞらえて、京都の比叡山のことを中国の天台山に見立てていますから、京都だったら天台山ですが、上野のお山は京都よりずっと東ですから、「東台」といっているのです。お山というほど高くありませんが、洒落て、東の天台山「東台」という言い方ができたのです。

かぐわしい露が声もなくしっとりと錦のような苔をうるおしている。ここは奥深いところですから、苔がむして、第二句を見ればわかるように朝ですから、朝露がしっとりとその苔をうるおしている。辺りの様子を美しく言ったわけです。

「廟」はこの場合はお寺のこと、上野の寛永寺のことです。お寺の門が静かで清らかなところに、朝日がすっと照らして赤くなってきた。ちょっと高台ですから、朝も先に明るくなってきます。

それを「暁光開く」といっている。

緋色の上着を着た一隊がぞろぞろと花をかき分けるようにしてやって来た。ああこれは伶官《れいかん》たちが上野のお山の御殿にのぼってきたんだな。「伶官」というのは、音楽や舞を司り、職業とする役人です。この人たちが、御殿の中で歌を歌ったり舞を舞ったりするわけですね。彼らが伶官だというのは「赭袍《しゃほう》」という服装でわかるわけです。赭は赤ですから、その伶官たちは赤い上着を着ている。そして「花を排し去る」は、花を押しのけるようにしてやって来た。「去る」は行くというより来る。「花を排して来る」といっても、この場合意味は同じです。（韻字：苔、開、来）

◎雨の後の新緑

万松山館図　為五山先生嘱
黄茆屋擁高低樹
白水渓通長短橋
雨不出門三四日
満山新翠長松苗

万松山館図《ばんしょうさんかん》　五山先生《ございさんせんせい》の嘱《しょく》の為にす　　七言絶句（下平・二蕭）

黄茆《こうぼう》の屋《おく》は擁す　高低《こうてい》の樹《き》
白水《はくすい》の渓《たに》は通ず　長短《ちょうたん》の橋《はし》
雨《あめふり》て　門を出《い》でざること三四日《さんよっか》
満山《まんざん》の新翠　松苗《しょうびょう》を長《の》ぶ

万松山館《ばんしょうさんかん》の絵を見て、五山先生《ござんせんせい》が書いてくれと頼んだので、これをつくった。五山先生は菊池五山（一七六九〜一八四九）という江戸時代後期の漢詩人で、柴野栗山に学んだ人です。

「茆」は「茅」と同じ意味で、こういうのを異体字という。万松山館という名前の屋敷をメインにして、その屋敷の屋根は黄色い茅で葺いてあると、まず取り上げているから、「黄茆《こうぼう》」が木の中でちょっと目立って見える、そういう絵柄だと思います。「黄色い茅で葺いた屋根は、高い木低い木を抱えているように見える」という言い方をしているが、まわりに高い木と低い木があって、黄色い茅葺き屋根が囲まれるようにしてある、ということです。

傍らには水が白く流れている。そういう白い流れを白水と言います。その谷川が流れているところに長い橋もあり短い橋もある。こういう図柄であることが第一句第二句によってわかる。

この第一句と第二句はきれいな対句になっていますね。黄色の茅と白い水、「屋《おく》は擁す」「渓《たに》は通ず」の屋根と渓、高低に対して長短。

さらに情景描写があって、三、四日も雨が降ったために門を出ない。そしてその雨のために山じゅうの新たな緑が生き生きとして松の苗も伸びた。第三句の「雨」という字は雨が降るという動詞で、名詞ではない。また、第四句の「長」という字は長いという意味ではなく、のびるという動詞です。これは韻字が橋、苗で合わしている。松苗のところは意味が苦しいね。

詩によって、逆に絵柄を想像すると、まず、黄色い茅で葺いた家の屋根、それを取り囲むように高い木も低い木もある。そして向こうのほうには水が流れていて、白く光っている。その上には短い橋も長い橋もある。こういう図柄であることがわかります。そして主人公は雨のために外へ出られなかったというのですから、絵柄の中に家が描いてあって、主人公が窓のそばで腕を組んでいるかもしれません。（韻字：第一句踏み落とし、橋、苗）

（平成二十九年十二月十一日）

［第6講］日光にて

取り上げる漢詩
日光山中雑詩　その一　その二　その三　その四　その五　その六　その七　その八　その九　その十　その十一　その十二　その十三／品香／月夜禁垣外を歩し笛を聞く　故栗山先生の事を懐う有り

今年（平成三十年）は戊年で、干支でいうと戊戌《ぼじゅつ》という年です。戊戌という年は、百二十年前の一八九八年、中国は清朝の末年で、光緒帝《こうちょ》（一八七一～一九〇八）がいろいろ改革しようとしたが失敗して、戊戌政変が起きました。

甲《こう》・乙《おつ》・丙《へい》・丁《てい》・戊《ぼ》・己《き》・庚《こう》・辛《しん》・壬《じん》・癸《き》、これが十干です。子・丑・寅・卯・辰・巳・午・未・申・酉・戌・亥の十二支との組み合わせが六十通りになる。人間が生まれて、数えの六十一になるときに干支が戻るんですね。ですから還暦といいます。数え年でいうと六十一歳、満でいうと六十歳。今年は戊戌の年、清朝末年の戊戌の政変から二回りした。百二十年というとそんな昔ではありませんが、世の中は随分変わりました。次の戊戌までは生きている人はいないと思うな（笑）。

◎日光山中雑詩　その一――蝉の声、ノウゼンカズラの花

日光山中雑詩　　　七言絶句（上平・二冬）

白板門扉鎮日封
風蝉清脆午陰濃
蔵春塢上無人見
閒却凌霄花満松

日光山中雑詩《にっこうさんちゅうざっし》
白板門扉《はくばんもんぴ》　鎮日《ちんじつ》を封ず
風蝉清脆《ふうぜんせいぜい》　午陰濃《こま》やかなり
春を蔵《ぞう》する塢上《おじょう》　人の見る無し
閒却《かんきゃく》す　凌霄《りょうしょう》の花　松に満つを

これから日光での作品を見ていきます。

鉄兜は嘉永元年（一八四八）の秋に江戸へ来てから著名な文人、詩人と次々と会い、次第にその実力も認められました。元来、豪放磊落で雄弁でもあり、酒も好きだったようですから博覧強記の鉄兜との議論は大いに歓迎されたのでしょう。しかし、一面で二十四歳の若さ故か、粗野で豪語し、相手を容赦なく罵倒することもしばしばあったようです。鉄兜の才能に対する詩壇の妬みもあるでしょうね。身の危険を感じざるを得ない事態も招き、親しい人の勧めもあって翌年に

逃れるように日光へ出て、浄土院に寓居し半年近く過ごしました。お坊さんとの談論や漢詩の講義もしたようです。

心を落ち着けたのか、ここでは良い句が幾つもあります。

「鎮日《ちんじつ》」は「尽日《じんじつ》」というのが普通で、「一日じゅう」ということです。白木の板でつくった門扉が一日じゅう閉まっている。

「清脆《せいぜい》」の「脆」は脆《もろ》いという字です。蝉の鳴き声というのはジーと鳴いて少しやんで、またジーと鳴いて少し、そういうものですが、それを「脆」というのですね。蝉の鳴き声を「清脆」といっている。ですから、風に乗って蝉の声が途切れ途切れに聞こえてくる。その蝉は昼下がりに、木がこんもりと茂っていてその木の茂みの木陰のなかで鳴いている。

「塢《お》」は堤、土手のことです。「う」とも読みます。春を蔵《ぞう》する堤の上、これで季節がわかります。その堤の上には誰もいない。

「閒却《かんきゃく》」の「却」は添字です。たとえば忘れることを忘却という。閒却の却も、静かという意味の閒の字を強めています。同じ構造です。凌霄《りょうしょう》の花、ノウゼンカズラの花が松に掛かっている。誰も見る人がおらず、静かだ。日光山中のスケッチをしているわけです。（韻字：封、濃、松）

◎日光山中雑詩　その二―箏に赤い花びらがはらはらと

七言絶句（上平・五微）

風吹水影閃簾衣
又舎幽箏坐落暉
数樹石楠半巌雨
飛紅乱点十三徽

風は水影《すいえい》を吹いて　簾衣《れんい》に閃《ひらめ》く
又幽箏《またゆうそう》を舎《お》きて　落暉《らっき》に坐す
数樹《すうじゅ》の石楠《せきなん》　半巌《はんがん》の雨
飛紅乱点《ひこうらんてん》す　十三徽《じゅうさんき》

「十三徽《じゅうさんき》」は箏《こと》、十三絃のことですね。「徽《き》」というのは絃を張っている箏柱《ことじ》のことです。十三本の絃を張っているから箏柱も十三本あるので、十三徽といっている。これを読みますと、箏を弾いている。

「風は水影《すいえい》を吹いて」といっているから、池があって、そこに風が吹いて、水がすーっとさざなみ打つ。「閃《せん》」という字はひらめくと読みますが、ちらちらすることですね。「簾衣《れんい》」の簾《れん》はすだれ、衣は着物ではなくて、すだれの裾のほう。風が吹いてすだれの裾がひらめき、そこに日の光がちらちらする。

「暉《き》」は太陽の光のことですから、「落暉」という場合、夕日のことになります。「舎」は手偏を付けると「捨」という字になり、意味は同じで、置くということです。夕日が沈むころになって箏を弾く。箏を弾き終わって、それを置いて、夕日のなかに坐っている。

「石楠《せきなん》」はシャクナゲの花。石楠花《せきなんか》と書いて、日本ではシャクナゲと読みますね。すると、風がさーっと吹いてきて、シャクナゲの花がぱーっと散る。その赤い花びらが部屋の中にも入ってきて、十三本の箏の絃に点々と散りかかる。美しい詩ですね。（韻字：衣、暉、徽）

◎日光山中雑詩　その三──ムクゲと美人と

七言絶句（上平・十三元）

惆悵美人生長村
一籬露槿泣黄昏
可憐残葉疎花影
髣髴空帰月夜魂

惆悵《ちゅうちょう》す　美人《びじん》生長の村
一籬《いちり》の露槿《ろきん》　黄昏《こうこん》に泣く
憐《あわれ》む可《べ》し　残葉疎花《ざんようそか》の影《かげ》
髣髴《ほうふつ》として空しく帰る　月夜《げつや》の魂《こん》

「惆悵《ちゅうちょう》」は今のわかりやすい言葉でいえば、がっかりすること、悲しむことです。なお惆悵は現代中国語だと「chóu chàng」と子音が揃っていて、子音が揃うのを「双声語」といいます。母音が揃うことを「畳韻語」といいます。この惆悵は頭の子音が揃っている。「美人生長の村」は美人の生い育った村。これはどこなんだろうね。そういう言い伝えがある村ということです。

「槿《きん》」はムクゲの花。「籬《り》」はまがき。「一籬《いちり》の露槿《ろきん》」といっているのは、まがきの辺りに生えている槿《むくげ》が露を浴びているということ。「露槿」は言い換えれば、むき出しの槿、庭の中で丹精こめてつくるようなものではない、野生の槿のことです。まがきに露を浴びた槿が咲いている。それがちょうど黄昏時《たそがれどき》に泣いているように見える。これは情景描写ですが、同時に美人の生涯を重ね合わせている。朝に開いて夕にしぼむという槿には、美女の魂を感じさせるような幽玄なイメージがあります。

まばらな花が咲いて、葉も散ろうとしている。月夜の晩にその魂が帰ってくる。「髣髴《ほうふつ》」はさも似たり、そのように感ぜられるということで、想像しているわけですね。この詩は、唐の杜甫（七一二～七七〇）が、前漢の宮女で、匈奴に嫁いだ悲劇の美女として知られる王昭君をうたった七言律詩「古跡を詠懐す」を踏まえていますね。「（略）／明妃生長し　尚お村有り／（略）／独り青冢《せいちょう》を留めて　黄昏に向かう／（略）／環珮《かんぱい》空しく帰る　月夜の魂／（略）」。「青冢《せいちょう》」は王昭君の陵墓のことで、月夜に帯玉《おびだま》の音が響き、その魂が帰ってくる、というものです。「月夜」は「夜月」とするものもあります。鉄兜は杜甫の詩の「村」「黄昏」「空しく帰る」「月夜の魂」といった詩語を巧みに使っています。

美人生長の村、日光のことはよく知りませんが、中国には長江三峡など各地にあります。鉄兜は露を含んだ槿の咲く垣根を見て、美人伝説への様々な思いが膨らんで、花か人か、わからなく

なったのかな。（韻字：村、昏、魂）

◎日光山中雑詩　その四—華厳の滝のすばらしさ

七言絶句（上平・十灰）

阿含般若是輿儓
各自穿巖越壑来
要識華厳天下絶
満山風雪雑風雷

阿含般若《あごんはんにゃ》　是《これ》輿儓《よたい》
各自《かくじ》　巖《いわお》を穿《うが》ち壑《たに》を越えて来《きた》る
華厳《けごん》天下の絶《ぜつ》なるを識《し》らんと要《よう》せば
満山《まんざん》の風雪　風雷《ふうらい》に雑《まじ》わる

「阿含《あごん》」「般若《はんにゃ》」は経典の名前ですが、ここでは日光・華厳渓谷の阿含の滝、般若の滝のことでしょう。「輿儓《よたい》」は「家来、しもべ」という意味ですが、阿含の滝と般若の滝がしもべであるとはさて、どういうことでしょうか。

それぞれ巌をうがち谷を越えて流れてきている。

「華厳天下の絶《けごん》」といっているのは、同じく華厳の滝のことです。「華厳」も経典の名前で、これらの滝は、日光山輪王寺に関係して命名されたのでしょう。「絶」は「絶景」という意味です。そこで第一句の「輿儓」を考え合わせると、阿含・般若の滝も及ばない、華厳経の名前を取った華厳の滝のすばらしさ、天下の絶景を知ろうとするならば。

山いっぱいに風が吹き雪が降る。「風雷」は雷が鳴ることです。どーと鳴る華厳の滝を雷の音に例えている。山じゅうに風が吹き雪が降るその音と、華厳の滝の音がまざっている。（韻字：儓、来、雷）

◎日光山中雑詩　その五―ただ願うは

七言絶句（下平・一先）

甲乙安排手自編
文章不直半文銭
仏前香火無他願
棺後声名五百年

甲乙安排《こうおつあんばい》し　手自《てみずか》ら編む
文章《ぶんしょう》は半文銭《はんもんせん》にも直《あた》らず
仏前《ぶつぜん》の香火《こうか》　他願《たがん》無し
棺後《かんご》の声名《せいめい》　五百年

第二句の「直《あた》らず」は人偏を付けると「値」という字になる。「あたいしない」「値打ちがない」という意味です。そのときはチョクと読まずに、値と同じくチと読む。

そして、仏前にお線香を焚いてお願いする。ほかの願いはない。

その願いは何かといえば、死んでお棺に入ったあと、その名声が五百年も続くということだ。

（韻字：編、先、年）

◎日光山中雑詩　その六──夜中の寺で英雄の話

七言絶句（上平・一東）

紫衣圜頂亦家風
名在山林鐘鼎中
誰喚書生夜深坐
一灯青焔説英雄

紫《し》衣《い》圜頂《かんちょう》　亦《また》家風《かふう》
名《な》は山林鐘鼎《しょうてい》の中《うち》に在《あ》り
誰《たれ》か　書生《しょせい》を喚《よ》んで夜深くして坐《ざ》す
一灯《いっとう》の青焔《せいえん》　英雄を説《と》く

「圜頂《かんちょう》」の「圜」は「圓《まるい》」という字の異体字です。お坊さんは頭を剃るので頭がまるい。だから圜（圓）頂という。紫衣《しい》というのは紫色の着物。お坊さんなど位の高い人は紫色の着物を着る。そして頭をまるめる。また家《いえ》の風である。

「鐘鼎《しょうてい》」は鐘《かね》と鼎《かなえ》で、お寺のことです。その名前は山林やお寺の中にある。

誰が、夜中に坐して書生を呼んで、何をしているか。

灯心を点けてともしびが青い炎をあげるなかで英雄の話をする。この英雄というのはいわゆる英雄ではなくて仏家の英雄でしょうか。（韻字：風、中、雄）

◎日光山中雑詩　その七―寺の台所の朝

七言絶句（上平・十灰）

薬芽新軟好羹材
寺寺園扉趁暁開
夜雨紅残山躑躅
落花流水入厨来

薬芽《やくが》新たに軟らかく　羹材《こうざい》に好《よ》し
寺寺《じじ》の園扉《えんぴ》　暁を趁《お》いて開く
夜雨紅残《やうこうざん》す　山躑躅《さんてきちょく》
落花流水《らっかりゅうすい》　厨《くりや》に入《い》り来《きた》る

薬草の芽が新たに伸びて軟らかくなる。これはスープの材料にもってこいだ。「羹材《こうざい》」の「羹《こう》」はあつもの、スープのことですね。

暁になるに及んで、だんだんと寺々の庭の扉が開いてくる。「園扉《えんぴ》」の「園」といっているのはお寺の庭ですね。そこに第一句にあるところのスープの材料になるような野菜を植えているという設定になっています。だから、寺々では庭へ出る扉は、朝になると待ち構えたように開く。「暁を趁《お》いて」というのは、朝になるのを待って。「趁《お》う」というテキストのこの字は俗字（通俗に使う字）で、正しくは「趂」です。

「躑躅《てきちょく》」というのはツツジのことです。ヤマツツジの赤い花びらが夜の雨で散ってしまった。

上流のほうでヤマツツジが咲いていて、その花びらが水に落ち、台所まで水が流れてきていて、その水に花びらが浮かんでいる。非常に風雅な感じですね。（韻字：材、開、来）

◎日光山中雑詩　その八――主僧のおもてなし

七言絶句（上平・七虞）

摘取青椒調紫蘇
朝来折簡設伊蒲
主僧快活知吾意
壁掛丹霞焼仏図

青椒《せいしょう》を摘み取って　紫蘇《しそ》を調《ととの》う
朝来簡《ちょうらいかん》を折りて　伊蒲《いぶ》を設《もう》く
主僧快活《しゅそうかいかつ》　吾《わ》が意を知る
壁《かべ》に丹霞焼仏《たんかしょうぶつ》の図《ず》を掛く

山椒を摘み取って紫蘇をととのえる。料理の用意をしていますね。

「簡を折る」というのは手紙を書くことで、ここでは、簡単な食事の準備をして、手紙を出して知らせたということです。つまり、来客をもてなそうとして、伊蒲饌《いぶせん》（僧に供する食物）をしつらえる。主人の和尚様が青い山椒を摘み取ったり紫蘇を摘み取ったりして料理をしつらえる。そして、何の用意をしているか。客である私の気持ちを知って、壁に丹霞焼仏図《たんかしょうぶつ》を掛けてくれている。「丹霞焼仏」というのは、中国・唐の丹霞（七三九〜八二四）という僧の話にちなむ画題です。丹霞が慧林寺で大寒に遭い、木彫りの仏像を焼いて暖をとっていると、院主にとがめられたので、「仏舎利を得ようとしているだけだ」と言った。すると院主が「木の仏像に仏舎利があるものか」と言うので、丹霞が「仏舎利がないなら、両脇侍も焼いてしまおう」と言い返して平然と暖をとった、という話です。（韻字：蘇、蒲、図《と》）

◎日光山中雑詩　その九―ブッポウソウの鳴き声に

七言絶句（下平・十二侵）

三宝帰依是法音
霊区往往富奇禽
夜陰何物成人語
覚破山堂入定心

三宝《さんぽう》帰依《きえ》す　是《これ》法音《ほういん》
霊区《れいく》　往往《おうおう》　奇禽《ききん》に富む
夜陰《やいん》何物《なにもの》か　人語《じんご》を成す
覚破《かくは》す　山堂入定《さんどうにゅうじょう》の心《こころ》

鳴き声がブッポウソウ（仏法僧）と聞こえるという、ブッポウソウという名の鳥がいます。この仏・法・僧を三宝《さんぽう》といいますが、この三つの宝は、仏教に帰依する法音《ほういん》である。

「霊区《れいく》」はお寺の浄域。普通の世界は俗人の俗ですけれども、お寺の敷地は清らかな場所ですから、霊の区、霊区という。そこには珍しい鳥が往々にしてたくさんいる。「奇禽《ききん》」の奇はめずらしいという意味。

夜、更けて、何が人の言葉をしゃべっているのだろうか。

その言葉は、夜、山のお寺のお堂に籠もって修行している、その心を覚ます。「入定《にゅうじょう》」は修行のことです。しーんとした夜中に坐禅でも組んでいると、鳥なんですが、ブッポウソウと鳴くので、ハッとする。こういう洒落です。これはおもしろい詩だな。（韻字：音《いん》、禽、心）

◎日光山中雑詩　その十──お経がやむと跳び回るものは

七言絶句（上平・二冬）

老樹一重雲一重
満楼空翠不聞鐘
夜深誦罷楞厳呪
月上乳鼯飛処松

老樹一重《ろうじゅいっちょう》　雲一重《くもいっちょう》
満楼《まんろう》の空翠《くうすい》　鐘《かね》を聞かず
夜深くして誦《しょう》じ罷《や》む　楞厳《りょうごん》の呪《じゅ》
月は上《のぼ》る　乳鼯《にゅうご》飛処《ひしょ》の松《まつ》

年老いた、樹齢何百年という古い木、そこに雲がかかる。つまり一本の木に雲が一つかかるというのが「老樹一重《いっちょう》　雲一重」です。要するに、樹齢何百年という古い木がいっぱい生えていて、そこに雲がそれぞれにかかっているという情景をいっている。

「空翠《くうすい》」は緑の木のこと。お寺の高殿《たかどの》に緑の木がいっぱい生えていて、そのような深い森の中にあるので鐘の音《ね》が聞こえない。第一句と第二句によって、このお寺は、深い山の中でたくさんの年老いた木があって、そしてこんもりとしているから鐘が聞こえないということがわかります。「楞厳経《りょうごんきょう》」という名前のお経があります。「呪《じゅ》」というのは呪《のろ》いという意味ではなくて、お経を唱えることです。楞厳経の唱えが止んだ。

第四句がおもしろい。「鼯《ご》」というのはムササビのことです。「乳鼯《にゅうご》」といっているから、こどものムササビだね。まだ若いムササビが松から松へ跳ぶ。そのムササビが跳ぶ松の向こうに月が出た。お寺の中で和尚さんたちがお経を唱えるのが終わったあと、今度はムササビの世界になるわけですね。月がのぼるころ若いムササビが跳び回っている。おもしろいね。このなかで一番おもしろい。（韻字：重《ちょう》、鐘、松）

◎日光山中雑詩　その十一——雨夜に響く鐘

七言絶句（上平・二冬）

踈点鳴廊夜気濃
坐知暗雨度深松
一龕灯火四分律

踈点《そてん》廊《ろう》に鳴り　夜気《やき》濃《こま》やかなり
坐《そぞろ》に知る　暗雨《あんう》深松《しんしょう》を度《わた》る
一龕《いちがん》の灯火《とうか》　四分律《しぶんりつ》

聴尽興雲人定鐘　聴き尽くす興雲《こううん》　人定《じんてい》の鐘《しょう》

「蹀点《そてん》」の「点」は、点々と雨が降っているんですね。「廊《ろう》に鳴り」、廊下が鳴っているというのですから、雨がしとしとと聞こえてくる。夜の深い情景のことを「夜気濃《やきこま》やかなり」といっている。夜も更けてきて、その夜の深いなかに雨が降っている。

「坐《そぞろ》に知る」というのは、なんとなくわかる。何がわかるかというと、暗いなかに雨が降って、その雨が深みを増す。お寺の中にたくさん松が生えている。その松の生えているところにしとしとと雨が降っている。これがわかる。

「龕《がん》」というのはお灯明なんかを入れている穴、洞《ほら》のことです。お寺に行くと洞があって、そこに線香が焚いてあります。「一龕《いちがん》の灯火《とうか》」のもと「四分律《しぶんりつ》」(仏教の戒律に関する聖典の書名)のお経が唱えられている。

「人定《じんてい》の鐘《しょう》」は、人が定まるですから「寝静まる」の意、人が寝静まる時刻になると鳴らす夜中の鐘、夜半の鐘のことですね。日光の興雲律院《こううんりついん》の鐘でしょう。(韻字：濃、松、鐘)

◎日光山中雑詩　その十二―仙人がささげ持つ盤のような満月

七言絶句（上平・十四寒）

三仏堂前大月団
葛衣凄冷夜深看
半空湧出黄金柱
欲看仙人承露盤

三仏堂前《さんぶつどうぜん》　大月団《だいげつまど》かなり
葛衣凄冷《かついせいれい》　夜深くして看《み》る
半空湧出《はんくうゆうしゅつ》す　黄金《おうごん》の柱《はしら》
看《み》んと欲《ほっ》す　仙人《せんにん》の承露盤《しょうろばん》

三仏堂という三つの仏像をしまってあるお堂の前に、大きな月が丸く出た。輪王寺の三仏堂でしょうか。「団」は丸の意です。

葛の着物というのは粗末な着物。お寺の中で坐禅を組んだりするときに、葛衣《かつい》をまとうんですね。そういう粗末な着物を着て、夜深くして、その月を見る。「凄冷《せいれい》」は、非常に寒いこと。葛衣の反対はわたの入った着物、綿衣《めんい》で、葛衣はいわゆるひとえ物ですから寒いわけです。そういう格好をして夜深くして、三仏堂の前の大きな月を見る。

すると空の中ほどにずーっとあがってきて、黄金柱のように見える。

ちょうど仙人の承露盤《しょうろばん》という伝説の世界のような風景だ。承露盤というのは天上の露を受ける大皿のような盤で、お寺などに仙人が腕を上げて承露盤をささげ持つ像があります。その仙人の

承露盤を見ようとしている。（韻字：団、看、盤）

◎日光山中雑詩　その十三—名誉心と菩提心と

七言絶句（上平・八斉）

欲引名心入菩提
一檠相伴到鳴雞
五更月落窓虚白
満院妙香聞木犀

名心《めいしん》を引いて　菩提《ぼだい》に入《い》らんと欲《ほっ》す
一檠相伴《いっけいあいともな》いて　鳴雞《めいけい》に到る
五更《ごこう》の月《つき》落ちて　窓《まど》は虚白《きょはく》
満院《まんいん》の妙香《みょうこう》に　木犀《もくせい》を聞く

「名心」は名誉の心、名声を求める心。わかりやすくいえば俗心。それを引いて、つまり、退けて、菩提の心に入る。つまり、俗世間の心をやめて仏教の世界に入ろう、ということです。「檠《けい》」は、昔は皿に油を入れて芯を入れて火を点けましたが、それを支える台のことを檠といいます。ともしびと言い換えてもいい。油を皿に入れてともしびを点けて、それを伴いながら、鶏の鳴く朝までずっと修行をする。

五更《ごこう》は夜明け、今の時計でいえば、午前三時～五時ごろです。そのころになると月も沈み、窓が白くなってきた。

その寺いっぱいに何があるか。「聞く」といっているのは「嗅ぐ」ということです。香りを嗅ぎ分けることを「聞香《ぶんこう》」というでしょう。今は、門構えに耳だから「耳で聞く」ということで使いますが、本当は鼻ですからね。ふと気がつくとお寺の庭いっぱいに木犀のいい香りがしている。これもなかなかきれいな詩だな。

これは名誉を求める心と、菩提に入ろうとする心とがあって、引き裂かれているね。（韻字：提《てい》、雞《けい》、犀《せい》）

以上、「日光山中雑詩」、十三ありました。十三という数に意味があるかもわからないね。

◎梅の季節が終わると

品香

品香評影幾黄昏
過了梅花欲断魂
一巷春泥油菜雨
又支風傘向南村

品香《ひんこう》　七言絶句（上平・十三元）

香《こう》を品《ひん》し影《かげ》を評し　幾黄昏《いくこうこん》
梅花を過ぎ了《おわ》りて　魂《こん》を断たんと欲《ほっ》す
一巷《いっこう》の春泥《しゅんでい》　油菜《ゆさい》の雨《あめ》
又風傘《またふうさん》を支えて　南村《なんそん》に向かう

「品香《ひんこう》」というのは「香《こう》を品《ひん》する」ということで、昔は、お香を焚いて何だか当てるというゲームがありました。この「影《えい》」というのは何だろうね。物の影という意味でしょうか。要するに、鼻と目で品評会をやっているわけです。「幾黄昏《いくこうこん》」の「黄昏」はたそがれですから、何日も夕暮れにわたってそういう遊びをするわけです。

いい匂いのする梅の花の季節も終わって、「魂《こん》を断たんと欲す」、気落ちすることですね、もう梅の花の季節も過ぎてしまったと気落ちした。季節がだんだんと移っていく。

ちまたいっぱいに春の泥が満ちて、アブラナに雨が注ぐ季節になった。

そこで今度は別な遊びをしようと、風を避ける傘を持って、南の村に向かう。（韻字：昏、魂、村）

◎満月から露が落ちてくる

月夜歩禁垣外聞笛　　月夜《げつや》禁垣外《きんえんがい》を歩《ほ》し笛《ふえ》を聞く

有懐故栗山先生事　　故栗山先生《こりつざんせんせい》の事を懐《おも》う有り

七言絶句（下平・七陽）

秋烟如水繞宮墻　　秋烟《しゅうえん》水の如く　宮墻《きゅうしょう》を繞《めぐ》る

輦路無塵午夜涼　　輦路《れんろ》塵《ちり》無く　午夜《ごや》涼《すず》し

滴落月中珠樹露　　滴《したた》り落つ　月中珠樹《げっちゅうしゅじゅ》の露《つゆ》

有人天上按霓裳　　人《ひと》の天上にて霓裳《げいしょう》を按《あん》ずる有らん

題を見ると「月夜《げつや》禁垣外《きんえんがい》を歩《ほ》し笛を聞く 故栗山先生のことを懐《おも》う有り」と書いてある。柴野《しばの》栗山《りつざん》（一七三六～一八〇七）という先生がいました。四国の讃岐（香川県）の人で、昌平黌の先生をしました。だからここ湯島聖堂にゆかりの人です。お墓は大塚先儒墓所にあります。行ったことがあるでしょう。まだ行ったことのない人は今年も時期になったら行きますから、どうぞいらっしゃい。地下鉄の茗荷谷駅から近いですよ。柴野栗山だけではありません。ここで教鞭を執られた先生たち、古賀精里《こがせいり》（一七五〇～一八一七）や尾藤二洲《びとうじしゅう》（一七四五～一八一四）のお墓もあります。古賀精里のお墓はほかの人より大きい。ここで教えたわけではありませんが、室鳩巣《むろきゅうそう》（一六五八～一七三四）のお墓もあります。一度くらいはお参りしたほうがいいんじゃないかな。

ここ湯島聖堂は言うまでもありませんが、昔の昌平黌の跡ですね。建物こそ変わっていますけれども、敷地は同じですよ。部屋の位置も同じ。こういう古い学校が残っているということは貴重なことだと思います。

美しい詩ですね。月の出ている夜に御所の外を歩いた。「歩《ほ》し」というのは歩みという意味。「禁垣《きんえん》」というのは京都御所のことです。すると誰が吹いているか知らないが、笛が聞こえてきた。そこで亡き柴野栗山先生のことを思い出してつくった。

「烟《けむり》」というのは靄のことです。夕暮れになるとぼーっと靄がかかる、そういうものを「秋烟《しゅうえん》」

といっている。「宮墻《きゅうしょう》」、昔の京都御所の辺りに、水のように靄がかかっている。「輦《れん》」はくるま、要するに御所に入ったり出たりするのに輦に乗るわけです。その輦が通る道だから「輦路《れんろ》」、くるまみちですね。そこは今は塵もなく、「午夜《ごや》」は真夜中のことで、真夜中は涼しい。昼間のことを正午といいますが、真夜中のことも午といいます。

「滴《したた》り落つ　月中珠樹《げっちゅうしゅじゅ》の露《つゆ》」、月の中の珠《たま》の樹《き》から露が滴り落ちると、洒落た言い方をしている。題で「月夜《げつや》」といっているのは満月です。満月が皓々と照っていて、その月の中で露が落ちていると想像している。

「有らん」というのは想像しているわけです。誰かが天上で「霓裳羽衣《げいしょううい》」の曲（唐の玄宗皇帝が天人の音楽にならって作ったと伝える楽曲）を演奏しているのではないだろうか。題を見ると「聞笛」と書いてありますから、笛で吹いている。その笛の音が聞こえるよ。その笛の音に合わせて露が落ちてきた、こういう洒落だな。なかなかいい詩だ。これ、有名な詩ですよ。（韻字：墻《しょう》、涼、裳）

（平成三十年一月十五日）

漢文を学ぶ意味

漢文教育は、江戸時代から明治大正、ずっとメインの学科でした。戦前までの中学や高校では「英数国漢」といって重要学科の一つでしたが、今は漢文は古臭いということで、あまり教えられません。昔は英文科などほかの学科へ進む人もみんな漢文を学びました。たとえば、日本最初のノーベル物理学賞を受けた湯川秀樹博士は相当の漢文の力がありましたから、優れた随筆を書くことができました。あのような物理学の先端を行くような人も漢文を勉強していましたが、最近はどうでしょうか。

そんなかで、昌平黌の跡にある湯島聖堂は長年、一般の人を対象に生涯学習講座「文化講座」を開き続けて、漢文を守っています。中国古典文学や日本の漢詩文を勉強することによって、その神髄に近づくことができる。こんなにいいものはないと思います。「漢文を地味に読んで、何になるか」と言う人があるかもしれないが、昔の人はみなこれを読んで、基盤になっていたわけですから、意味があるのです。

［第7講］音楽をうたう

取り上げる漢詩

春日田園雑興　その一　その二／日野暁碧翁の白河の旧荘に過りて感有り／月廊笙譜の後に自書す　その一　その二　その三　その四　その五／某相公の春昼の作に和し奉る

◎春日田園雑興　その一――お殿様のふるまい酒

春日田園雑興　　　　春日田園雑興《しゅんじつでんえんざっきょう》
太守行春偶見臨　　　太守《たいしゅ》行春《こうしゅん》　偶《たまたま》臨《のぞ》まる
公田雨足一犁深　　　公田《こうでん》雨《あめ》足りて　一犁《いちり》深し
花間賜酒堯民酔　　　花間《かかん》酒を賜《たま》いて　堯民《ぎょうみん》酔う
夢在甘棠蔽芾陰　　　夢は甘棠蔽芾《かんとうへいふつ》の陰に在り

七言絶句（下平・十二侵）

この「春日田園雑興《しゅんじつでんえんざっきょう》」という詩題は、唐の次、宋の時代（九六〇～一二七九）に流行りました。いろいろな詩人がつくって、同じ題の詩がいくつもあります。そういうものを詩人は見ながら、勉強するわけです。

田舎をぷらぷら歩くと、いわゆる文人の生活では見られないような生活が見られるわけで、そういう面白味からこういう作品をつくるようになります。陸游《りくゆう》（一一二五～一二一〇）という南宋の詩人にも、この「春日田園雑興」というタイトルで有名な作品があります。号は放翁《ほうおう》といい、自分でつけた号ですが、「気ままじじい」という意味です（笑）。唐の次が宋で、宋は北から異民族金が攻めてきて、南へ逃げ、都を遷します（一一二七年）。遷す前が北宋で、都は開封《かいほう》。その西に今の河南省の省都鄭州《ていしゅう》。その西へ行くと古都の洛陽。さらにずっと西へ行くと今は西安といっているが唐の時代は長安。このように、だいたい一つの線に各時代の都が並んでいる。この辺は東京よりちょっと南か、東京と同じくらいです。

陸游は、詩人としては例外的に八十五まで長生きしました。だいたい詩人は短命な人が多いんです。杜甫（七一二～七七〇）は五十代、李白（七〇一～七六二）は六十ちょっとで死にましたが、そのくらい。今は八十代なんてざらにいて、珍しくともなんともなくなりましたが、昔は八十過ぎまで生きる、しかも元気に詩をつくるなんてことは、なかなかないことでした。

陶淵明（三六五～四二七）も六十三で死んでいますが、これはいいほうです。柳宗元《りゅうそうげん》（七七三

〜八一九）は四十七で死んでいます。李賀《りが》（七九〇〜八一六）はもっと若い、二十代で死んでいる。そんなわけで若くして死んでも有名な詩人がいる反面、長生きした人は少ないですね。沈徳潜《しんとくせん》（一六七三〜一七六九）という、ずっとくだって清朝（一六一六〜一九一二）の詩人がいますが、この人は九十七まで生きました。例外的に長生きです。

河野鉄兜は一八二五年生まれで一八六七年に死んでいる。引き算すると満で四十二、数えで四十三歳です。こんなに短い人生でいい漢詩を残したのは、大変なことですね。

「春日田園雑興」というタイトルの意味は簡単で、字のとおりです。春、田園でいろいろなおもしろい、畑を耕したり種を播いたりという仕事が始まります。それまでは冬ですから、そういう動きはないのですが、春になると花も咲き、自然が美しくなり、そのなかで人の動きもいろいろ出てくるので、こういう題材を見つけたんですね。そしてそれが流行り、日本にも入ってきた。日本人の作品もたくさんあります。

「太守《たいしゅ》」というのは殿様ですね。「行春《こうしゅん》」は春に遊ぶこと。お殿様が春のいい気候のなかで外へ出てお遊びになる。「偶見臨」の「見」という字は受け身で、「偶臨《たまたまのぞ》まる」、いらっしゃったということです。身分の高い人がおいでになることを「臨行《りんこう》」と言うこともあります。丁寧語です。

河野鉄兜は今の兵庫県の人ですから、この殿様は誰でしょうね。鉄兜を藩校の教授として招いた、播磨・林田藩の建部政和《たけべまさより》（一八三三〜六二）の可能性もあるかもしれませんね。なお河野鉄兜は、詩人の梁川星巌（一七八九〜一八五八）を先生として勉強した、梁川星巌の弟子筋です。「一犁《いちり》」の「犁《り》」は、長さの単位です。非常に短い、小さい単位。「一犁深し」、充分に雨が降って深々と水が溜まっている。

このお殿様が花見のときにみんなに酒をふるまい、人々がお相伴にあずかるわけです。「堯民《ぎょうみん》酔う」と物々しい言い方をしています。この「堯」は、中国古代の伝説上の聖天子です。堯・舜・禹《う》とよくいわれますが、この三人は親子関係ではなくて、家来のうちで一番優れたものを跡継ぎにしたものです。堯には子供がいましたが、その子は継がないで、一番評判のよい賢い舜を選んだ。舜もそのようにして禹を選んだ。堯の時代は非常に世の中がよく治まった、平和な時代でした。それで「堯民」という言い方をしているのです。

事実、江戸時代は、非常によく治まった時代で、人々もそれに浴して、そういうことをよく感じていたようです。幕末に騒然とした時期もありましたが、よく平和が続いていました。徳川時代約三百年の平和は世界的にも珍しいといわれていて、そんなに長いあいだ平和が続くことはヨーロッパではありませんでした。しかも文化・文政時代（一八〇四〜三〇）は、「化政期」といわれるぐらいに、一つの大きなまとまった時代にいろいろなものが盛んになって、よく治まって爛熟した平和な時代でした。やがて天保元年（一八三〇）になると、だんだんと騒然としてくるわけですが。一八六八年が明治元年ですから、約四十年足らずのあいだが、いわゆる幕末の騒然とした時期になるわけです。

江戸の時代の年号を覚えておくとなかなか便利ですよ。文化（一八〇四〜一八）・文政（一八一八〜三〇）・天保（一八三〇〜四四）・弘化（一八四四〜四八）・嘉永（一八四八〜五四）・安政（一八五四〜一八六〇）・万延（一八六〇〜六一）・文久（一八六一〜六四）・元治《げんじ》（一八六四〜六五）・慶応（一八六五〜六八）・明治（一八六八〜一九一二）。年号は、江戸時代にはちょこちょこ変わるから忙しいけど、たとえば化政期といったときに時代の空気や時代相がぱーっと浮かんでくる利点があります。一世一元になったのは明治以後です。

しかし「堯民」というのは、ちょっとオーバーだね。殿様のことを伝説上の聖天子・堯になぞらえて、その殿様に治められている人々だから「堯民」といったんですね。殿様はこれを見たらきっとうれしかったでしょう。

第四句「夢は甘棠蔽芾《かんとうへいふつ》の陰に在り」は、中国の詩の古典「詩経」にある、甘棠の詩を踏まえています。周（紀元前十一世紀〜紀元前二五六）の、善政を行なった宰相・召公奭《せき》の徳を民が慕い、召公ゆかりの甘棠（ヤマナシの類といわれる）の木をうたったといわれるものです。「蔽芾」は草木がこんもりと茂る様です。句全体の意味は、殿様の恩に浴する、お陰をこうむるということです。

だからこの作品は、殿様のご恩でこのような花見ができますということで、最大級のお世辞を

言っているわけです。（韻字：臨、深、陰）

◎春日田園雑興　その二──若い姉妹、若い桃　　七言絶句（下平・六麻）

姉織春絲妹績麻
機声札札和繅車
後園不種閒花草
唯種夭桃宜室家

姉は春絲《しゅんし》を織り　妹は麻を績《つむ》ぐ
機声《きせい》札札《さつさつ》　繅車《そうしゃ》に和す
後園《こうえん》種《う》えず　閒花《かんか》の草《くさ》
唯《ただ》種《う》う夭桃《ようとう》　室家《しっか》に宜《よろ》し

次も同じ「春日田園雑興」です。

農村で姉は春の糸を織っている。蚕を飼って糸をつむぎ、そしてそれを織物にするわけですね。妹は「績麻」、この場合、これもつむぐという意味ですね。姉妹が仕事を分担して、それぞれ絹糸と麻を原料にして、別々に機織りをしている。札札《さつさつ》というのは音の形容です。機織りのサッサッという音が、糸繰り車のカラカラという音と混ざっている。「繅」は糸繰りのことです。もう見られなくなりましたが、農村ではごく普通の情景の描写でした。そのころ男は外に出て畑仕事をしましたが、機織りと糸繰りは女性の仕事でした。何気ない風景ですが、よく農村の様子を描いている。

第三句と第四句も洒落ています。「後園《こうえん》」、後ろの庭というのは、その言葉自体に、女性の庭というイメージがある。中国の古い時代の宮中などでも、後ろのほうに庭がある。屋敷でも、プライベートな遊びをするのは後ろのほうの庭でした。ただしここでは、後園という言葉は、ただ庭のことをいっています。表のほうには仕事場がある。表のほうではない裏庭では、「閒花《かんか》の草《くさ》」、無駄な花や草は植えない。「閒花」の「閒」は無駄とか暇とかいう意味で、役に立たないものをいっています。

では何を植えるのかというと、「夭桃《ようとう》」を植えている。「詩経」の中に「桃の夭夭《ようよう》たる」という、「桃夭《とうよう》」という詩がありますが、それを踏まえてその言葉をうまく使っています。「夭」は、若いことです。ちょうど「詩経」でうたうような若々しい桃を植える。これが洒落だな、若い桃をうたうことによって若い娘を詩《うた》にする。「室家《しつか》に宜《よろ》し」というのも、同じ「桃夭」にある言葉です。古典をうまく材料にして、洒落てつくっています。（韻字：麻、車、家）

◎日野暁碧を偲んで

過日野暁碧翁　　日野暁碧翁《ひのぎょうへきおう》の白河《しらかわ》の旧荘に過《よぎ》りて感有り

白河旧荘有感　　七言絶句（下平・一先）

蓬髪不梳人已仙
枕流亭址尚依然
春風橋外重相問
雨柳晴花似去年
　翁有枕流亭一絶
　今多用其語

蓬髪《ほうはつ》梳《くしけず》らず　人《ひと》已《すで》に仙なり
枕流亭址《ちんりゅうていし》　尚《なお》依然たり
春風橋外《しゅんぷうきょうがい》　重ねて相《あい》問う
雨柳晴花《うりゅうせいか》　去年に似たり
　翁《おう》に枕流亭一絶《ちんりゅうていいちぜつ》有り
　今《いま》多く其の語を用いる

註に「日野暁碧《ひのぎょうへき》には、『枕流亭《ちんりゅうてい》』という題の絶句が一首あり、その絶句の中に使われている言葉を多く用いた」と書いてあります。しかし、その絶句が今に伝わっていないから、それがどの言葉かわかりません。「暁碧」は、江戸時代後期の蘭方医、日野鼎哉《ひのていさい》（一七九七〜一八五〇）の号で、京都で開業し、京都除痘館を設立して種痘の普及に務めた人です。

非常にわかりやすい詩です。「蓬髪《ほうはつ》」の「蓬」は、日本ではヨモギという植物にあてていますが、ぼうぼうと生えることから、髪の毛をぼうぼうにしているのをよく言う。「蓬髪垢面《ほうはつこうめん》」という言葉もあります。髪はぼうぼうで顔は垢だらけ。旧制高等学校では、わざと髪はざんばら、顔は垢じみている、そんなふうにしたりしました。第一句は、日野暁碧翁の形容をしているわけです。そんなざんばら髪でなりは汚いけれども、仙人のような人だ。

「枕流《ちんりゅう》」は「流れに枕す」と読んでもいい。寝ているところの外に、さーっと川が流れている、そういうことを「枕流」というんです。流れにのぞむ。だから枕は動詞です。日野暁碧翁の家は、川に面しているらしい。ですから寝ているとざーざーという川の音が聞こえる。註によると、この翁には「枕流亭」という絶句があり、枕流亭と名づけた元になったらしい。その亭址、「址」は「跡」という意味ですから、屋敷跡は今も同じだ。これを見ると、日野暁碧翁はもう亡くなって、今はいない人のようですね。

「重ねて相《あい》問う」は、またやって来た。そこを通ってみると、家だけが残っている。そこで、そのような目で第一句を見ると、「人已《すで》に仙なり」といっていますね。これは、いま生きている人に対して「仙人のような人だ」というふうに使うこともできます。だけどこの場合は、第二句を見ると、どうもこの人は亡くなっているらしく、この「仙」という言葉には、もう亡くなったという意味も込められています。改めて題を見ると、「旧荘」と書いてある。元の古い屋敷。ということで第一句、第二句を見ていくうちに、この日野暁碧という翁は、もう亡くなったということがわかる。春風の吹く橋の外、日野暁碧翁の生前にも来たけれども、亡くなったあとにもまたやって来た。

第四句の「去年」は、今われわれがいう「去年」は「昨年」のことですが、それよりももっと広い意味、「去りぬる年」「以前」という意味で使います。雨のなかに柳がしだれていたり、晴れの

なかに花が咲いていたりという情景を見ると、去りぬる年に似ていることだ。（韻字：仙、然、年）

◎月廊笙譜の後に自書す　その一──古き良き中国の音楽はいずこ

自書月廊笙譜後　　七言絶句（下平・十二侵）

觱栗胡笳多促調
凄涼羌笛足哀音
楽家除却参差玉
韶頀遺声何処尋

月廊笙譜の後《のち》に自書《じしょ》す
觱栗《ひつりつ》胡笳《こか》　促調《そくちょう》多し
凄涼《せいりょう》の羌笛《きょうてき》　哀音《あいおん》足《おお》し
楽家《がっか》除却《じょきゃく》す　参差《しんし》の玉《ぎょく》
韶頀《しょうご》の遺声《いせい》　何《いず》れの処にか尋ねん

題に「月廊笙譜《げつろうしょうふ》」とあります。「月廊」は鉄兜初期の号。笙と横笛の名手だったようですから、自作の笙の音楽のための楽譜に自分で添え書きしたのかな。その「月廊笙譜」という笙の楽譜のあとに自書した。笙は笛の一首で、非常に高い音を出します。

「觱栗《ひつりつ》」は、日本では篳篥《ひちりき》といっています。いろいろな字を当てますが、ここでは栗という字です。「胡笳《こか》」の「胡」は中国の西あるいは北のほうに住んでいた騎馬民族、「笳」は笛のことです。唐の岑參《しんじん》（七一五〜七七〇）に「胡笳の歌」という非常に有名な詩がありますが、唐の時代、西の部族と戦争をすることが多くて、そういう部族たちの歌が入ってきました。ですからこういう言葉が自然に詩の言葉になって残っている。上品な歌のことは雅曲とか雅歌とかいいますが、その反対がこの歌です。そういう篳篥を奏でるような胡《えびす》の音楽は、促調が多い。促調というのは、なだらかな平らな音ではなくて、激しい音だね。普通のやわらかい上品な音楽ではなくて、にぎやかな、どちらかというと品の悪い音楽。

例えて言うならば「羗笛《きょうてき》」、あの羌族の吹く笛と同じだ。「羗笛」の「羗」という字は、元は「羌」で、実はこの字はあとから作った字です。「ム」は「鬼」を連想させる力があるということで、「羌」に「ム」をわざわざ付けた。というのは、中国民族にとって羌族というのは鬼のようなものだったからです。羌族は中国北西辺境に住んでいた騎馬民族です。中国民族とは敵対する関係になることが多いというか、絶えず国境を騒がしているもので、憎々しい鬼のようなということで、ムを付けた。「羌笛何ぞ須《もち》いん　楊柳を怨むを」（王之渙《おうしかん》「出塞《しゅっさい》」）という詩もあります。

「足」はたくさんあるという意味。「哀音足し《あいおんおお》」、篳篥でもって昔の異民族の笛で奏でるような音楽は、羌族の吹く笛のように非常に物悲しい音色がたっぷりだ。ただ物悲しいだけではなくて、「凄涼《せいりょう》」といっているから寒々しい。この「凄涼」の「涼」はこの場合、「凄」と同じような意味ですごい、甚だしいという意味です。「胡笳の歌」にも、「君聞かずや胡笳の声……愁殺す楼蘭征戍《せいじゅつ》の児《じ》」、出征兵士たちはその胡笳の歌を聞くと非常に悲しげになるという一節があります。

多いという意味の「足」は、「多」を使いたいけれども、平仄《ひょうそく》の都合で使えないときに使います。

「多」が平字《ひょうじ》で、「足」が仄字です。もし「足」のところが平だったら、平平平になってしまうから規則に外れる。そこで、代用として「足」を使った。詩をつくるとき、両方知っていると便利ですね。

「参差《しんし》」は長い短いが不揃いという意味ですから、いろいろな音がする。しかし音楽家は、その「玉《ぎょく》」、美しいものを除き去った。「韶頀《しょうご》」は中国の古い時代の、美しいとして知られる音楽のことです。それの残された音はどこに尋ねたらいいのか、尋ねようがない。反語ですね。つまりいにしえの韶頀の神髄が伝えられていないといっている。（韻字：第一句踏み落とし、音《いん》、尋《じん》）

◎月廊笙譜の後に自書す　その二——庭で風流をなさる吾が皇

七言絶句（下平・十一尤）

但言亡国為新曲
陳苑隋堤無限秋
知否吾皇万幾暇
庭移玉樹水龍舟

但《ただ》言う　亡国《ぼうこく》新曲を為すと
陳苑隋堤《ちんえんずいてい》　無限の秋《あき》
知るや否《いな》や　吾が皇《こう》　万幾《ばんき》の暇《いとま》に
庭に玉樹《ぎょくじゅ》を移し　水《みず》には龍舟《りゅうしゅう》

第一句に「亡国」とあるでしょう。これは「亡国の歌」、非常に耳ざわりがよいけれども、その音楽を奏でることによって国が滅びるという歌です。中国の歴史では六朝時代（二二二～五八九）がそうでした。国を滅ぼす歌が聞こえてきたといいます。

「秦淮《しんわい》に泊す」という、晩唐の杜牧《とぼく》（八〇三～八五二）の大変有名な詩があります。「商女《しょうじょ》は知らず　亡国の恨み／江《こう》を隔てて　猶《な》お唱う　後庭花《こうていか》」。詩人が今の南京で、酒を飲んでいい気持ちになっていると、向こう側から歌が聞こえてきた。それが「後庭花」だった、という詩です。その「後庭花」は、国を滅ぼした六朝の陳（五五七～五八九）の後主《こうしゅ》（五五三～六〇四）がつくった歌だった。国を滅ぼした皇帝だから後主という。亡国の皇帝の代表的な人です。陳は、六朝（三国時代の呉《ご》・東晋《とうしん》・宋《そう》・斉《せい》・梁《りょう》・陳《ちん》）の一番終わりです。陳が滅びて隋になって、隋が滅びて唐になった。

「後庭」は、宮殿の後ろの庭です。宮殿の後ろの庭というのは、女性の庭です。後園《こうえん》ともいう。今の北京の故宮もそうです。故宮の一番後ろが後園です。今度北京においでになったら、その目で見てください。陳の後主は女性をはべらせて、酒三昧で暮らしたために、とうとう国を滅ぼした。

第一・二句、「亡国新曲を為す」。陳が滅びて六朝が終わり、陳を滅ぼしたのは隋ですが、その隋も三十年足らずで滅びて唐になりました。ですから「陳苑隋堤《ちんえんずいてい》」といっているのは、六朝最後の陳の庭、また隋の煬帝《ようだい》が築いた堤ということで、滅びた国の庭、滅びた国の堤という意味があるわけです。「帝」はてい・たいと読み、前が「よう」とか「しょう」とかいう音だったら濁ります。その曲の悲しい調べが「無限の秋《あき》」を感じさせる。洒落た表現ですね。「陳苑隋堤無限秋」というたった七字で、うまく言っている。曲が悲しい調べを持っている。その例えとして、陳も隋も短くして滅んだ王朝ですから、「亡国新曲を為す」といっている。要するに、陳や隋といった滅ぼされた王朝の、その亡国の調べが、「月廊笙譜」という曲に残っているということですね。

第三句で、しかし違うよ、知っているか。「吾が皇《こう》」、つまり自分のほうの皇帝ですが、明治以後だったら天皇のことになりますけれども、まだ江戸時代だから、天皇をいっているのか、将軍をいっているのか、どちらとも取れます。「万幾《ばんき》」というのはたくさんのいろいろな計画、仕事。「万幾」の「幾」は木偏をつけるのもあります。そういうものが、皇帝や天皇や将軍には日常生活でいろいろあります。

その忙しい暇ひまに、庭に美しい木を植えたり、大きな池をつくってその池の上に龍舟《りゅうしゅう》を浮かべたりする。龍舟というのは、舟のへさきのところに龍の彫刻を施した、皇帝が乗るような美しい舟のことです。そういう風流なことをなさる。

この詩は、中国の故事、六朝時代の最後の皇帝がつくった歌である「後庭花」を踏まえている。「麗宇芳林《れいうほうりん》　高閣《こうかく》に対し……玉樹《ぎょくじゅ》光を流して　後庭を照らす」、国を滅ぼすということも知らぬげに、いま殿舎が建ち、美しい木が後庭にある。これを多分にこの作品は意識してつくっているけ

れども、言っていることと反対かもしれないね。(韻字：第一句踏み落とし、秋、舟)

◎月廊笙譜の後に自書す　その三―別世界へ誘う笛の調べ

七言絶句（上平・十灰）

漆匏銀項漫相催
此曲曾経御定来
不怪山人蘿幌夢
時騎紫鳳到瑤台

漆匏銀項《しっぽうぎんこう》　漫《そぞ》ろに相《あい》催す
此曲《このきょく》　曾経《かつ》て御定《ぎょてい》し来《きた》る
怪《あやし》まず山人《さんじん》　蘿幌《らほう》の夢
時に紫鳳《しほう》に騎《の》りて　瑤台《ようだい》に到《いた》る

「匏《ほう》」とか「項《こう》」とかいうのは、笙の笛の部分のことをいっているんですね。だから漆で塗られているし、また銀細工になっているわけです。「匏」は笙の笛の本体、「項」は吹くところです。その吹くところが銀でできている。笙は竹でできているのですが、それには漆が塗られている。ですから吹くと、その漆の塗られた鳴るところと、銀でできている吹くところとが「相催《あい》す」、お互いに作用する。

いま吹いている曲は、かつて宮中でもって定められたものである。「曾経」はこの二字で「かつて」と読む。「御《ぎょ》」というのは今もよく使われるのですが、宮中など、そういうやんごとないところでもって、いろいろ定められるものなんですね。だからこの曲も宮中で定められたものだといっている。

「不恠」の「恠」は、「怪」の異体字です。同じ意味、同じ発音ですが、形がちょっと違う字を異体字といいます。この「恠《あや》まず」は、一番下までかかる。「山人《さんじん》」というのは、自分のことをいっているね。つまり田舎者というか、都びとではない、在野の人。そういうのを指して、山人や野人《やじん》という言葉があります。反対が雅人《がじん》。「蘿幌《らほう》」の「蘿」はつた、「幌」は今でいえばカーテンですから、つたかずらのカーテンです。山人ですから、住んでいるところは山で、そういうところの家では、つたがカーテンの代わりをしている。

そういう田舎で、時には夢の中で、「紫鳳」といっているのは宮殿のこと、「瑤台《ようだい》」は宮殿の建物、紫色の鳳に乗って玉《たま》の台《うてな》に行くような気がするのである。こういう美しい笛でこの曲を吹けば、笛の調べにのって、都のやんごとないところへ行くようだ。この瑤台というのは月を意味する言葉でもあるので、月の世界へ行くようだ、としてもいい。

簡単にいえば、一旦この笛を吹くと別世界へ誘われる。たとえば山で暮らしているような野人も、つたのカーテンのなかで見る夢で、雅《みやび》な世界、都のやんごとないところへ行くような気持ちになる、と言っている。（韻字：催、来、台）

◎月廊笙譜の後に自書す　その四――いにしえの琵琶の音をおもう

七言絶句（下平・六麻）

呼称秘曲伝何易
一鎖金函不出家
憶殺当年源博雅
月明関畔聴琵琶

秘曲と呼称するに　伝うること何《なん》ぞ易《やす》き
一《ひと》たび金函《きんかん》に鎖《とざ》して　家を出《い》でず
憶殺《おくさつ》す当年《とうねん》　源博雅《げんはくが》
月明関畔《げつめいかんぱん》　琵琶を聴く

第一句は「呼んで秘曲と称するに」と読んでもいい。秘曲、人に知られないように伝えられている曲と呼称するようなものであるが、伝えることがどうして易しいだろうか、いや、易しくない。「函《かん》」は箱、それは金の箱の中に深くしまわれている。「鎖《とざ》す」とあるから、外に出さない。そこで家を出なかった。この「月廊笙譜」が、そんじょそこらのものではないということを言っている。「憶殺《おくさつ》」の「殺」は殺すという字ですが、殺すという意味ではない。上の「憶」という動詞を強めている。たとえば「黙殺」は、黙って相手を無視する。それから「笑殺」は、笑い飛ばす。だから「殺」は「殺す」という意味ではありません。動詞を強める。そういう使い方があります。「関畔《かんぱん》」の「関」は逢坂の関《せき》。昔あの管絃の名手、源博雅《みなもとのひろまさ》が逢坂の関の蝉丸だけが知るという琵琶の秘曲を聞きたいと、三年もその庵に通い詰め、ようやくその秘曲を伝授された故事を踏まえているのでしょう。月明かりのなかで源博雅が琵琶を聞いた話を思い出した。非常に風流ですね。（韻字：第一句踏み落とし、家《か》、琶《は》）

◎月廊笙譜の後に自書す　その五―この天地に伝えられてきた古い音楽

七言絶句（上平・十三元）

寥寥天地古音存
零羽断宮何足論
原楽一篇私自秘
恐人謗道是専門

寥寥《りょうりょう》たる天地　古音《こおん》存《そん》す
零羽断宮《れいうだんきゅう》　何《なん》ぞ論ずるに足らん
原楽一篇《げんがく》　私《ひそ》かに自《おのず》から秘《ひ》す
恐《おそ》る　人の謗道《ぼうどう》す　是専門《これせんもん》

くだけた言葉遣いになっている。「謗道《ぼうどう》」の「道」という字は、「みち」という意味ではありません。「言う」という意味ですね。

「寥寥《りょうりょう》」の「寥」は寂しいという形容です。このひっそりとした何もないような天地に、古い音楽が伝わっている。

羽《う》とか宮《きゅう》とかいうのは、中国の音楽の五音階の名前です。宮《きゅう》・商《しょう》・角《かく》・徴《ち》・羽《う》という。西洋の七音階、ドレミファソラシドにあたります。零《れい》や断《だん》はマイナス表現で、五音階の羽や宮などが切れ切れに伝わっている。この寂しい天地に古い音楽が伝わっているというのは、切れ切れに伝わった宮商角徴羽とは違う。そんなものは問題ではない。「何ぞ論ずるに足らん」は、問題ではない。つまり、ここには正統的なものがずっと伝わっているんだぞ。

元々の音楽一篇は、ひそかに伝えられたものである。

「謗道」というのは、そしって言う。こういう貴重な音楽の精髄が伝えられることについて、あれこれそしる。「専門《せんもん》」は、今の意味とは違って、専《もっぱ》らそういうことをする、偏って行なう、ということです。偏って伝わることを、人がそしって言うことに対して、恐れる。だから「恐《おそ》る」は下までかかっている。

これはつまり題にあるように、「月廊笙譜」のことをほめているんですよ。誇りに思っていいるのかな。「月廊笙譜」は昔のものを残している。それに対して宮・商・角・徴・羽という箏の調べは、切れ切れにしか伝わっていない。そういう貴重な音楽をひそかに残していることに、けちをつけることに対して警戒している。（韻字：存《そん》、論、門）

◎春の日の遊びの約束

奉和某相公春昼作　某相公《ぼうしょうこう》の春昼《しゅんちゅう》の作に和し奉る　七言絶句（上平・四支）

相国園林公主池　相国《しょうこく》の園林《えんりん》　公主《こうしゅ》の池

遊春有約又参差
一楼暖日花香午
鈔遍平城御製詩

春に遊ぶに約《やく》有り　又参差《またしんし》
一楼《いちろう》の暖日《だんじつ》　花香《かこう》の午《ひる》
鈔遍《しょうあまね》し　平城《へいじょう》御製の詩

「某相公《ぼうしょうこう》」、相公というのは大臣です。名前を言わずに「某」といっている。「春昼《しゅんちゅう》の作に和し奉る」、ある大臣が「春昼」という作をつくった。それに対して和し奉る。「奉る」というのは敬語ですね。相手が偉いから。もし偉い人でなければ、「和す」だけでいい。その大臣の作品に和す。唱和する、相手の作品に合わす。

「相国《しょうこく》」は大臣です。普通は総理大臣のことをいう。総理大臣でなくても、相手を尊敬して言う敬称になる。「公主」はお姫様。大臣殿のお庭、お姫様の池。こういうやんごとないところでもって遊ぶ。

「参差《しんし》」は、長い短いが不揃いということが原義ですから、つまり、いろいろな約束があるということ。第一句第二句で、やんごとない大臣様やお姫様の美しいお庭でもって、春の景色を愛でながら遊びをする約束がいろいろある。

たとえば、一つの高殿《たかどの》で暖かい春の日、そしてまた、花の香りのする昼、こういったときに、みんなで遊ぶわけです。

どういうことをして遊ぶかというと、「平城《へいじょう》」だから奈良の都、「御製《ぎょせい》」といったら天子様のうた、奈良の都の天子様のうたをみんなで書いて遊ぶ。「鈔遍し《しょうあまね》」は、満遍なく書き写す。おべんちゃらの詩ですね。（韻字：池《ち》、差《し》、詩）

（平成三十年二月五日・三月十二日）

［第8講］河内にて、京都にて

取り上げる漢詩
河内道上　その一　その二　その三　その四　その五　その六／多武峰／
宮詞　後藤芝山の体に倣う／
京寓雑詩　その一　その二　その三　その四　その五　その六／病中

◎河内道上　その一――春風が古寺の扉に吹くばかり

河内道上　　七言絶句（上平・五微）

落花吹満袞龍衣
回首南巡事已非
唯有御香留涙跡
春風如夢旧禅扉

河内道上

落花《らっか》吹き満つ　袞龍《こんりゅう》の衣《い》
首《こうべ》を回《めぐ》らせば　南巡の事已《すで》に非《ひ》なり
唯《ただ》御香《ぎょこう》の涙を留むる跡有るのみ
春風《しゅんぷう》夢の如き　旧禅扉《きゅうぜんぴ》

河内は今の大阪府。ここでうたっているのは後醍醐天皇（一二八八〜一三三九）のことです。第二句に「南巡《なんじゅん》」という言葉がある。後醍醐天皇が都落ちをされて吉野へ行き、今でいえば臨時政府を開いたことをうたっています。

袞《こん》という字は、衮の異体字です。「袞龍《こんりゅう》」は天子の着る着物。日本でいえば天皇、中国では皇帝の着る着物のことです。龍の模様があるんですね。北京の博物館に行くと、昔の皇帝が着ていた着物が陳列されていましたが、みんな龍の模様が刺繍してありました。

「首《こうべ》を回《めぐ》らせば」は、「振り返ってみると」。「巡」は「巡《めぐ》る」という字で、「巡幸」ということ。「天皇が都落ちをされた」とあからさまにいえないから、「南巡」といっている。「事已《ことすで》に非《ひ》なり」は、直訳すれば「そのことは間違っていた」。この「非」というのは、「非命《ひめい》」という言葉があります。運命に違《たが》う、運命に逆らうという意味です。つまり、元々は都におられるべき天皇が運命に違《たが》って都落ちをされたということで、「事已《ことすで》に非《ひ》なり」、それは正しくないこと、間違った、あるべきではないことである。天子が都を落ち延びるなどということは、あるべきことではないわけです。

「御香《ぎょこう》」は、天皇がお使いになる香《こう》ですね。香を焚きしめているから「御香」という。今はただ、天皇が焚きしめていた香り、そして涙の跡が残っているだけだ。

何にその香りと涙の跡がついているかというと、「旧禅扉《きゅうぜんぴ》」、お寺の扉《とびら》、春風が夢のように、昔のお寺の扉に吹いている。そこにかつての思い出が残っている。

こういうことは、あまりあからさまにうたっては駄目で、やんわりとそれとなくね。それでも「袞龍」といったら、皇帝以外には使わない、日本では天皇ですが、それ以外には使わない着物ですから、わかってしまいますが。なかなかいい詩だな。(韻字：衣《い》、非、扉《ひ》)

◎河内道上　その二―蓮のある庭

七言絶句（下平・六麻）

柳払池橋竹覆沙
就中凹処種荷花
隔墻欲引大溝水
借与東隣龍骨車

柳は池橋《ちきょう》を払い　竹は沙《すな》を覆う
就中《なかんずく》　凹処《おうしょ》に荷花《かか》を種《う》う
墻《かき》を隔てて引かんと欲《ほっ》す　大溝《だいこう》の水《みず》
借与《しゃくよ》す　東隣《とうりん》の龍骨車《りゅうこつしゃ》

柳が池の橋のところに、ちょうど橋を払うようにしだれている。竹林《たけばやし》が砂のほうにずっとかぶさっている。情景描写。

そのなかでもとりわけ凹《へこ》んでいるところがあるが、その凹んでいるところには、蓮の花が植えてある。凹凸《おうとつ》といって、凹《おう》の反対が凸《とつ》といいますが、中が凹んでいて字を見ればわかる。これはおもしろい字だね。「種」という字は植えるという動詞です。

墻《かき》を隔てて大きな堀を掘って、水を流す。

「龍骨車」というのは洒落た言い方で、水車のことです。龍の骨みたいに見えるからね。これは覚えておくと便利です。「借与」の「与」は「与える」という字ですが、これは添字で、「借与」は借りるということ。（韻字：沙、花、車）

◎河内道上　その三——父が手ずから植えた花々が

七言絶句（上平・十灰）

金銭石竹与玫瑰
我出門時径未開
満眼花沾今日涙
曽経先子手栽来

金銭石竹《きんせんせきちく》と玫瑰《まいかい》と
我《われ》門《もん》を出《い》づる時　径《こみち》未《いま》だ開かず
満眼《まんがん》の花は沾《うるお》う　今日《こんにち》の涙
曽《かつ》て先子《せんし》の手栽《しゅさい》し来《きた》る

「金銭」はおカネのことですが、ここではそうではなくて、金銭花《きんせんか》という名前の花のことでしょう。「石竹《せきちく》」も花のことでしょう、玫瑰《まいかい》はバラですからね。金銭花や石竹やバラ、こういったものは皆、美しい花だけれども、私が門を出るときにはまだ開いていなかった。

それが皆、咲いて、泣いているように見える。「満眼」は眼いっぱい。今日《こんにち》の涙。花がうるおっている。直訳すると「眼いっぱいに花がこんにちの涙でうるおっている」。

最後の句を見ると、「先子《せんし》」は親、親といっても亡くなったお父さん。亡くなったお母さんは「先妣《せんぴ》」といいます。それはかつて、私の父親が自分の手ずから植えたものである。つまり、金銭花でしょう、石竹でしょう、そしてバラ。それらの花は、私が門を出るときにはまだ開いていなかった。「門を出《い》づる」といっているのは、きょう朝に門を出て夕方帰ってくるというような簡単なことではなくて、家を出て働きに出るといった重い意味を持っているね。ですから帰ってきたときに「満眼《まんがん》の花は沾《うるお》う　今日《こんにち》の涙」、いま眼いっぱいにきょうの涙で花がうるおっている。実際に自分が泣いているわけでしょう。

父上がかつて自分の手ずから植えたものが、今はみんな咲いている。つまり、うちを出たときにはまだ咲いていなかったけれども、それが、今はすっかり成長してみんな咲いている。こういうことです。これはなかなかいい詩だと思うね。(韻字：瑰《かい》、開、来)

◎河内道上　その四―頭痛の日をうたう

七言絶句(上平・十五刪)

春陰疾首重於山

春陰《しゅんいん》　疾首《しっしゅ》　山より重《おも》し

一縷葯烟消遣間
此口可能噤過了
丘隅鳥語亦綿蛮

一縷《いちる》の葯烟《やくえん》　消遣《しょうけん》の間《かん》
此《こ》の口《くち》　能《よ》く噤過《きんか》し了《おわ》る可《べ》し
丘隅《きゅうぐう》の鳥語《ちょうご》も亦《ま》た綿蛮《めんばん》

これは変な詩だな。「疾首《しっしゅ》」は頭痛のことです、春曇りが続いて、頭が痛い。「山より重し」というのは相当だったんだろうね。山より重い頭痛でもって非常に困ってしまう。

そこで薬を煎じて飲もうということになった。「葯烟《やくえん》」の「葯」は「薬」と同じ、くすりです。仄字《そくじ》ですね。薬を煎じるのに煙が出る。「一縷《いちる》」といっているから、ひと筋の煙がすーっとのぼる。「消遣《しょうけん》」というのは、暇つぶしのことです。「消遣の間《かん》」というのはつまり、何もすることがない。山より重い大変な頭痛がするので、暇なときに薬を煎じて飲む。

「此《こ》の口《くち》」というのは自分のことです。「噤過《きんか》」は口を噤《つぐ》むこと。口へんに禁でしょう、字を見たらわかります。しゃべらない。「過」はそれにくっついている助詞で、さらに「了」は「噤過」にくっついている。三字使っていますが、意味は「口を噤んでいる」です。たとえば「帰去来」という有名な言葉がありますが、それと構造が似ている。「帰る」が本動詞で、あとはくっついている。「去」は方向性をいう。最後の「来」は、「帰去」ということを起こす、始める。だから昔の人が言った「帰りなむいざ」、これはなかなかの名訳です。さあ帰ろう。「噤過了」は、その

「帰去来」と構造が似ていて、「口を噤み過ぎ了《おわ》る」です。こういうのは俗語ですから、漢文で読むには読みにくい。「此の口　能《よ》く噤過し了《おわ》る可《べ》し」と読んでおきましょう。口を噤んでおかなければならない。頭痛がしてうめいているけど黙ってろ、ということだと思います。

なぜ口を噤んでおかなければならないかというと、丘の隅にいる鳥が非常にいい声で鳴いているからです。「綿蛮」はのどかな鳴き声、たとえば、ウグイスがホーホケキョと鳴いたりするようなのどかな鳴き声を綿蛮という。おもしろいですね、「綿《わた》」や「蛮」という字を使っていますが、字には意味がなく、音《おと》に意味がある。やわらかい、品のよい鳥の鳴き声などの形容になっている。mの音ですから、やわらかい。（韻字：山《さん》、閒《かん》、蛮）

◎河内道上　その五―今日、君はいない

七言絶句（上平・二冬）

十三年外此相逢
多宝塔前羅漢松
今日重来君不見
石楼残雨数声鐘

十三年外《じゅうさんねんがい》　此《ここ》に相逢う
多宝塔前《たほうとうぜん》　羅漢松《らかんしょう》
今日《こんにち》重ねて来《きた》るも　君見えず
石楼《せきろう》の残雨《ざんう》　数声《すうせい》の鐘

十三年前にはここで会った。

しかし今は多宝塔の前の、羅漢松《らかんしょう》という松がそびえているばかりで、今日、二度目にやって来たけれど、君の姿は見えない。

石造りの高殿《たかどの》に雨が先ほどまで降っていた。「残雨」という言い方がありますが、雨が上がったあたり、雨上がり。そこで鐘の音がゴーンと数声聞こえてくるという情景描写。

これは洒落た、なかなかおもしろい詩だね。ことに多宝塔の「多宝」というのが逆に効いているというかな、今は逆で、誰も来ない。そして残雨の「残」が、これまた効いている。石楼の「石《せき》」も効いている。要するに、潤いのないような雰囲気になっている。それで悲しい鐘の声まで聞こえる。（韻字：逢《ほう》、松《しょう》、鐘《しょう》）

◎河内道上　その六―南国の春

七言絶句（上平・四支）

秋渓往往見流澌
北越諸山雪泮時
不信南州二三月
桃花潭水滑於脂

秋渓往往《しゅうけいおうおう》　流澌《りゅうし》を見る
北越《ほくえつ》の諸山《しょざん》　雪泮《ゆきどけ》の時《とき》
信《しん》ぜず　南州《なんしゅう》の二三月《にさんがつ》
桃花潭水《とうかたんすい》　脂《あぶら》より滑らかなり

これもなかなかいい詩だな。秋の谷川に氷が流れてくる。「流澌《りゅうし》」は氷の塊が流れてくること。「澌」は氷。往々にしてそれが見える。

北越の地方の山々が雪が降っていて、その雪がとける。そのとき谷川には、雪あるいは氷といったものがいろいろと流れてくる。

ところが南のほうでは、二月三月というのはそうではない。「信ぜず」というのは、「信じられないことに」。

南の国の二月三月は、「潭《たん》」は「淵」、淵に桃の花びらが落ちて、「脂《あぶら》より滑らかなり」といっているのがおもしろいな、桃の花が赤くて艶々している。艶々しているので「脂」といっているんですね。艶々した桃の赤い花びらが淵のところに流れて浮かんでいる。（韻字：澌、時、脂）

◎夕日に染まる神々しい山

多武峰　　七言絶句（上平・十五刪）

園城寺古袈裟少
飛鳥宮空環佩閒
唯有談峯神徳在
夕陽金碧照寒山

多武峰《とうのみね》

園城寺《えんじょうじ》は古くして　袈裟《けさ》少《まれ》なり
飛鳥宮《あすかのみや》空しくして　環佩《かんぱい》閒《しず》かなり
唯《た》だ談峯《だんぽう》の神徳《しんとく》の在《あ》る有《あ》り
夕陽金碧《せきようきんぺき》　寒山《かんざん》を照らす

このお寺に住んで、当時、寺侍といった連中が活躍していたが、「袈裟《けさ》」といっているのは、そういうお坊さんもまれだ。

飛鳥宮《あすかのみや》はすっかりさびれて静かだ。「環佩《かんぱい》」は、おびだま。日本の貴族たちはこういうものは着けていませんが、中国では着ける、ですから中国風に言ったのです。「環」は輪っか。帯に輪っかで玉を複数さげる。そうすると動いたり歩いたりすると、ちゃらちゃらと鳴る。それを「環佩」といった。これが雅な世界の一つの道具になっている。ここでは逆手《ぎゃくて》をとっているんだね。今は何も聞こえないわけでしょう。

そこに何があるかというと、多武峰《とうのみね》の神様の徳がある。

その表れとして、夕陽が辺りを金に染めたり碧《へき》に染めたりして、寒々しい山を照らしている。

これもなかなかいい詩だね。（韻字：第一句踏み落とし、閒《かん》、山《さん》）

◎後宮の花に迷う

宮詞倣後藤芝山体　　七言絶句（下平・六麻）
挙国豪華属大家
輦前紅緑択名娃

宮詞《きゅうし》　後藤芝山《ごとうしざん》の体《たい》に倣《なら》う
挙国豪華《きょこくごうか》　大家《たいか》に属す
輦前《れんぜん》の紅緑《こうりょく》　名娃《めいあ》を択《えら》ぶ

笙歌夜湧神泉月
裙屐春迷仙洞花

笙歌《しょうか》 夜《よる》 湧く神泉《しんせん》の月《つき》
裙屐《くんげき》 春《はる》 迷う仙洞《せんとう》の花《はな》

宮詞《きゅうし》という詩の形があります。朝廷のなかのこと、なかでも後宮のことをうたいます。後宮の主人公は女官《じょかん》、宮女《きゅうじょ》です。宮体《きゅうたい》ともいって、古くは唐（六一八～九〇七）、なかでも初唐・盛唐・中唐・晩唐の四つの時期のうち、中唐時代（七六六～八二六）にたくさん詩がつくられました。唐王朝の宮殿のなかの女性の様子をいろいろとうたう。全国から選りすぐりの美女が選ばれて宮中に上がっているわけですが、天子の寵愛を受けるのはごくわずか。大多数の宮女は、美しいのにあたら花が咲いて散ってしまうということで、それが詩になるわけです。それは見る者によっては千篇一律のように見えるかもしれないが、それぞれに工夫を凝らしていて、なまめかしい。後藤芝山《しざん》（一七二一～八二）は宮詞が非常に上手なことで有名な儒学者で、百首も残している。だから「後藤芝山の体《たい》に倣《なら》う」といっている。

「大家《たいか》」は天子のことです。「天子」といったら硬くなりますが、「大家《たいか》」といったらやわらかくなるので、言葉の綾《あや》だな。というのは、「天子」といったらしゃっちょこばったイメージがありますが、「大家《たいか》」という言葉にはほかの意味もありますから、同じことをいっているけれども、やわらかくなる。国を挙げるような豪華さは「大家に属す」、天子のものだ。

「輦《れん》」はてぐるま。てぐるまというのは、宮中の庭などを散策するときに使う手押し用の車で、だいたいは二人で乗る。二人で乗るときは、天子は傍らに寵愛する女性を乗せるわけです。そのてぐるまの前に「紅緑《こうりょく》」がある。この「紅緑」が実際に指しているものは赤い花や緑の葉っぱですが、ここでは「名娃《めいあ》を択《えら》ぶ」とあるように、宮中の女性のことです。ちょうど赤い花、緑の葉っぱのような美しい女性たちがてぐるまの前にいっぱいいる。天子が赤い花や緑の葉っぱを選ぶように、優れた女性を選ぶ。

「笙」は笛、宮中では、笛を吹いたり歌を歌ったりにぎやかにしている。「神泉《しんせん》」というのは宮中の庭の池のことです。その池に「月が湧く」というのは、月が映っているわけですね。俗世間とは違う、奥深い特別な世界だから、「神泉の月」といっている。選りすぐりの美しい女性たちが夜、宮中で、歌を歌ったり笛を吹いたりして宴会をする。

「裙屐《くんげき》」の「裙《くん》」は今でいえばスカート、「屐《げき》」は下駄、靴。「仙洞《せんとう》」は奥深い宮殿、奥御殿のこと。ですから、女官の着ているスカートや履物、奥深い宮殿のなかに咲く花に迷う。間接的な言い方をしていますが、花のような女官がたくさんいて、それと遊ぶということです。主語は大《たい》家《か》、つまり天子です。

この第三句「笙歌《しょうか》　夜《よる》　湧く神泉《しんせん》の月《つき》」と、第四句「裙屐《くんげき》　春《はる》　迷う仙洞《せんとう》の花《はな》」は対句になっている。

後藤芝山が残した宮詞はなかなか見ごたえがありますが、これを批判する人がいました。しかし私は大間違いだと思う。宮詞というものを知らないから、けなすんですね。宮詞は、誰でもつくれるものではない。だって、天子が美女と遊ぶ、狭い世界のことをうたうのですから、マンネリや千篇一律になりがちなんです。宮詞はうまくうたえる人でないと、できるわけがない。（韻字：家《か》、娃《あ》、花《か》）

◎京寓雑詩　その一――京のいろいろな情景

京寓雑詩　　七言絶句（上平・十五刪）
南渓春雨花開後
西嶺秋風葉落間
惆悵菟裘人不見
等閒唱徹憶亀山

京寓雑詩《けいぐうざっし》
南渓《なんけい》の春雨《しゅんう》　花《はな》開く後《のち》
西嶺《せいれい》の秋風《しゅうふう》　葉《は》落つる間《かん》
惆悵《ちゅうちょう》す菟裘《ときゅう》　人《ひと》見《み》えず
等閒《とうかん》唱い徹《てつ》して　亀山《かめやま》を憶《おも》う

「京寓雑詩《けいぐうざっし》」は都でつくったという意味です。ちょっとわかりにくいのですが、表現の意味は、南の谷川に春の雨が降って、花開くのち。西の山には秋風が吹いて葉落つるとき。春は雨、秋は風、のように都のいろいろな情景を、季節と、また西とか南とかいう方角をもって、バランスをとっている。南の谷川に対して西の山、谷と山、南と西。そして春と秋。雨と風。そして花と葉っぱ、花が開くに葉っぱが落ちる。一字一字全部うまく対応させているわけです。

「惆悵《ちゅうちょう》」は恨み悲しむこと、「菟裘《ときゅう》」は魯（前十一世紀頃〜前二五〇）の隠公（?〜前七一二）の隠居の地、そこから、官を辞して隠棲する地。

「等閒《とうかん》唱い徹《てっ》して亀山《かめやま》を憶《おも》う」、この「亀山」には故事があります。醍醐天皇（八八五〜九三〇）の第十一皇子、兼明親王《かねあきら》（九一四〜九八七）は臣籍降下しましたが努力して、天禄二年（九七一）左大臣にまで上り詰めました。ところが藤原兼通・兼家兄弟の争いの巻き添えで左大臣の座を狙われ、折しも時の円融天皇の異母兄・源昭平《あきひら》の皇籍復帰を共に行なうのを条件に、貞元二年（九七七）いわば抱き合わせで復籍されたのです。この経緯に兼明親王が憤慨して詠んだ詩文「菟裘賦《ときゅうのふ》」では「君昏《くら》くして臣諛《へつら》う」と、円融天皇や兼通、兼通が左大臣に引き上げた藤原頼忠を厳しく責めています。ところで兼明親王は、山荘を嵯峨野につくっていました。そこが「亀山」です。「等閒（閑）」は心にかけない、気に留めないことですから、日頃の鬱屈した気持ちを沈めながら、兼明親王のことも憶《おも》って、唄い徹したのでしょうね。

兼明親王は、室町中期の武将で歌人の太田道灌（一四三二〜八六）が雨具の蓑を借りようとした故事で知られる「七重八重《ななえやえ》花は咲けども山吹《やまぶき》のみのひとつだになきぞあやしき（悲しき）」の作者でもあります。（韻字：第一句踏み落とし、間、山）

◎京寓雑詩　その二――京の春の思い出

七言絶句（上平・四支）

逢人泥乞寂紅枝
水寺寒鐘日没時
酔臥去春聯句処
夢中猶改落花詞

人《ひと》に逢《あ》いて泥乞《でいきつ》す　寂紅《さいこう》の枝《えだ》
水寺《すいじ》の寒鐘《かんしょう》　日《ひ》没《ぼっ》する時《とき》
酔臥《すいが》す　去春聯句《きょしゅんれんく》の処《ところ》
夢中猶《むちゅうな》お改《あらた》む　落花《らっか》の詞

最も紅《くれない》の枝をねだる。これは例えでいっているわけで、あるいは色街《いろまち》で遊ぶことかもわからない。最もきれいな芸者か何か、ということかもわからない。

次は水辺の寺。そこで日暮れに寒々しく寺の鐘が聞こえてくる。このように前半の二句で、夕暮れ時の都の様子。

去年の春、「聯（連）句」、句を連ねる遊びをしたところ。

夢のなかで今もなお、落花をうたった詩の句を改めている。

これはどうやら、もちろん、文字通りの意味も持っているのですが、過去の女性とのなまめかしい思い出じゃないかな。こちらが野暮天だからよくわからないが。句を連ねるというのは、詩のやり取りをするわけでしょう。そして、夢のなかでその詩の句を今もなお改めている。だいた

いそんなことだと思います。こういうのは、よく遊び慣れた人でないとわからないかもしれないな（笑）。（韻字：枝、時、詞）

七言絶句（下平・一先）

◎京寓雑詩　その三—嵯峨にて死ぬべし

紅袖劈箋書画筵
青衿按曲管絃船
人生只合嵯峨死
渡月橋南好墓田

紅袖《こうしゅう》箋《せん》を劈《わか》つ　書画の筵《えん》
青衿《せいきん》曲を按《あん》ず　管絃《かんげん》の船《ふね》
人生《じんせい》　只《た》だ合《まさ》に嵯峨にて死ぬべし
渡月橋南《とげつきょうなん》　好墓田《こうぼでん》

「紅袖《こうしゅう》」は、赤い袖という意味ですから、綺麗どころです。「箋を劈《わか》つ」は、詩をつくったり句をひねったり。「書画」といっているから、絵も描くのかな。書を書いたり絵を描いたりする席で、綺麗な女性と遊んだ。

「青衿《せいきん》」は男のほうで、「青い衿」というのは若者。若者と一緒に曲を按じて、笛、「絃」は箏《こと》、笛とか箏とかの楽器をのせて船遊びをする。「曲を按ず」は歌を歌う、演奏する。このように字面がうまく対応している。紅い袖と青い衿でしょう、紅い袖は女性、青い衿は若者。片方は書画の遊びをしている、片方は音楽の遊びをしている。華やかな都での、女性とのいろいろな風雅な、文雅な遊び。

であるからして、嵯峨辺りのこういう色街で死ぬべきである。この「合に《まさ》」は「当に《まさ》」と同じ。「当」は平字《ひょうじ》ですが、「合」のほうは仄字《そくじ》で、平字を使いたいときには「当」を使い、仄字が使いたいときには「合」を使う。

渡月橋の南のほうにはお墓としてよい土地がある。渡月橋の南はさだめしよきお墓だ。どうやら、ここで遊びほうけて死んでもいい、という意味らしいね。

この詩が一番いいなぁ（笑）。江戸も河野鉄兜のころの時代になると、文化爛熟して、こういう色っぽいうたが流行るんですね。なまめかしいけれども、品が悪いところがあるわけではない。そういうところはうまくうたっています。（韻字：筵、船、田）

◎京寓雑詩　その四―京の離宮の秋

七言絶句（下平・十一尤）

離宮紅樹已経秋
風葉如花落御溝
応制詩成誰第一

離宮《りきゅう》の紅樹《こうじゅ》　已《すで》に秋を経《ふ》
風葉《ふうよう》　花《はな》の如《ごと》く御溝《ぎょこう》に落つ
応制《おうせい》の詩成《しな》り　誰《たれ》か第一《だいいち》

満朝簪笏尽名流

満朝《まんちょう》の簪笏《しんこつ》　尽《ことごと》く名流

離宮でもみじが赤く染まるころ、すでに秋になっている。風に落ちる葉っぱが、花のように落ちる。つまりその葉っぱは、前の句に「紅樹《こうじゅ》」とあるように赤くなっているから、花のように落ちる。「御溝《ぎょこう》」はお堀。風に落ちる葉っぱが、お堀に花のように落ちる。都の秋景色。

そういう美しい秋の景色のなかで、詩をつくる。つまり離宮でいろいろな遊びをするわけで、「応制《おうせい》」というのは天子の命令で定められた題で詩をつくること。今日は何々、と題が出される。命令に応じてつくるから応制というんだね。誰々が一番だ。

「簪笏《しんこつ》」は貴族の服装ですね。貴族は笏《しゃく》を腰にはさんだり、簪《しん》を頭にかぶったりする、こういう服装でいるから、貴族のことを簪笏《しんこつ》という。そこにいる人はみな朝廷の立派な名流、貴族ばかりだ。そのなかで誰が第一だ。こういっている。

こういう詩をつくらせると、誠にこの人は流れるようですね。（韻字：秋、溝、流）

◎京寓雑詩　その五―粟田口の翠雨

七言絶句（下平・六麻）

不入旗亭必仏家
旧題塵壁払塗鴉
満身翠雨粟田口
一路松風吹菌花

旗亭《きてい》に入《い》らざるは　必ず仏家《ぶっか》
旧題《きゅうだい》の塵壁《じんぺき》　塗鴉《とあ》を払う
満身《まんしん》の翠雨《すいう》　粟田口《あわたぐち》
一路《いちろ》の松風《しょうふう》　菌花《きんか》を吹く

「旗亭《きてい》」は料亭。「仏家《ぶっか》」は仏教、和尚様。つまり、和尚様は料亭に入らない。

塵の溜まった古い壁に、筆でもって書いてあるのが、だんだん年を経ると汚くなる。それを「塵壁《じんぺき》」といっている。「塗鴉《とあ》」は、殴り書きのことをいう。「鴉《からす》」という字は墨のことですね。黒いから。もとここでもって墨で殴り書きをしてつくった詩が、壁に書いてあるわけですね。

「粟田口《あわたぐち》」は、今もその地名がある。「翠雨《すいう》」の「翠」はみどりですから、葉っぱが落ちてくることをいいます。

「菌花《きんか》」は、松茸のことですね。松風《まつかぜ》が吹いて、松風が結局、松茸を吹くということ。この詩はよくわかりません。（韻字：家、鴉、花）

◎京寓雑詩　その六—東山三十六峰青けれど

百年人物嘆零星
来弔元家野史亭
落日銅駝橋上望
等閒三十六峯青

七言絶句（下平・九青）

百年《ひゃくねん》の人物《じんぶつ》　零星《れいせい》を嘆く
来《きた》りて弔《とむら》う　元家野史亭《げんかやしてい》
落日《らくじつ》の銅駝《どうだ》　橋上《きょうじょう》の望み
等閒《とうかん》なり　三十六峯《さんじゅうろっぽう》の青

「三十六峯《さんじゅうろっぽう》」は「東山三十六峰」というのがありますから、これは東山のことですね。「零星《れいせい》」は、「零《れい》」「星《せい》」と音《おん》が揃っている、いわゆる畳韻語ですね。落ちぶれたり廃れたりすることをいっている。歴史に残るような有名だった人物でも、今はもうすっかり忘れられて、今や誰も知らなくなってしまった。

「野史亭《やしてい》」というのは、中国の元遺山《げんいざん》（一一九〇〜一二五七）の家、そこで彼は詩をたくさんつくった。有名な詩人であった人ということで、なぞらえをしているわけですね。百年に一度のような人物でもだんだん廃れてきて、元遺山の野史亭のような、いわゆる名所に来て、それを弔う。もう今はその人はいない。

浅草みたいに繁華な街のことを銅駝坊《どうだぼう》というんですね。元は中国の洛陽の繁華な街のことです。銅駝坊のところに架かる橋の上で夕日を眺める。

　すると東山三十六峰が見えるわけです。東山三十六峰はいくら青くても、そんなことは知ったことではない、といっている。「等閑《とうかん》」というのはそういう意味です。つまり、東山三十六峰といってその景色を愛でるけれども、そんなことはどうでもよい。今は、銅駝坊のところでもって、橋の上から夕日を眺めるのである。ですから、百年の人物でも、最後には誰も知らなくなって忘れられてしまう、「栄枯盛衰」というようなことなんだろうね。「東山三十六峯」というのをうまく効かせている。（韻字：星、亭、青）

◎病の床で詩作を論ず

病中　　七言絶句（上平・十三元）

一字推敲欹枕論
病牀塵暗欲黄昏
林鳩呼雨人帰去
憑仗茶烟送出門

病中《びょうちゅう》

一字の推敲　枕《まくら》を欹《そばだ》てて論ず
病牀《びょうしょう》の塵《ちり》暗く　黄昏《こうこん》ならんと欲《ほっ》す
林鳩《りんきゅう》雨を呼び　人《ひと》帰り去る
茶烟《ちゃえん》に憑仗《ひょうじょう》し　送りて門を出《い》づ

「病中」という題を見ると、病気のなかで詩の会か何か催しているのでしょうか。

「推敲」は、詩文をつくるときに字句や表現を考え練ることですが、賈島《かとう》（七七九〜八四三）という唐の詩人の故事が、その出どころです。賈島が詩作で「僧は推す月下の門」がよいか、「僧は敲《たた》く月下の門」がよいかと迷った。和尚様が月の照らす下《した》に、門を叩かないでシュッと押して入る。あるいは門をトントンと叩く。結局「敲く」がよいとした。「枕を欹《そばだ》てて」は、白楽天（七七二〜八四六）の有名な詩の一節に「遺愛寺の鐘は枕を欹てて聴き」というのがあり、それをうまく利用しました。寝ていたら会話がよく聞こえないから枕をちょっと立てるんでしょうね。病中、一字、これは推すがよいのか敲くがよいのかというようなことを論じ合う。

「塵」といっているのは謙遜の言葉で、むさい家ですから病《やまい》の床に塵が溜まっていて暗い。そしてだんだんと日が暮れて辺りが暗くなってきた。

やがて森では鳩が鳴く。鳩が鳴くというのは雨が降る前兆なんですね。「鳩雨を呼ぶ」という、一つの決まった言い方があります。だから、さあ帰ろうと仲間たちはみんな帰る。

「憑仗《ひょうじょう》」は「頼る」という意味です。「茶の烟に頼る」というのはどういうことかというと、それを道具にして、つまり、ほかに何もないからお茶を入れてそのお茶の烟だけを頼りにして、門を出て行く友達を送る。この詩はなにげない詩だけど、「茶の烟によって送る」という新しい言い方もある、いい詩だと思います。（韻字：論、昏《こん》、門）

今日は四月の……九日？　私の誕生日だ。今ごろ気づいた（笑）。

（平成三十年四月九日）

［第9講］教え子に心得をうたう

取り上げる漢詩

塾規後に自書す　その一　その二　その三　その四

◎塾規後に自書す　その一――書物にまさるものはない

自書塾規後
栄達可安窮可居
平生久要莫如書
寧知治国齊家術
不出古人糟粕余

塾規《じゅくき》後《ご》に自書《じしょ》す
栄達安《やす》んず可《べ》く　窮《きゅう》は居《お》る可し
平生《へいぜい》久しく要す　書《しょ》に如《し》くは莫《な》し
寧《いずく》んぞ知らん　治国齊家《ちこくせいか》の術《じゅつ》
古人《こじん》の糟粕《そうはく》の余《よ》を出《い》でず

七言絶句（上平・六魚）

「規《き》」というのは決まり、ルール。書塾を開くと、いろいろ決まりをつくるわけです。たとえば何時に始めて何時に終わるとか、どこを読むとか、みんなどうするとか。そういう塾規《じゅくき》、自分で開いている塾の決まりが書いてあるあとに付け加えた、その詩ですね。ですから、自分の処世訓みたいなものが書いてあるわけです。

出世して偉くなる栄達の境遇は人がみな望むものであって、それは安んずべきものであるが、「窮《きゅう》」は貧乏、貧乏も居るべきものである。貧乏暮らしも暮らすべきものである。貧乏でもいい。普段ずっと長く、一番何が必要かというと、「書《しょ》に如《し》くは莫《な》し」、おカネではない、書物だ。「治国平天下《ちこくへいてんか》」という言葉があります。国を治め天下を安らかにすることです。国を治めたり家を整えたりする術は、「古人《こじん》の糟粕《そうはく》の余《よ》を出《いで》」ざるを「寧《いず》んぞ知《し》らん」。この「寧んぞ知らん」は、最後までかかる。反語ですから、国を治めたり家を整えたりするような、大きな仕事も、実は「古人の糟粕の余を出ず」、昔の人のかすを舐めているようなものだということを、どうして知るか、知らないだろう。つまり、治国齊家という大きな仕事も実は、昔の人のかすを舐めているようなものである。

つまり先生の立場から、ここで勉強する者の心得として、立身出世といったことを人々は望むけれども、実はそんなものは昔の人のかすを舐めているようなもので、なんの価値もない、自分の塾では栄達なんか望むんじゃない、こういっている。だから結論は、平生は本を読めということです。第二句に「平生《へいぜい》久しく要す　書に如くは莫し」とありますね。

これはなかなか味がある詩だな。（韻字：居、書、余）

◎塾規後に自書す　その二―偽の学問が真実を隠す

七言絶句（上平・十一真）

偽学紛紜易乱真
滔滔天下孰疵醇
寧為墨行儒名者
勿作陽朱陰陸人

偽学紛紜《ぎがくふんうん》　真《しん》を乱し易《やす》し
滔滔《とうとう》たる天下　孰《いず》れか疵醇《しじゅん》
寧《むし》ろ墨行《ぼっこう》して儒名《じゅめい》の者と為《な》るも
陽朱陰陸《ようしゅいんりく》の人に作《な》る勿《なか》れ

なかなかおもしろいね。学問にも本当の学問と、「偽学《ぎがく》」、偽の学問とがある。「紛紜《ふんうん》」は物がばらばらと乱れること。「ふん・うん」と母音が揃うでしょう、畳韻語ですね。「真《しん》を乱し易《やす》し」、本当のことがわかりにくくなってしまう。偽の学問というのはいろいろなことを言って、真なることがわからなくなってしまう。

この滔々たる世の中は、どちらが疵《し》でどちらが醇《じゅん》か。疵と醇は反対語です。醇は直訳すればうまい酒、疵《し》は傷。今のわれわれの言葉でいえばマイナスとプラス。

その結論はこうです。「墨行《ぼっこう》」は墨子（春秋戦国時代の思想家）のような行ない、そんな儒家と対立する行ないをしながら儒者と称することがあっても、「陽朱陰陸《ようしゅいんりく》の人」、表向きは南宋の朱子（一一三〇～一二〇〇）であるが、陰では陸象山《りくしょうざん》（一一三九～九二）だと言っているような人になってはいけない。「陽朱陰王《ようしゅいんのう》」という言い方があって、表向きは朱子学であるが、陰では陽明学（明の時代に王陽明（一四七二〜一五二八）が陸象山の説を継承して唱えた儒学の一派）というものですが、ここでは「陽朱陰陸」といっている。

自分の塾ですから、弟子に、どういう勉強の仕方、生き方をするかということを、詩でもって教え諭しているわけです。墨子とか儒者とかいうものを疎んずる考え方があるのですが、そうではないのだ、と。（韻字：真、醇、人）

◎塾規後に自書す　その三――まごころを尽くして一生懸命に

七言絶句（下平・一先）

誠意一章君勉旃
晦翁亡後豈無伝
要知明徳日新理
須憶先生易簀前

誠意《せいい》の一章　君《きみ》旃《これ》に勉《つと》めよ
晦翁《かいおう》亡き後《あと》　豈《あ》に伝うる無からんや
知らんと要す　明徳日新《めいとくにっしん》の理《り》
須《すべか》らく憶《おも》うべし　先生易簀《えきさく》の前《まえ》

「旃」は「これ」、「これに勉《つと》めよ」と読みます。音読みは「せん」です。難しい字だね。ここは韻を踏むところでしょう、「せん」というのが韻になっています。先を見ると、「伝」「前」と韻を踏んでいます。

「誠意」は、儒教の経書《けいしょ》「大学」に出てくる言葉です。儒教には「四書五経《ししょごきょう》」といわれる基本経典があり、「大学」はその一つです。四書は、「大学」「中庸」「論語」「孟子」の四つの書物。つづめて「学庸論孟《がくようろんもう》」という。元々「論語」と「孟子」が重んじられていたところに、朱子が「礼記《らいき》」という経典から「大学」と「中庸」の二篇を選んで加えたものです。五経は、「易経」「書経」「詩経」「礼記」「春秋」の五つの経書です。「春秋」は魯（前一〇五五〜前二四九）の前七二二から前四八一に至る歴史書で、その註釈が「春秋左氏伝《さしでん》」「春秋公羊伝《くようでん》」「春秋穀梁伝《こくりょうでん》」の三つあり、「三伝《さんでん》」といわれます。左も公羊も穀梁も人の名前です。「礼」も「周礼《しゅらい》」「儀礼《ぎらい》」「礼記《らいき》」の三つあり、「春秋」と合わせて「三礼三伝《さんれいさんでん》」という。「五経」が儒学の一番根本《こんぽん》で、「論語」や「孟子」は新しい。

つまり、五経が「易経」「書経」「詩経」と「礼記」（周礼・儀礼・礼記）、「春秋」（左氏伝・公羊伝・穀梁伝）で計九つ、それから四書のうちの「論語」と「孟子」、さらに辞書の「爾雅《じが》」、それと「孝経」を加えた十三を「十三経《じゅうさんぎょう》」といい、基本の古典でした（四書の「大学」と「中庸」は「礼記」中の二篇なので、数に入れない）。

話が横道にそれましたが、「大学」に出てくる「誠意の一章」とは、こういうものです。

誠意（大学）
欲正其心者
先誠其意
欲誠其意者
先致其知

誠意（大学）
其《そ》の心を正しくせんと欲する者は
先《ま》ず其の意を誠《まこと》にせん
其の意を誠にせんと欲する者は
先ず其の知《ち》を致《いた》せ

心の持ちようを正しくするためには、心ばえを誠にしなければいけない。その心ばえを誠にするためには、まず知を致せ。彼らが「知」の根本としたのは、四書五経でした。有名な「科挙」の試験も、四書五経に「爾雅」「孝経」を加えた十三経から出題されました。科挙のような難しい試験制度を設けたのも、この「知」というものに基づいているのかもしれない。

この「大学」の誠意という一章、君たちはこれに勉めよ。学問のなかで一番大事なのは誠意、意を誠《まこと》にすることだ。わかりやすくいえば、まごころを尽くして一生懸命やる。

「晦翁《かいおう》」は朱子（一一三〇～一二〇〇）のことです。本名朱熹《しゅき》。崇めて朱子といっている。号が晦庵《かいあん》。「晦翁」といっているのは、晦庵翁という意味ですね。朱子がいなくなったあとでも、どうして伝えることがなかろうか。「豈《あ》に伝うる無からんや」は反語ですから「伝えられている」という意味です。朱子先生亡きあとだって、ちゃんと伝えられている。この詩は、儒学、孟子や孔子の教えの要諦をいっているわけです。

「明徳」や「日新」は、どちらも「大学」「中庸」の中にある言葉を持ってきたものです。徳を明らかにするのが「明徳」、日々に新たにするのが「日新」で、毎日毎日、勉強するということ。「知らんと要す」、知るべきことは明徳、日新の理だ。

先生が亡くなることを「易簀《えきさく》」という。今でも使いますね。「簀《さく》」は、寝床の板のことです。今でいえば寝台だな。「易《えき》」は「易《か》える」。孔子の門人・曽子《そうし》（前五〇五～前四三七）が亡くなる前に、賜った大夫用の寝台を身分不相応だとして粗末なものに易《か》えて亡くなった故事から、学徳の高い人が亡くなることを「簀《さく》を易《か》える」「易簀」というようになりました。「死ぬ」という言葉は、いろいろな言い換えをするわけです。仏教だったら「成仏《じょうぶつ》」と言うでしょう。（韻字：旃、伝、前）

呉音と漢音

「成仏」、仏に成る。この「成」をわれわれは普通「せい」と読みますが、「じょう」と読むのは呉音《ごおん》という。われわれが普通使っているのは漢音です。というのは日本が最初に中国に船を遣わせて文化を取り入れたとき、中国は呉（二二二～二八〇）で、都は南のほうの開封（今の南京）だったから、その言葉が入ってきた。この音を、日本では呉音《ごおん》といっている。その後六朝（二二九～五八九）が滅びて、隋（五八一～六一八）、唐（六一八～九〇七）、約三百年間。その隋唐の時代には都が北の長安（今の西安）へ行きました。開封の言葉と長安の言葉はずいぶんと違う。その北の音を漢音といいます。「漢の時代の音《おん》」という意味ではありません。隋唐は三百年続き、その間に何回も遣唐船が派遣された結果、日本の正しい発音は今度は漢音になった。一番わかりやすいのが、数字の読み方。いち（一）、に（二）、さん（三）、し（四）、ご（五）、ろく（六）、しち（七）、はち（八）、く（九）、じゅう（十）。これ、呉音です。数字の読み方はすぐに必要でしたから南から早くに入ってきて、今でもわれわれは数字を読むときには、この古い音《おん》を使っている。唐の時代だったら、いつ、じ、さん・し・ごは同じ、りく、しつ、はつ、きゅう、しゅう。これは隋唐の都が北に移ってからの音《おん》で、遣唐船の往来によって伝えられました。

仏教は隋唐より前に入ってきていますから、お経の読み方など仏教世界の言葉も呉音が多い。南無阿弥陀仏《なむあみだぶつ》、南無妙法蓮華経《なむきょうほうれんげきょう》、みんな呉音です。何気なく使っていますけどね。

（聴講者より）「先生、『南朝四百八十寺《なんちょうしひゃくはっしんじ》』の十を『しん』と読むのも、呉音ですか？」

あれは、関係がないんです。いい質問です。

江南春望　杜甫　七言絶句（上平・一東）

千里鶯啼緑映紅

水村山郭酒旗風

江南春望《こうなんしゅんぼう》

千里《せんり》鶯啼《な》いて　緑紅《みどりくれない》に映ず

水村山郭《すいそんさんかく》　酒旗《しゅき》の風《かぜ》

南朝四百八十寺
多少楼台煙雨中

南朝《なんちょう》　四百八十寺《しひゃくはっしんじ》
多少の楼台　煙雨《えんう》の中《うち》

これは七言絶句でしょう。二字目が平《ひょう》なら六字目も平、二字目と四字目は違うから、四字目は仄《そく》という約束だね。これを「二四不同《にしふどう》」「二六対《にろくつい》」といっています。

けれども「南朝四百八十寺」は、平、平、仄、仄、仄、仄、仄、となっていて、規則と違うでしょう、だから便宜的に「十」を「針」で読んだんです。「十」は金偏を付けると「針」という平《ひょう》字《じ》になるから、これで代用しようという。だから、「十」をわれわれは「じゅう」と発音しているけれども、「はっしんじ」と読むんです。「四百八十」というのは全部仄字《そくじ》だから詩にならず、困るからね。これは特別なもので杜甫のこの作品以外にありません。誰が言い出したかわかりませんが、相当古い時代からこういう便法を考えついたんだね。（韻字：紅、風、中）

◎塾規後に自書す　その四――勉強するうえで大事なことは何か

七言絶句（上平・十一真）

尋常摘句苦精神
大道多岐誰問津

尋常《じんじょう》に句を摘《つ》む　苦《はなは》だ精神《せいしん》
大道多岐《だいどうたき》　誰《たれ》か津《しん》を問わん

珍重武成二三策
孟夫子没更何人

珍重《ちんちょう》す　武成二三《ぶせいにさん》の策《さく》
孟夫子《もうふうし》没《ぼっ》して　更に何人《なんぴと》ぞ

「尋常」は、普通に、当たり前にという意味です。「句を摘む」は、句をつくることです。「摘む」は、草を摘むとか花を摘むとかいうときによく使う言葉ですが、「句を摘む」という言い方があり、たくさんの句を考えて、そのなかからいいものを選んで詩をつくることを「句を摘む」といいます。ここでの「苦」は「苦しい」ということではなく、非常に多いという意味で「はなはだ」と読む。「精神」は、この場合は名詞ではなく、形容語的に使って、こころの生き生きとした働きだ、という意味で、「神」はこころという意味です。つまり、詩をつくるときにはいろいろと言葉を考えたり詩想を練ったりして、苦労してつくるわけですから、普通に当たり前に句を選んで詩をつくることは、精神の働きが非常に要って、難しいぞ。

しかしながら大きな道というのはたくさんの分かれ道があるから、一体誰が一番適切な津《しん》を問うか。反語になっていて、誰が津を問うか、なかなか津は問えないぞ。「津《しん》」は舟の渡し場。中国には黄河や淮河《わいが》といった大きな川があって、普通に大きな川を船で行き、その要所要所に渡し場があります。ですから、「津を問う」＝「問津《もんしん》」という言葉が、「道を聞く」という意味の熟語として出てきたわけです。日本だったらたとえば東海道で川が流れているのはむしろ旅の妨害になるから、「問津」という言い方はできません。中国とはずいぶん違います。渡し場には舟がつないであって、それに乗って手綱《たづな》を解いて出て行くわけですから、津は旅の入口です。ですから津は、広い意味では入口ということになります。渡し場を決めなければいけないが、誰にその渡し場を聞いたらいいいか。つまり、大きな詩の道には、いろいろな入り口があって、分かれ道がある。そのうちのどれを選んだらいいか、誰に聞いたらいいか、なかなかわからないぞ。ということで前半の二句は、詩をつくるときの一つの要諦、詩をつくることの難しさをいっている。

それにつけても、珍重するのは武成の二、三の策だ。武は武王、成は成王。周（前一一〇〇頃〜前二五六）の初めの王様の名前です。そのころは皇帝とはいわず、王様です。武王が殷を討って、革命を成功させ、周という王朝を建てた。武王・成王が取ったそういう二、三のいろいろな策略は大変立派なものである。「珍重」は今のわれわれが使っている言葉に近く、立派なものだから大事にしなければいけない。「珍」は珍しいというよりも、「重んずる」ということを強く言った。非常に重んずる。「二三の策」といったのは一つの策ではないからで、いろいろな策ということです。「策」は、策略というとちょっと悪いイメージになりますが、「政策」ですね、政策というのは重んじなければならないぞ。褒めているわけですね。ただ、革命が成功したあと、跡継ぎがうまく行かなければ駄目です。武王は子の成王が跡を継ぎ、そこをきちんとやった。だからここで「武成」といった。

「孟夫子《もうふうし》」は孟子（前三七二頃〜前二八九頃）のことです。「夫子」は先生という意味で、孟子は偉い人ですから「孟夫子」といったんです。なお一番おおもとは孔子（前五五一〜前四七九）の「孔夫子《こうふうし》」で、これが最初です。孟子はそのあとの人で、孔子の学問を継承した人です。あの孟先生が亡くなってから誰が居るだろうか。「何人《なんぴと》」といっているのは、人数を数えているのではないですよ。「何人《なんにん》」というと人数を数えることになりますが、「何人《なんぴと》」というのは、反語として「誰が居るか」ということです。孔子のあと孟先生は、武王・成王の時代を経て周という王朝が固まったということがよくわかって立派な著述をなさったけれども、孟先生が亡くなってからは一体誰が居る？　もう誰も居ないではないか。大きな詩ですね。（韻字：神、津、人）

「塾規後に自書す」の一番最後の詩になりました。塾を開いて、こういう詩をつくって、勉強するうえで大事なことは何かということを塾生に示しているわけです。

（平成三十年五月十四日）

苛酷な選抜試験「科挙」

中国の試験制度「科挙」は、士大夫《したいふ》、今でいえば国家公務員を採るための試験です。起源はだいたい隋からで、隋、唐、それから五代をはさんで宋、元、明、清。六〇〇年ごろから一九〇五年まで続けられました。昔の中国のピラミッドの頂点には天子がいるわけですが、その下に天子に仕えて朝廷で政治をしたりする士大夫階層というのがいた。日本は科挙を真似したこともありましたが、完全に真似ることはありませんでした。

科挙の試験は、四書五経に「爾雅」「孝経」を加えた十三経から出題されました。十三経のどこから出るかわかりませんから、とにかくがんがん勉強して全部暗記しないと試験に受からない。試験は毎年あるのではありません。三年に一遍です。落ちると三年待たないといけない。その三年に一遍の試験に全国の秀才が、明清の時代は都の北京に、宋の時代は開封に、唐の時代は長安にみんな集まった。都に集まった人というのは、すでに自分の所属する都市の省都（日本の県都）で行なわれた試験で抜擢された者たちです。科挙の合格者は「進士」と呼ばれました。

昔の試験場が、南京に残っています。「貢《こう》院《いん》」といいます。仕切った所がズラーッと並んでいて、受験生がそこに入る。扉がない。狭い所に三枚の板が付いている。一つは椅子として座る。一つは机。一つはその棚の上に物を置く。不正がされないように、高いところから全部見えるようになっている。答案にちょっとでもシミが付いたらアウト。夜はいつまでやってもいいのですが、ろうそくを灯して、そのしずくがちょっとでも落ちたらおしまいです。時間の制限はない。開始から終わりまで三日三晩かかる。だからおにぎりみたいなものを持って入って、答案をつくる。ところが試験が終わっても出てこない人がいる。精も根も使い果たして死んでしまう人が必ず出たといいます。その辺のことを知りたい人は、宮崎市定『科挙——中国の試験地獄』（中公新書）などいろいろな本が出ているので、一読するといいでしょう。

そういう苛酷な選抜試験を王朝が変わってもずっと続けていましたから、子どもが生まれると、幼稚園ぐらいのときから字を覚えさせて、膨大な古典を全部暗誦させました。これが昔の学問の基本です。家庭教師をつけて勉強する。家庭教師は誰がなるかというと、落第生です。試験が難しいから落第生がいっぱいいて、そういう人たちの一番有力な人が、お金持ちや由緒正しい家の家庭教師になって子どもを教える。子どものうちからずっと積み上げて、最後の試験に合格しないと高級官僚になれない。大変でした。

そのおかげで、高い知的な土台ができた。字を知っているということは、特権階級だったんだね。つまり科挙の試験を受けられないというのは階層が下ですから、一人前に扱われないわけです。昔の人は字も上手です。字が下手だったら「字体陋劣《ろうれつ》」、品がなくて下手くそとして、パッとはねられてしまう。そういうのは字でわかってしまいますからね。立派な字を書けない人は馬鹿にされました。たとえば毛沢東（一八九三〜一九七六）は科挙はなくなったけれども、まだ色濃く残っているときの人で、農民の出身でしたが、勉強もして、結構立派な字を書きました。ちょっと変わっていましたが。

一方、科挙のために中国は停滞したという説があります。いわゆる知識階級のエネルギーが、答案をつくることに全部注がれてしまうわけだからね。立派な答案を書けない人は偉くなれない。従って近代社会の事物に対する関心がないわけです。「これではいけない」と考えたうちの一人が魯迅《ろじん》（一八八一〜一九三六）です。魯迅は元々知識階級の家に育ちましたが、ちょうど新しい制度ができて、日本に留学し、仙台医学専門学校で勉強することができた。日本は彼が来たときにはもう近代学校制度が完成していました。魯迅は日本で新しい学問をして、そのおかげで目がパッと開かれました。魯迅という人の功績の土台の一端には日本がある。もし魯迅が医専に留学しなかったら、魯迅ではなかった。今でも仙台に行くと、魯迅が下宿していた家の跡が残っています。仙台名所の一つですね。私も学生のころ、昭和二十年代に見に行きました。

神保町の漢籍古書店

昔は日本でも十三経などは、およそ武士とか一定の階級の者は必ず勉強しました。木版本がたくさん出ていて、昔は漢文を勉強するには基本の図書を買わないといけませんから、私も大学に入ったときに、神保町の古書店に、なけなしのカネをはたいて十三経の木版本を買いに行きました。昔の漢文を勉強する学生は、だいたい買ったんです。そういうものを買うことがステータスでもありました。

先輩と一緒に三人から五人くらいの読書会で、それを読んで教わるんです。そういう勉強の仕方は、私の少しあとぐらいで絶えました。大学に行って教授の講義を聴くのももちろん大事なことでしたが、それよりもそういう読書会の中に入れてもらって、先輩と勉強するのが大事だった。

買ったのは、神保町の松雲堂書店か山本書店かでしたね。どちらも代替わりはしましたが、今もちゃんと神保町でやっています。神保町交差点から九段に向かって左側、専修大学前交差点のそばに山本書店がある。そして交差点を越えて九段のほうへ行った二、三軒先に松雲堂書店がある。昔はまだほかにもいくつか漢籍の店がありましたが、世の中が変わって、神保町の古本屋も変わってきました。ただ、今言った松雲堂書店や山本書店、東大の赤門前から春日通りの本郷三丁目に移った琳琅閣《りんろうかく》書店など変わらないところもあるから、ぜひおいでになってみてください。

［第10講］本物の詩と学問を尊ぶ

取り上げる漢詩

自著の香草譜の後に書す　その一　その二　その三／
大沼枕山鎌倉懐古に和す／檀特山夜帰

明治書院から出ている『新釈漢文大系』が、全百二十巻でこのたび完結したということで、新聞にも出ました。私もそのなかの「詩経」を担当しています。日本人が親しんできた、ありとあらゆる漢籍をわかりやすく読んでもらおうという趣旨から企画して、五十八年かけて、ようやくこのほど完結した。大変なものです。

◎自著の香草譜の後に書す　その一――出鱈目がはびこっている

書自著香草譜後　　自著の香草譜《こうそうふ》の後《のち》に書《しょ》す　　七言絶句（上平・十一真）

刻苦箋詩定幾人　　刻苦《こっく》して詩を箋《せん》する　定めて幾人《いくにん》

明知毛鄭是忠臣
一篇爾雅度高閣
終使杜衡乱細辛

明らかに知る　毛鄭《もうてい》は是《こ》れ忠臣
一篇の爾雅《じが》　高閣《こうかく》に度《お》く
終《つい》に杜衡《とこう》をして乱れて細辛《さいしん》ならしむ

なかなか難しい詩だね。これは一つの試みの訳です。

鉄兜は医者でもありましたから、自分のつくった「香草譜」という、いろいろな匂いのよい草の解説書の一番後ろのところにこの詩を書き付けた。

今でも「刻苦勉励」など、「刻苦」という言葉を使うでしょう。一生懸命苦労して励むことを「刻苦」といいます。「詩を箋する」というのは詩をつくることですね。一生懸命励んで詩をつくる。そういう人は一体何人《なんにん》いるか、いないぞ。

はっきりわかることは、毛や鄭という人は、一生懸命「詩経」の研究をした立派な忠臣だったなあ。「毛」「鄭」というのは、漢代（前二〇二～後二二〇）の博士で、「詩経」の註釈をした人です。詩というものは「詩経」からおこりました。経典だからわざわざ「経」という字を付けて「詩経」といいました。その「詩経」を一生懸命研究したから忠臣といっている。毛は毛萇《もうちょう》（生没年不詳）。鄭は鄭玄《じょうげん》（一二七～二〇〇）。これを毛鄭《もうてい》という。鄭玄は「ていげん」といってもいいのですが、日本の漢文の世界では「じょうげん」という読み習わしになっている。これも、前回に説明しましたが、呉音です。

「一篇の爾雅《じが》」の「爾雅」は、一種の博物誌です。いろいろなものについて、名前、性質、形、用途を解説した。「庋」という字は、「庋く《お》」と読むんです。あまり見かけない字ですが、今のわかりやすい言葉でいうと置、音は「き」。せっかくこういうものを毛鄭が一生懸命やったのに、「高閣《こうかく》に庋く」それをなおざりにして高い高殿《たかどの》の上に置きっぱなしにしている。

「杜衡《とこう》」は「寒葵《かんあおい》」という植物です。「博物誌」というといろいろなものについての解説がしてある本に載っています。「詩経」のなかにも出てきます。「細辛《さいしん》」も植物の名前。漢方薬の世界で、「細辛」が「杜衡」と混同されることがしばしばあるようです。「爾雅」をなおざりにしているから、杜衡と細辛との区別が乱れて曖昧になっているぞ。「終に何々せしむ《つい》」というのは、そうさせてしまっているということです。

なかなか難しい言い方をしているけれども、言っていることは簡単なんだね。寒葵はどこにでもある雑草みたいなものですから、雑草がはびこってしまったということをいっている。立派な作品はなおざりになって、出鱈目な詩のほうが今はびこっている、と言いたいのでしょうかね。(韻字：人、臣、辛)

◎自著の香草譜の後に書す　その二──この本の価値を知る者は

七言絶句（上平・四支）

名実紛紛不免疑
百年得失寸心知
敢同有宋子朱子
能継周詩註楚辞

名実紛紛《めいじつふんぷん》　疑いを免《まぬか》れず
百年の得失《とくしつ》　寸心《すんしん》のみ知る
敢えて同《どう》ず　宋《そう》に子朱子《ししゅし》有り
能《よ》く周詩《しゅうし》を継《つ》いで　楚辞《そじ》に註す

「名実」は今でも使う言葉ですが、これは文字通り、名前とそれの実体という意味です。「実」は、物。これは書物、これは茶碗。そのように物には必ず名《な》と実体がある。しかし実体と名称とが紛紛《ふんぷん》と乱れてしまって、「疑いを免れず」疑わしいものが出てくる、どれが本当だかよくわからない。つまり、詩のなかにいろいろなものをうたっても、そのものが一体どんなものか、はっきりわからないものがある。

この「百年」は、人生百年。長くても人生は百年。「寸心」という言葉はおもしろい言い方で、心臓のなかが一寸四方だから「寸心」といった。心という意味です。百年の長い年月《としつき》のいろいろなプラス・マイナスについては、わが心だけが知っている。

「子朱子《ししゅし》」は、宋（九六〇～一二七九）の朱子（一一三〇～一二〇〇）のことです。本名朱熹《しゅき》。

普通は朱子といいますが、さらに子が付いています。この「子」は敬称です。「有宋《ゆうそう》の子朱子」という読み方もあります。「有宋」の「有」は国名などに添える接頭語として使う。たとえば唐のことを「有唐」という言い方をします。「唐」といって一字で済むのですが、二字でいくときに上に「有」という字を付けて「有唐」という。それと同じように「有宋の子朱子」と読むこともできる。「宋に子朱子有り」よりも、そちらかもわからないね。宋にはあの朱子先生がおられる。「敢えて同《どう》ず」というのは謙遜した言い方をしている。自分は敢えて言うなら、あの宋の大学者である朱子先生と同じだ。

第四句「能《よ》く周詩《しゅうし》を継《つ》いで　楚辞《そじ》に註す」は、朱子の仕事のことをいっていますが、第三句で「敢えて同ず」それと同じだ、といっているから、「朱子は『詩経』の註釈書も書いたし『楚辞』も註釈した。自分もそれと同じだ」と、自負しているわけです。この詩は、かなり自分のことをしょってるね。

「周詩」は「詩経」のことです。周（前一一〇〇頃～前二五六）の時代にできたので、こういう言い方があるんですね。「楚辞」はそのあとにできた南のほうのうたです。中国の地図を見たらわかるように、北には黄河が流れている、南には揚子江（長江）が流れている。歴代の王朝の都は黄河の流域にある。周の都は西安です。そして、南のほうには楚（春秋戦国時代。～前二二三）がある。楚は歴代、揚子江に本拠地がありました。北のほうが先に開けて、南は最初はジャングルでしたが、それを切り開いて、だんだん南のほうにおりてくる。南は暖かく、地味が肥えていて物産がたくさんとれて、強い国になった。それが楚です。後発の非常に大きな国です。

宋の朱子先生は周の時代の「詩経」のあとを継ぎ、さらに「楚辞」にも註をした、と朱子を持ち上げた。それでさらに自分のことにして、「自著の香草譜の後に書す」とあるから、自分で書いた『香草譜』という本を自分でしょっているわけです。「百年の得失　寸心のみ知る」と、「百年の得失」という非常にオーバーな言い方で、この本の価値を知っているのはほかにいないだろうといっている。（韻字：疑、知、辞）

◎自著の香草譜の後に書す　その三――註釈こそ大事

七言絶句（上平・七虞）

力治訓詁豈醇儒
細註虫魚亦壮夫
今日無人知此意
九原欲作李瀬湖

力《つと》めて訓詁を治むるは　豈《あ》に醇儒《じゅんじゅ》ならん
細《こま》かに虫魚《ちゅうぎょ》を註するも亦　壮夫《そうふ》なり
今日《こんにち》　人《ひと》の此《こ》の意を知る無《な》し
九原《きゅうげん》作《な》さんと欲《ほっ》す　李瀬湖《りひんこ》

経典の本文に対して言葉の註を付けることを「訓詁《くんこ》」といいます。「醇儒《じゅんじゅ》」は一番よい高級な儒者。「醇」という字は元々は、非常によく醸しだしたおいしいお酒のことをいいます。それが形容語になって、「醇儒」という言い方があります。儒者は儒者でも普通の儒者ではなくて、非常に学問が厚く人格も立派な人のことを「醇儒」というんです。訓詁を治めることができる人は「醇儒《じゅんじゅ》ならん」、醇儒でなければ訓詁はできないといっている。これは反語の言い方でもって、読者に向かって言っているわけです、「そういう人が醇儒じゃないだろうか、そうだろう」と。つまり、訓詁をすることは立派なことだ。訓詁のような細かいことをやるのは、小さなことだと軽く見られがちであるけれども、そうではない。立派な訓詁をつくることが純粋の学者だ。お酒で言えば非常によく醸しだされたおいしいお酒のような知識や徳を備えている、いわゆる醇儒だ。言葉の註釈とか、ものの解説とか、そういう細かいことが大事だといっている。

また一方、細かい虫のことや魚のことに註をするということも立派な仕事だ、壮夫《ますらお》だといっている。普通はそんな細かいことを壮夫がすべきではない、と言う人がいるけれども、そうではない、こういうこととするのが壮夫だ。「醇儒」と「壮夫」は、褒めている言い方ですね。

しかしながら今は誰も、このような意を知っている人はいない。漢文の読み方としては「人の此の意を知る無し」と読むが、意味は「誰もこの意を知っている人はいない」ということです。「此の意」といっているのは、上の二句です。一生懸命訓詁をつけることと、細かい虫やら魚やらの註釈をすること。一見、細かい、大したことのないように見えるかもしれないが、こういった註釈を細かにするということこそ、大事なことだと知っている人は、今やいない。

第四句の李瀕湖《りひんこ》は、中国、明末の博物学者で医師の李時珍《じちん》（一五一八～九三）のこと。「本草綱目」を著し、中国本草学を確立した人です。「九原《きゅうげん》」は、冥土、黄泉の国、この世ではなくてあの世。あの冥土の李瀕湖先生のようになろうと思う。

したがって、自分で『香草譜』という書物をつくって、その価値を強調している。普通はこういう細かいことをやるのは大したことではないと言う人が多いけれども、そうではない、といって自負している詩です。（韻字：儒、夫《ふ》、湖《こ》）

◎世を欺く者

和大沼枕山鎌倉懐古　　大沼枕山《おおぬまちんざん》鎌倉懐古に和《わ》す　　七言絶句（上平・十一真）

肯許功名全此身　　肯《あ》えて功名《こうみょう》をもて此の身を全《まっと》うすを許す

太平天子亦蒙塵　　太平の天子　亦蒙塵《またもうじん》す

古今忠孝能欺世　　古今《ここん》忠孝　能《よ》く世《よ》を欺《あざむ》く

不独灯籠一大臣　　独《ひと》り灯籠《とうろう》の一大臣《いちだいじん》のみならず

大沼枕山《おおぬまちんざん》（一八一八～九一）は、幕末の大詩人の一人です。その大沼枕山に「鎌倉懐古」という詩があり、それに「和す」といっていますから、その「鎌倉懐古」を読まなければこの詩はわかりません。一応読んでおきますが、「鎌倉懐古」をまだ調べていないので、詳しいことはもう少し調べないとわからない。いずれにせよ鎌倉の話になっているわけです。

第一句は、「功名」を人生の目的とする、肯んずる。功名のために一生を尽くす。

その結果として、「太平の天子　亦蒙塵《またもうじん》す」、おそらく大塔宮護良親王（一三〇八〜三五）のことをいっているのでしょう。後醍醐天皇の皇子で、建武新政で足利尊氏らと対立して鎌倉の東光寺に幽閉され、足利直義（尊氏弟）の臣、淵辺義博《ふちのべよしひろ》に殺されました。東光寺跡には明治二年（一八六九）、親王の霊を弔うために鎌倉宮が造営されました。「蒙塵《もうじん》」は「塵を蒙る」という意味ですが、戦乱に巻き込まれること、都を追われて地方へ行くことをいいます。「塵」は戦争によって立てられる塵、戦塵のことですね。たとえば唐の玄宗皇帝（六八五〜七六二）が安禄山の乱（七五五〜七六三）のときに都を追われて西南の蜀に蒙塵したでしょう。一番、「蒙塵」という言葉でピンとくるのは玄宗皇帝のことです。世が世ならば京都の都で太平の天子であられるかたでさえも蒙塵して都を追われることがある。

昔も今も、忠とか孝とかいうことをもっともらしくいうけれども、それは世を欺く言い方だ。非常に皮肉たっぷりにいっている。ここでは、引き合いに出しているのはまだ誰だかわかりません。

「灯籠の一大臣《いちだいじん》」は、平清盛（一一一八〜八一）の長子の平重盛（一一三八〜七九）のことです。平重盛は「忠ならんと欲すれば孝ならず、孝ならんと欲すれば忠ならず」と言ったとされるけれども、実際には世を欺いたではないか、そういう者は平重盛だけではない。（韻字：身、塵、臣）

◎泉や松風の妙なる音

檀特山夜帰
寒泉一道玉淙潺
散入松風響夜山
天上雲璈無節奏
不妨秘譜落人間

七言絶句（上平・十五刪）

檀特山夜帰《だんとくざんやき》
寒泉一道《かんせんいちどう》　玉淙潺《ぎょくそうさん》
散じて松風《しょうふう》に入《い》りて　夜山《やざん》に響く
天上の雲璈《うんごう》　節奏《せっそう》無《な》し
秘譜《ひふ》の人間《じんかん》に落《お》つるを妨《さまた》げず

檀特山《だんとくざん》は姫路にある山だそうです。河野鉄兜の地元。山から夜になって帰ってくる。

寒々しい泉がひと筋、ずーっと流れて、さやさや、さやさやと音がする。「淙潺《そうさん》」はその「さやさや」に当たる音の形容ですね。玉を転がすようなきれいな音がする。「潺」という字が韻字になっています。

その泉の音が散らばって松風《まつかぜ》に入ったというから、松に風が吹いて、そこで松風《まつかぜ》の音がさわさわ、さわさわとする。下のほうでは泉の音がして、上のほうでは松風《まつかぜ》の音がして、どちらも夜の山に響いているという情景描写。この二句はなかなか美しい句ですね。

璈《ごう》というのは笛のことですね、天上世界の笛には決まった節回しがない。したがって、本来は隠しておくべき秘密の楽譜がこの人間の世界に落ちるのも妨げない。つまり、あたかも天上の秘められた音楽が、人の世に落ちてくるかのように聞こえてくる。これはなかなか持って回った言い方をしているけれども、要するに檀特山から夜帰ってくるときに、泉の音や松風《まつかぜ》の音が妙《たえ》なる音楽を奏でているということを、美しく言ったんですね。（韻字：潺《さん》、山、間）

（平成三十年六月十一日）

［第11講］ 遊仙世界をうたう

取り上げる漢詩
失題／子潔の詩法を問うに荅う／白石舟中／
小游仙曲　その一　その二　その三　その四　その五

◎分けて照らす

失題

欲向西風寄所思
桂花香散夜深時
可憐天上一輪月
分照人間連理枝

失題《しつだい》　　七言絶句（上平・四支）

西風《せいふう》に向かって所思《しょし》に寄せんと欲《ほっ》す
桂花《けいか》香り散《さん》じ　夜《よる》深き時《とき》
憐《あわ》れむ可《べ》し　天上《てんじょう》一輪の月《つき》
分《わ》けて照《て》らす　人間連理《じんかんれんり》の枝

「失題《しつだい》」というのは決めた題がないという意味ですが、これはわざとつけないんですね。読めばわかるとおり恋の歌です。

「西風《せいふう》」は秋風のこと。「所思《しょし》」は思う所と読みますが、思う人、つまり恋人のことです。秋風に向かって、秋風に託して恋人に送ろうと思う。恋の気持ちを秋風に寄せて伝えたい。

今ちょうど、桂花、木犀の花がいい匂いでもって咲いていて、真夜中に窓越しにその庭の木犀のいい香りがしてきた。木犀の花というのは恋の花で、その香りは、恋人への気持ちをそそる、一つの導きになっている。夜深い時、恋人に対して気持ちが高まる。

後半をみると、「憐《あわ》れむ可《べ》し」という言葉がある。そのまま「可憐」ともよく言いますが、心惹かれる様子のことをいうんですね。今でも日常生活で「可憐」という言葉をよく使いますが、「かわいらしい」という意味で使うことが多い。しかし元来はそれだけではなくて、感動するときに使う。「いいなぁ」「美しいなぁ」「かわいいなぁ」とか、逆に「かわいそうだなぁ」というときにも使う。「憐《れん》」という字はいろいろな意味に使えますからね。「可」は「べし」と読むけれども、これは「憐《れん》」という字を強めている。ここでは「天上《てんじょう》一輪の月」を「可憐」といっているね。ですから「いいなぁ、愛しいなぁ」で、第二句で「夜深き時」といっていますから、真夜中のころ、ふと天上を見ると、丸い月が出ていて、まことに愛しく見えるように輝いている。月は丸いので、「一輪の月」という。

「分《わ》けて照《て》らす」は「分照《ぶんしょう》す」と読んでもいい。「人間」は「にんげん」とは読まず、「じんかん」

と読んで「人の世」ということです。「連理の枝」の「理」には理屈の意味はなく、木目《もくめ》、木の筋のことです。木目を連ねた枝というのはつまり、枝どうしがくっついている。切っても切れないような仲のよい関係、人間どうしの感情の緊密な連なりのことを、そのような木の筋目の連なりになぞらえている。有名なのは唐の白楽天（七七二〜八四六）の「長恨歌《ちょうごんか》」で、「地に在《あ》りては願わくは連理の枝と為らん」という句があります。「理」は玉篇がついていることからわかるように、元々は玉《たま》の筋のことです。たとえば水晶のような自然の宝石には筋目があって、割るときにはその筋目に従って割るわけです。皓々たる満月の光が、この人の世の、木が木目を連ねているような切っても切れないような関係を、もっとはっきり言えば、恋人どうしを、分けて照らしている。

この詩のミソは、「分照」という言葉です。分けて照らす。本当だったら一緒に照らすはずだけれども、別れ別れになっているから分照なんです。この作品は全部で二十八字あるが、一番重い字が、この「分」ですね。つまり、木で例えれば木目の連なっている枝のような、切っても切れない仲良しなのに、分けて照らしている。二人は別れ別れになっていて、同じ所にいないということが、ここでわかります。それを月の光が照らしている、なかなか情緒纏綿としている。（韻字：思、時、枝）

◎自然の音から人間の音楽が

答子潔問詩法

人籟亦従天籟生
五音誰不自然声
霓裳散序教坊譜
只是聴風聴水成

七言絶句（下平・八庚）

子潔《しけつ》の詩法を問うに答《こた》う

人籟《じんらい》も亦《ま》た天籟《てんらい》従《よ》り生ず
五音《ごおん》　誰《たれ》か自然《しぜん》の声《こえ》ならざらん
霓裳散序《げいしょうさんじょ》す　教坊の譜
只《た》だ是《こ》れ　風を聴き水を聴いて成る

子潔という人が詩の法を問うた。それに答えた。子潔は松永（広島県福山市松永町）出身の医師・画家で詩歌にも長じていた高橋西山（字・子潔。一八一五〜？）のことかもしれません。鉄兜は中国周遊時にこの高橋西山を訪ねています。「答う」という字は今は竹冠を書くのが普通だが、草冠も同じです。

「人籟《じんらい》」の「籟」は、風の音ですね。竹冠がついているとおり、竹藪に風がぴゅーっと当たる、そういったときには音がする、それが籟です。ここでは物音の意味に使っている。「亦」は「もまた」と普通いいますね。「また」という字は、「亦・復・又」といろいろあるでしょう。「亦」は「何々もまた」です。「復」は繰り返して「ふたたびまた」。「又」は「さらにまた」。人の世の音も元々、「天籟《てんらい》」から生ずる。「天籟」は自然の音。竹藪などに風が吹いて音がするというのが元々の意味ですが、それにかかわらず、広く自然のなかで音がするものを「天籟」という。たとえば川のせせらぎの音なども天籟です。それに対して、「人籟」は人が醸し出す音のことですね。たとえば箏を鳴らせば音がする、笛を吹けば音がする。そのような人の出す音は、元々は天籟から生ずるものである

その「人籟」は、宮《きゅう》・商《しょう》・角《かく》・徴《ち》・羽《う》の五音階。西洋式の音階は七音階ですが、中国式の場合は五音。変徴《へんち》と変宮《へんきゅう》を入れると七音になるらしい。「誰《たれ》か自然《しぜん》の声ならざらん」は、人籟の基本である宮・商・角・徴・羽の五音は、どうして自然の声でないだろうか、こちらも自然の声だよ。いかにも人工的な五音に見えるかもしれないが、そうではない、人間が決めているのではなく、自然から来ているんだよ。根本は自然だよ。

「霓裳羽《げいしょうう》衣《い》の曲」とよくいう。「霓裳」は虹《にじ》の裳裾《もすそ》のことで、虹の裳裾イコール天上世界。「霓裳羽衣の曲」は天上世界の仙人が奏でる音楽、人間世界のものとは思われないような音曲のことをいいます。優れた音楽は人間が醸し出すものではなくて、天上世界のものであるという観念があります。白楽天の「長恨歌」にも「驚破《けいは》す　霓裳羽衣の曲」と出てきますね。ちなみにこの「破」は破るという意味ではなく、「驚く」を強めている。強調です。非常に驚かすという意味です。

「教坊」は、昔、唐（六一八〜九〇七）の玄宗皇帝（六八五〜七六二）の時代にもあって、音楽を司る役所というか場所を教坊という。そこでは楽人《がくじん》が音楽を司っていました。天上世界の音

楽が、教坊の譜になっているという意味です。逆にいうと、教坊の譜のなかに霓裳羽衣の曲のようなものが入っている。

その霓裳羽衣の曲は元々は、「風を聴き水を聴いて成った」、自然の風の音や水の音を聞いてできたものなので、根本は自然だということです。第一句に「人籟《じんらい》も亦《ま》た天籟《てんらい》従《よ》り生ず」とある。人間がつくった人間的な音楽も、人工的なものではなくて、元々は天の音楽、つまり、風が吹く音や、水が流れる音から来ているということで、これがそもそも音楽の基本だということです。

結局何が言いたいかというと、天籟というのは自然の音、人籟というのは人が醸し出す音。その人籟がいわゆる五音になって、人間世界の音楽が形成されるという考え方です。子潔という人物が「詩の法はどういうことでしょうか」と聞いたのに対して、この七言絶句で答えていることになるのですが、この答えを聞いてすぐわかるかというと、わからないね（笑）。禅問答みたいなものだ。つづめていえば、人間世界の人工的なものは、元々は自然のもののなかから出てきているのだ、ということが言いたいのかな。あまり人工的なものであっては駄目だ、人工的なものでも自然の法にそぐわなければいけない、そのなかから出てくる、こういったことを教えているのではないでしょうか。（韻字：生、声、成）

◎気持ちのよい川船の旅

白石舟中
打頭風急渡江舩
柔櫓揺揺破水煙
篷雨収声潮勢転
青山流過夕陽前

七言絶句（下平・一先）

白石舟中《はくせきしゅうちゅう》
頭《こうべ》を打つ風《かぜ》急に　渡江《とこう》の舩《ふね》
柔櫓《じゅうろ》揺揺《ようよう》　水煙《すいえん》を破《やぶ》る
篷雨《ほうう》声《こえ》を収め　潮勢《ちょうせい》転《てん》ず
青山《せいざん》流れ過ぐ　夕陽《せきよう》の前《まえ》

白石というところを舟で通った。どこにあるのかよくわかりませんが、こういう名前の所はあちこちにあります。

頭《あたま》を打つような激しい風が、川を渡る船にびゅーっと吹いた。「舩」は洒落てこの字を書いていますが、普通の「船」と同じです。こういうのは異体字といいます。「急」は「激しい」という意味です。唐の杜甫（七一二〜七七〇）の「登高《とうこう》」という詩にもあるでしょう、「風急に天高くして猿嘯《えんしょう》哀し」と。あれもそうですが、びゅーっと吹く風の勢いが激しいことをいうんですね。急の反対は慢、ゆっくり。今の日本ではこの「急」という字は「速い」「急ぐ」という意味に使うのが普通ですが、元々はそういう意味ではなく、「激しい」ということです。だから「急行列車」というのは「激しく行く」ということになって、おかしい使い方なんですよね。これは日本人が誤用しているわけです。「快速列車」といえば全然おかしくない。

水煙《すいえん》というのは水の上に立ち込める靄。その靄を突き破りながら櫓《ろ》を漕いでいる。昔は櫓を漕いで船を出しました。あれは速くはできない。ゆっくりゆっくり櫓を漕いで、ゆらゆらと進んでいくわけね。櫓はゆっくり漕ぐとギーコギーコという、いかにものんびりとした味わいの柔らかい音が出ますが、そこから「柔櫓《じゅうろ》」という言葉ができた。

「篷雨《ほうう》」の「篷」は竹で編んだ屋根、苫《とま》のことです。材料が竹ですから、竹冠が付いている。日本語では苫舟《とまぶね》といいますが、昔は船に苫がついていました。ごく粗末な船の様子です。そしてその苫に雨が降って、その雨音がばらばらとする。「声を収める」というのは、「やんだ」。雨もやんで「潮勢転ず」、川の水がずーっと増える。この場合の潮《ちょう》は海の潮《しお》ではない、川の潮です。川旅ですからね。流れが変わった。ずーっと雨が降っていたので水かさが増したんですね。なお潮《ちょう》というと日本人の感覚では海にしか使わない言葉になっていますが、漢語では川にも使い、海・川に関わらず、水かさの増すときを潮という。

雨が降ったおかげで水量が増して船のスピードが増した。「夕陽《せきよう》の前《まえ》」の「前」は、夕陽《せきよう》がちょうど沈むところ。ちょうど夕日の沈む時刻になると、さーっと船が通って、たくさんの山々を通り過ぎて行く。スピード感がある、気持ちのよい川旅の詩です。（韻字：舩、煙、前）

◎小游仙曲　その一――今宵はことによい月

小游仙曲

深夜霓裳入破声
桂香吹徹玉人笙
広寒宮月尋常好
比到中秋一倍明

七言絶句（下平・八庚）

小游仙曲《しょうゆうせん》

深夜《しんや》　霓裳破声《げいしょうはせい》に入《い》る
桂香《けいこう》を吹き徹《とお》す　玉人《ぎょくじん》の笙
広寒宮《こうかんきゅう》の月　尋常に好《よ》し
比べ到《いた》る中秋《ちゅうしゅう》　一倍明《あか》るし

「小游仙《しょうゆうせん》」というのは、中国で古い時代からある詩の題です。「游仙」は文字通り、仙人世界に遊ぶということで、その「游仙」の詩がたくさんできて、それに合わせる音楽ができた。そしてその一つの変化として「小游仙」という曲ができた。つまり「小游仙」は「游仙」の小さいものという意味ではなく、「游仙」という遊仙世界を歌う本来の曲のバリエーションとしてできたものという意味です。神仏の不思議な世界のことをうたっている。

「霓裳《げいしょう》」は「霓裳羽衣の曲」のことで、「子潔の詩法を問うに荅う」でも説明しましたが、人間世界のものとは思われないような音曲のことです。真夜中のこと、霓裳羽衣の曲が、「破声《はせい》」というから、普通に静かに演奏しているというのではなくて、急に変化して奏でられている。

「桂香」の「桂」は木犀、木犀の香りがぷーんとした。「桂《けい》」は月の縁語です。月の世界に桂《かつら》の木があるという伝承がある。皓々と月が出ていて、日常の世界では「玉人《ぎょくじん》」、玉のような美しい人が笙の笛を吹いている。同時に、非常に妙なる笙の音色が月の世界にまで吹き通っている。要するに第一句・第二句では、木犀のいい匂いがして、美しい人が笙の笛を吹き、真夜中に霓裳羽衣の曲が奏でられている。

「広寒宮《こうかんきゅう》」は月の世界にあるという宮殿。月の世界は今宵、ことによい。一倍というのは詩の世界では二倍のことです。まだ中秋の名月ではないけれども、非常に明るい中秋の名月よりも二倍明るい。（韻字：声、笙、明）

◎小游仙曲　その二――天界に植え替えた赤い花　　七言絶句（下平・六麻）

移得搏桑東海花
一盆朝彩散朱霞
玉泥堅膩寒難活
且乞人皇取白沙

移し得たり　搏桑《ふそう》東海の花
一盆《いちぼん》の朝彩《ちょうさい》　朱霞《しゅか》を散ず
玉泥堅膩《ぎょくでいけんじ》　寒《かん》にして活け難《がた》し
且《か》つ乞《こ》う人皇《じんこう》　白沙《はくさ》を取るを

「搏桑《ふそう》」の「搏」は普通は「扶」と書く。「扶桑」は日本のことをいっている。だから「搏桑東海の花」というのも、日本のことですね。それを移した。どこにか。天界にです。

移して盆に入れて、「一盆」というから盆栽にしているわけです。「朝彩《ちょうさい》　朱霞《しゅか》を散ず」といっているのは、「東海の花」の形容で、その花は朝の彩り、霞は朝焼けのことで、朝焼けを散らしたような赤い色をしている。

その次の「玉泥堅膩《ぎょくでいけんじ》　寒《かん》にして活け難《がた》し」。「膩《じ》」というのは脂《あぶら》という意味です。ですから泥が堅くてねっとりとしている。活けている泥のことをいっているのかな。その盆栽の泥が寒いときには堅くなっていてなかなか活けにくい。栽培しにくい。

非常に堅く締まっているからものが植えにくいので、そこで、人皇《じんこう》の白沙（砂）を取ってそれに混ぜるということかな。「人皇」は「人の世の皇帝」という意味になります。白砂を取ってそれを混ぜたらいい、天上世界のものではなくて地上世界のものを取って混ぜたらどうか、という、鉄兜らしい発想の飛躍ですね。（韻字：花、霞、沙）

◎小游仙曲　その三―日本の桜は一番の花

七言絶句（下平・十一尤）

偏募名花疏五洲
韻仙清賞最風流

偏《ひと》えに名花を募《つの》りて　五洲《ごしゅう》を疏《そ》す
韻仙清賞《いんせんせいしょう》　最も風流《ふうりゅう》

霊香瑞色君看取
日本白桜居上頭

霊香瑞色《れいこうずいしょく》　君看取《きみかんしゅ》せよ
日本《にっぽん》の白桜《はくおう》は上頭《じょうとう》に居《お》り

「日本《にっぽん》の白桜《はくおう》は上頭《じょうとう》に居《お》り」というから、桜を褒めていることがわかります。「五洲《ごしゅう》」は「全世界」という意味です。「疏《そ》す」は、たとえば「疏水」は水が通ることをいうでしょう、全世界を渡ってどの花が一番すばらしいか調べる。

次の句の「韵《いん》」は「韻」と同じですね。異体字です。この「韵仙清賞《いんせんせいしょう》」の四字は、名花の資格のある、最も高級な花の様子の形容です。まず「韵仙」、俗の反対が仙ですから、音楽になぞらえれば響きが俗っぽくない、人間離れした仙界のものであるという意味ですね。「清賞」の「賞」は愛でるという意味ですから、清らかな鑑賞に耐えられる。ということで、この四字で、こういったものが一番いい花だといっている。「韵仙清賞」というのはあまり聞かない言葉だけれども、分解していえばそういうことになる。その名花が非常に人間世界離れしていて、清らかである、最も風流なものであると、最高級に褒めている。

「霊香瑞色《れいこうずいしょく》　君看取《きみかんしゅ》せよ」、ここでは、かぐわしい、この世のものとも思われない匂いとめでたい色を見てごらんと、神仙に向かって言っているらしい。

そして第四句で、そういう意味では日本の白い桜は天上世界でも一番トップにいるんだよと、桜を褒めているわけです。「白桜」というのは、「桜」と一字でいえるけれども、二字でいう必要があるので「白桜」といった。桜も大まかな目で見れば白いですから。「上頭《じょうとう》」はトップ。すべての花の中で日本の桜がトップにいる。桜を褒めているというのは珍しい詩です。（韻字：洲、流、頭）

◎小游仙曲　その四―杯に映る薄紅色の月

七言絶句（上平・一東）

素娥酔瞼浅霞紅
倚遍虚欄薄夜風
晃曜山河光不定
地球如月落杯中

素娥《そが》の酔瞼《すいけん》　浅霞紅《せんかこう》
虚欄《きょらん》に倚《よ》り遍《あまね》し　薄夜《はくや》の風
晃曜《こうよう》たる山河　光《ひかり》定まらず
地球月《ちきゅうつき》の如く　杯中に落つ

「素娥《そが》」というのは月のことです。「瞼」は「けん」という読み方も「れん」という読み方も両方ありますが、顔のことです。酔っ払った顔をしているというのは、赤く見える、赤くなっているということです。「浅霞紅《せんかこう》」といっている。霞の紅《あか》というのは真っ赤ではなくて、桃色のような色。要するに月の形容です。月が少し赤みを帯びて見えている、そういう情景ですね。

「虚欄」というのは、誰もいない欄干。辺りに誰もいなくて、自分が一人、手すりにもたれかかっている。「倚《よ》り遍《あまね》し」は、じっと一カ所にいるのではなくて、月の移動とともにあっちに行ってみたり、こっちに行ってみたり。「薄夜の風」は夕暮れの風のことをいいます。「薄夜」の薄《はく》は「迫る」という意味で、夜迫る、つまり、夕暮れのことです。「薄い」という意味ではない。第二句では、誰もいない欄干をあっちに行ったりこっちに行ったりして、夕暮れの風に吹かれながら月を見ています。

「晃曜《こうよう》」の「晃」は光の輝きのことで、「曜」も輝きのことです。月の光によって山や川が明るく照らし出される。「光定まらず」というから動いている。月の光が一カ所にあるのではなく、移動しているわけです。

「地球月《ちきゅうつき》の如く　杯中《はいちゅう》に落つ」、これがまたおもしろい。「地球」は今われわれがいる地球のことです。「杯中に落つ」という言葉によって、作者は酒を飲みながら月を見ていることがわかる。普通だったら、その杯の中に月が映るわけですが、地球が月のように杯の中に落ちる。月にいて地球を見ている。発想を飛躍させたのだな。

また記録によると、一八五九年陰暦七月一五日、一八六六年三月三一日（太陽暦）に皆既月食があったそうです。鉄兜に、皆既月食は月が地球の影に入ることで起きるという知識があったならば、その皆既月食のことをうたった可能性もある。皆既月食の月はいわゆる赤銅色だし、その

月が杯に映ったとすれば、地球の影が映ったということになり面白くなる。想像すると楽しいなぁ。（韻字：紅、風、中）

◎小游仙曲　その五―強風が蒸気船を吹き飛ばす

七言絶句（下平・一先）

幾回滄海変桑田
若木多陰長倚天
昨夜剣仙来報道
罡風吹尽火輪舩

幾回《いくかい》か滄海《そうかい》　桑田《そうでん》に変ず
若木多陰《じゃくぼくたいん》　長《とこ》しえに天に倚《よ》る
昨夜《さくや》　剣仙来《けんせんき》たりて報道す
罡風《こうふう》吹き尽くす　火輪舩《かりんせん》

「蒼海」は海のことです。青海原《あおうなばら》。海原が桑の畑に変わるというのは、「滄海変じて桑田となる」という昔の有名な言い伝えがあります。青海原が桑田になり、また青海原になり、また桑田になるということを何回も繰り返している。長い年月《としつき》が流れるなかでいろいろな変化が起こっているということを、象徴的にいっているわけだね。

一方、「若木《じゃくぼく》」というのは、「山海経《せんがいきょう》」という本に出てくる木の名前です。「山海経」は地理書といわれていますが、われわれが普通いっている「地理」とは意味がちょっと違っていて、古い時代の、山とか海とかいろいろな土地土地の不思議なことを書いてある本です。荒唐無稽なことも書いてある。その地理書に「若木」のことも出てくる。南海の外に黒い水の黒水《こくすい》やら青い水の青水《せいすい》やらがあって、そのあいだに若木という木があるという。だから、不思議な世界の木の名前なんですね。それは大きな木なので、またいっぱい茂っているので、陰が多い。「長《とこ》しえに天に倚《よ》る」というのは、永久にそれはずっと天にそびえ立っている。

そして昨夜のこと、剣仙、剣を帯びた仙人がやって来て言うには、強風がびゅうびゅう吹いて火輪船（蒸気船）を吹き尽くした。「罡《こう》風」は北風、剛風のことです。元寇の神風のようなものでも連想したかな。「火輪舩」の「舩」という字は今は「船」ですけれども、口で書いてもムで書いても同じこと。（韻字：田、天、舩）

（平成三十年七月九日）

［第12講］偉人をうたう

取り上げる漢詩
客踪／暮れに南郭より帰る／余寒／菅丞相／久客／西岡蜆陵の肥前に帰るを送り兼ねて宜軒に寄す／楠正成／藤原藤房／徂徠

◎語り明かす旅の一夜

客踪

遠思楼中停客踪
筑山西更指雲峯
疎灯細話明朝別
聴尽秋濤一夜松

七言絶句（上平・二冬）

客踪《かくそう》

遠思楼中《えんしろうちゅう》　客踪《かくそう》を停《とど》め
筑山西《ちくざんにし》更に　雲峯《うんぽう》を指《ゆび》さす
疎灯細話《そとうさいわ》　明朝《みょうちょう》の別れ
聴き尽くす秋濤《しゅうとう》　一夜《いちや》の松

客踪《かくそう》という言葉があるようですね。客《かく》は旅で、「踪《そう》」は「あしあと」と読みますから、「客踪」

というのは旅の足あと、つまり旅暮らしという意味になりますか。

「遠思楼」は、広瀬淡窓（一七八二〜一八五六）が豊後の国日田（現大分県日田市）に創立した私塾・咸宜園《かんぎえん》のなかの有名な高殿《たかどの》の名前ですが、そこに客踪をとどめる、旅の足をとどめるというから、そこに泊まったということです。遠思楼に泊まった。

「筑《ちく》」というのは九州の筑紫のことですね。九州の山をさらに西に向かって「雲峯《うんぽう》」、雲のかかる峯のほうへ出かけていく。

ともしびをつけるんですが、「疎灯《そとう》」、まばらなともしびといっているから、立派なともしびではなくて、ちょろちょろと燃えるような、貧しい部屋のともしびです。「細話《さいわ》」は、大きな天下国家の話をするのではなくて、身辺のいろいろこまごました身の上話などをする。そして、明朝にはいよいよお別れとなる。

「聴き尽くす秋濤《しゅうとう》　一夜《いちや》の松」というのは、松に風があたってざわざわというのを波（濤）の音になぞらえたわけです。それを「聴き尽くす」というから、夜通しその秋の波のような松風《まつかぜ》の音を聞きながら、一夜、語り明かしたという意味ですね。（韻字：踪、峯、松）

◎春着を織る村娘たち

暮自南郭帰
貴舩山上暮雲帰
宝塔寺前微雪飛
村女不知寒日短
一窓松火織春衣

七言絶句（上平・五微）

暮《く》れに南郭《なんかく》より帰る
貴舩山上《きふねさんじょう》　暮雲《ぼうん》帰る
宝塔寺前《ほうとうじぜん》　微雪《びせつ》飛ぶ
村女《そんじょ》は知らず　寒日《かんじつ》の短かきを
一窓《いっそう》の松火《しょうか》　春衣《しゅんい》を織る

自という字は「より」です。

貴舩山《きふねさん》という山が姫路・林田にあるそうです。林田の祝田《はふりた》神社は別名を貴船神社ともいい、神社背後の山が貴船（舩）山と名付けられたと伝わります。山の上に夕暮れの雲が帰っていく。夕暮れの情景。雲が帰るということを表現しているけれども、自分も帰ってくるわけです。

宝塔寺というお寺がある。お寺の前には雪が降り出した。

村の娘は、冬の寒い日が短いことを知らない。

「松火」は、松を焚くかがり火。たいまつのことも松火《しょうか》といいますが、油がある松は、たいまつとか、かがり火に用いるんですね。電気やガスがない時代ですから、燃えやすく明るい材料として松を燃やす。窓辺にかがり火を焚いて、その明かりでもって春の着物を織る。季節は冬です。

題の「暮れに」とあるのは年の暮れ、やがて新年になる。新年になったら春着を着るわけですから、その春着をいま織って準備しているんですね。そこで明かりは何かというと、松を焚いているんですね。村の娘たちは冬の日が短いことを知らないで、窓辺でたいまつを焚いて春着をこしらえている。（韻字：帰、飛、衣）

◎余寒にまどろむ

余寒
余寒脉脉透炉烟
欲換春衣未卸綿
和睡香奩詩半巻
朱欄細雨牡丹天

余寒《よかん》
余寒脉脉《よかんみゃくみゃく》　炉烟《ろえん》透る
春衣に換《か》えんと欲《ほっ》し　未《いま》だ綿《わた》を卸さず
睡《ねむ》りに和す　香奩詩《こうれんし》半巻《はんがん》
朱欄細雨《しゅらんさいう》　牡丹《ぼたん》の天

七言絶句（下平・一先）

もう寒くない季節になっているけれども、なんとなく寒いのを「余寒」というね。「脉脉《みゃくみゃく》」というのは、筋のようなものが漂ったり上がったりする形容に使います。たとえば寒さとか、目に見えない、「気」のようなものが筋のようにすーっと漂うことを形容する言葉です。「炉烟透る《ろえん》」、炉でくすべている煙がすーっと通って行く。煙ですから向こうが透けて見えるので、

「透る」といっている。余寒のちょっとした寒さのなかに、炉でくすべた煙がすーっと上がっていく。

いま着ている綿入れの冬着から、綿入れではない春着に替えようと思っているけれども、「綿《わた》を卸《おろ》さず」、わたを取らない。まだ冬着を着ている。

後半は洒落た表現になっていると思います。「香奩《こうれん》」の「奩」は「箱」の意味です。「匳」とも書きます。大きな箱には使わない。「香奩」で化粧道具を入れる箱。唐の韓偓《かんあく》（八四四～九二三）がつくり始めた艶めかしい美人の詩を「香奩体」というが、その詩も半分も読めば気持ちよく眠くなる。「詩半巻《しはんがん》」、これも洒落た表現だろうね。

外のほうを見ると、赤い手すりのところに細かい雨が降り、そして手すりの外には牡丹がいっぱい咲いている。ちょうど余寒の情景。「牡丹の天」といっているから、いま盛りに咲いている。「桜花の天」という言い方もある、そうすると、桜が満開ということですね。「薔薇《しょうび》の天」という言い方もある。（韻字：烟、綿、天）

◎今もなお梅の花に

菅丞相　　　　　　　　　　　　菅丞相《かんじょうしょう》　　　　　　　七言絶句（下平・六麻）

西都風月付長嗟　　　　　　　　西都《せいと》の風月《ふうげつ》　長嗟《ちょうさ》に付《ふ》す

回首浮雲是帝家
一去騎龍仙跡杳
空留正気在梅花

首《こうべ》を回《めぐ》らせば　浮雲是帝家《ふうんこれていか》
一《ひと》たび去って龍に騎《の》り　仙跡杳《せんせきよう》たり
空《むな》しく正気《せいき》を留《とど》めて　梅花に在《あ》り

「菅丞相《かんじょうしょう》」は菅原道真（八四五〜九〇三）のこと。丞相は宰相。

菅原道真が大宰権帥にされて九州に行ったことをうたっています。「西都《せいと》」といっているのは大宰府のことですね。京都のずっと西にある都だから「西都」といった。大宰府での左遷された風月は悲しい風月であるから、長い嘆きに付している。「長嗟《ちょうさ》」の「嗟」は嘆くという意味ですから、長いため息をつく。「風月《ふうげつ》」は、風が吹き月が出る、そういう年月《としつき》の暮らし。

振り返ってみると、浮き雲が浮かんでいる。そしてその浮き雲はすーっと流れていく。その方向には帝家、都がある。ですから「首《こうべ》を回《めぐ》らせば　浮雲是帝家《ふうんこれていか》」の七字は、首を回らして浮雲を見れば、その浮雲は帝家のほうへのほうへ流れていくということをつづめて言ったんです。

「騎龍」は龍に乗るという意味ですね。都から追われたことを、そのように言った。「仙跡《せんせき》」は高尚な足跡、道真公の足跡のこと。道真公は龍に乗って、仙人の足のように遠くへと行って、「杳《よう》たり」、都へ帰れなかった。

その道真公の気は梅の花に残っている。これは、道真公の「東風吹かば匂いおこせよ梅の花あ

るじなしとて春な忘れそ」という有名な歌を踏まえている。（韻字：嗟、家、花）

◎長い旅暮らしの日々

久客　　　　　　七言絶句（下平・一先）

裘敝馬疲年一年
等閒愁却客中眠
蓼花紅爛香魚老
又過江南抑鮓天

久客《きゅうかく》
裘敝《かわごろもやぶ》れ馬疲れて　年一年《ねんいちねん》
等閒《とうかん》に愁却《しゅうきゃく》す　客中《かくちゅう》の眠り
蓼花《りょうか》紅爛《こうらん》　香魚《こうぎょ》老ゆ
又《また》過ぐ江南《こうなん》　抑鮓《よくさ》の天

「久客《きゅうかく》」といっている。長い旅暮らしという意味ですね。

「裘《かわごろも》」は皮衣、革の上着、今でいえば革ジャン、それもぼろぼろになって破れ、乗っている馬も疲れている。また一年また一年と過ぎていく。

「愁却《しゅうきゃく》」は愁いをなおざりにすること。旅のなかの眠りに「等閒《とうかん》に愁却す」ですから、この旅暮らしで愁いをなおざりにする。愁いをなおざりにするというのはつまり、もう愁いがなくなってしまったということかな。長いあいだずっと旅暮らしをしているから、「客中の眠り」にもう慣れっこになってしまって、とくに悲しくもなくなってしまった。

「紅爛《こうらん》」の「爛」は咲くことでしょうね。蓼《たで》の花は赤く咲き、「香魚《こうぎょ》」は鮎だと思うが、鮎はもう老いた。老いたということはつまり、鮎は食べ飽きるほど食べて、美味い時期は過ぎてしまった。「抑鮓《よくさ》」はよくわからないけれども、江南地方の特色ある鮓のような食べ物だと思います。題を見ると「久客」、長い旅暮らしですから、長い旅暮らしのあいだにいろいろな地方の、さまざまなものを経験するわけで、そんな場面場面を取り上げていった。

第二句の韻字の「眠」は現代では「みん」と読む人が多いけれども本当は「めん」が正しい。目偏に民だから「みん」と思い込んだのですね。（韻字：年、眠《めん》、天）

◎船出を見送る夕

送西岡蜆陵帰肥前　　西岡蜆陵《にしおかげいりょう》の肥前に帰るを送り兼ねて宜軒《ぎけん》に寄す

兼寄宜軒　　七言絶句（下平・十一尤）

蒼烟白露動離愁　　蒼烟白露《そうえんはくろ》　離愁《りしゅう》を動かす

老鶴西飛雛鶴留　　老鶴《ろうかく》西に飛んで　雛鶴留《すうかくとど》まる

目断浪華江上夕　　目断《もくだん》す浪華《ろうか》　江上《こうじょう》の夕《ゆうべ》

蒹葭無際水悠悠　　蒹葭際無《けんかさいな》く　水悠悠《みずゆうゆう》

題を見ると、西岡蜺陵《にしおかげいりょう》という人が肥前（現在の佐賀県）に帰る。その送別と、宜軒《ぎけん》という人にもこれを寄す、言付けする。だから宜軒は西岡蜺陵が行く先の肥前にいることがわかるね。「宜軒」は、江戸後期の儒者・医師で明治期の法官・書家の西岡宜軒（一八三五〜一九一二）でしょう。西岡蜺陵が肥前に帰るのを送り、あわせて肥前にいる宜軒に寄せた。宜軒は大坂適塾門人で、万延・文久年間（一八六〇〜六四）に父親で佐賀藩医の西岡春益とともに京・大坂に遊学しましたが、幕府役人から疑いをかけられ、佐賀藩に帰ったといいます。蜺陵は、宜軒の父親の春益のことかもしれません。

「蒼烟白露《そうえんはくろ》　離愁《りしゅう》を動かす」は、別れの場面だ。「蒼烟」の蒼、白露の白で、彩りになっている。青い靄が立ち込めて、白露《しらつゆ》がおりる。ここで季節感が出るね。秋の季節、別れの悲しみを動かしている。要するに、こういう景色を見ると別れの悲しみが募ってくる。

第二句によって、鶴になぞらえて、西岡蜺陵は西の肥前に行くけれども子どもは大坂に残ることがわかる。老いた鶴は西に飛ぶが、雛の鶴は残されている。

「目断《もくだん》」の「断」は、断つという意味ではなくて、上の動詞を強める添え字です。だから「目断」は目を見張る、ずっと遠くのほうを見るというような意味ですね。「浪華《ろうか》」は浪速《なにわ》、大坂。「江上《こうじょう》」は川のほとり。夕暮れ時、大坂から肥前に帰っていくのを見送って、浪速の川のほとりの景色をずーっと見はるかす。

目をみはるかすと、どういう景色が見えるか。アシやヨシといった水草が果てしもなく続いていて、水が悠然と流れている。今の景色とはだいぶん違うと思いますが、大坂の入江の辺りの情景だね。水が悠然と流れているという情景を描いて、それでいわゆる送別の悲しみというものを水に託しているわけです。「蒹葭《けんか》」という言葉は「詩経」にもある古い言葉で、アシやヨシなどの水草です。その水の上を西岡蜺陵は子どもを残して、船に乗って肥前に帰るらしい。そういうことがこの詩でわかる。（韻字：愁、留、悠）

◎天地を貫くような大きな節義

楠正成　　楠正成《くすのきまさしげ》

縦横三万里　　縦横三万里《じゅうおうさんまんり》

上下五千年　　上下五千年《じょうげごせんねん》

大節貫天地　　大節天地を貫き《たいせつてんち》

公吾無間然　　公吾間然たる無し《こうごかんぜん》

五言絶句（下平・一先）

河野鉄兜は勤王思想の推進者でもありました。その一面を知るために、五言絶句の、いわゆる史詩、歴史の詩を少し見ておきましょう。

楠木正成（?～一三三六）を詠みこんだわけですね。

まず、「縦横三万里《じゅうおうさんまんり》」ということで、土地の広がり。「上下五千年《じょうげごせんねん》」で、月日の広がり。第一句と第二句は、横と縦の組み合わせになっている。三万里とか五千年とかはオーバーに言っているのであって、実際には五千年は経っていないわけです。言葉の綾でね。三とか五とかいうのは言いやすい数字です。二万里とか四万里とか言いません。三とか五を使います。

「大節《たいせつ》」の「節」は忠節、あるいは節義、どちらでもいい。楠木正成の大いなる節義は、天地を貫くような大きな節義だ。

「公吾間然《こうごかんぜん》たる無し」は、公《おおやけ》と私《わたくし》のあいだに隙間がない。普通の人は公と私のあいだに、間隔があるわけです。公にはこう、私的にはこう、ということで、そのあいだには隙間があるわけですが、楠木正成にはない。私《わたくし》の生き方はそっくり公《おおやけ》のものになっているということでしょうね。

（韻字：年、然）

◎真心をもって天子様をお助けする

藤原藤房　　　藤原藤房《ふじわらのふじふさ》　　　五言絶句（下平・十一尤）

帝室中興日　　帝室中興《ていしつちゅうこう》の日

丹心翼聖猷　　丹心《たんしん》聖猷《せいゆう》を翼《よく》す

一篇天馬対
文筆亦千秋

一篇《いっぺん》天馬《てんま》の対《つい》
文筆《ぶんぴつ》も亦千秋《またせんしゅう》なり

藤原藤房（一二九六〜一三八〇）という、後醍醐天皇に仕えた人です。「翼《よく》」はつばさという字ですが、動詞で、お助けするという意味です。「一翼を担う」という言い方をするでしょう。今の言葉ではサポート。「猷《ゆう》」というのは政事とか政務、まつりごと、はかりごと、いろいろななさること。「聖猷」は天子様のはかりごと。それに対して翼となってお助けする。「丹心《たんしん》」は赤い心ですから真心のこと。真心は赤い。「赤心」という言い方もあり、普通は赤心を使うのですが、平仄の都合があるから、同じ赤ということで「丹心」と言ったんですね。「翼」という字は仄字でしょう。「よく」で、「く」が付く。ふ・く・つ・ち・きが付くものは仄声です。ですから、「翼」という字が仄字ですから、「赤」だったらこれも仄字で、「心」という表字がはさまれてしまう。そこで避けたんですね。「赤心」でも「丹心」でも、意味としてはどちらでもいいのですが、平仄の都合で、ここでは「丹」を使いました。

「一篇天馬《いっぺんてんま》の対《つい》」の「天馬」は、建武の新政がうまくいかなくなってきたころ後醍醐天皇に献上されたというもので、そのとき藤原藤房は「天馬が出現したのは不吉なことです」と言って後醍醐天皇を諫め、遁世してしまいました。画題にもなって、藤原藤房と楠木正成の双幅で描かれることがあったので、「対《つい》」はその絵を指しているのかもしれません。

「文筆」、天皇を諌める文章の力は大きく、千年変わらない、そういうことでしょう。（韻字：猷、秋）

◎海を横切る鯨、空をのぼる鶴

徂徠

蘐園天縦才
不仮古今学
大篇横海鯨
小品冲空鶴

徂徠《そらい》

蘐園天縦《けんえんてんしょう》の才
古今《ここん》の学《がく》を仮《か》らず
大篇《たいへん》は横海《おうかい》の鯨《くじら》
小品《しょうひん》は冲空《ちゅうくう》の鶴《つる》

五言絶句（入声・三学（学）／十薬（鶴））

荻生徂徠（一六六六〜一七二八）のことを褒めています。

「蘐園《けんえん》」の「蘐」は茅《かや》という意味です。荻生徂徠は茅場町に住んだので「茅場町の先生」といい、徂徠の儒学の一派を「蘐園派」といいました。今も茅場町という地名があります。「天縦《てんしょう》」の「縦」はほしいまま、自由にする。つまり、天才を自由に発揮するのを「天縦の才」という。

「古今《ここん》の学《がく》を仮《か》らず」は大変な褒め言葉で、徂徠自身が独立独歩でもって高い学問を持っているということを言っている。普通の人は、昔のいろいろなものを学んで、それによって自分の学問を立てた。ところが徂徠はそうではない。古今の学問は借りないという。第一句で「天縦の才」といったから、これを受けているんですね。天が授けた才能であるから、昔のいろいろな人の学問は借りない。

第三句・第四句も例えで、対句にしました。徂徠の作品の大きなものは海を横切るような鯨であり、小さいものは空にずっと高くのぼる鶴である。「冲する」は、のぼるということです。つまり海の鯨、空の鶴と、べた褒めに褒めている。うまいこと言うもんだな。これ、人を褒めるときに使えますね、「あなたは横海の鯨です」って。もっとも相手はわからないかもしれないなぁ（笑）。（韻字：学、鶴）

（平成三十年九月十日）

夏目漱石「鋸山」

二泊三日で、房総に行ってきました。房総は、東京から遊びに行くには近くていいですね。近いけれども、海を隔てているから、かなり違った印象がありますね。また山もある、谷もある。気候もいいし、景色もいいし、食べ物もいいし、宿泊施設も整っている。非常にいいところですよ。「房総」の「房」は房総半島の先のほう、昔の安房《あわ》で、「総」は北側のほう、下総《しもうさ》と上総《かずさ》とがあります。

全国各地に漢詩の会の支部があります。たとえば東京都は東京都漢詩連盟といっている。神奈川県は神奈川県漢詩連盟といっている。全国で一番盛んな県連です。会員も一番多い。愛好者が多いね。これから全国四十七都道府県全部に県連をつくり、漢詩を普及して後世に伝えていきたいと思っています。私の目の黒いうちに全部できるかな。長生きしなきゃね。がんばらなきゃね。概して言うと西が盛ん。九州、それから瀬戸内。四国は香川県と愛媛県、それから本州では広島、岡山。東北はまだまだです。

漱石、学生のころの房総の旅

さて、房総は夏目漱石（一八六七〜一九一六）にゆかりの地でもあります。明治の前年、河野鉄兜が亡くなった年に、夏目漱石は生まれました。これも何かの縁かもしれませんね。ちょっと寄り道して漱石の詩をみてみましょう。漢詩の風趣は脈々と続いていますが、時代の空気は微妙に異なっていて、詩にも反映されているでしょうか。

漱石は学生のころに房総半島を旅して、今日お配りした「鋸山《のこぎりやま》」という詩をつくりました。鋸のように見えるから鋸山といっているけれども、そんな高い山ではない。

鋸山　　夏目漱石　　七言古詩

鋸山如鋸碧崔嵬
上有伽藍倚曲隈
山僧日高猶未起
落葉不掃白雲堆

鋸山《のこぎりやま》

鋸山《のこぎりやま》鋸の如く　碧崔嵬《へきさいかい》
上《かみ》に伽藍の曲隈《きょくわい》に倚《よ》る有り
山僧《さんそう》日高くして　猶お未だ起きず
落葉《らくよう》掃《はら》わず　白雲堆《はくうんうずたか》し

吾是北来帝京客
登臨此日懐往昔
咨嗟一千五百年
十二僧院空無迹

只有古仏坐磅礴
雨蝕苔蒸閲桑滄
似嗤浮世栄枯事
冷眼下瞰太平洋

吾は是れ北来《ほくらい》の帝京の客《かく》
登臨《とうりん》此の日　往昔《おうせき》を懐《おも》う
咨嗟《ああ》　一千五百年
十二の僧院　空しく迹《あと》無し

只だ古仏《こぶつ》の磅礴《ぼうとう》に坐する有り
雨蝕《むしば》み苔蒸して　桑滄《そうそう》を閲《けみ》す
似たり　浮世《ふせい》栄枯の事を嗤《わら》って
冷眼《れいがん》下瞰《かかん》す　太平洋

読んでもなかなか調子がいいなぁ。こういう詩を「古詩」といいます。古詩の場合、平仄《ひょうそく》などはあまり関わりませんが、四句ずつで切れるのが原則です。韻の踏み方は偶数、だから二と四、しかし一に踏むものもある。絶句と同じです。七言絶句は四句でできていて、韻の踏み方は一、二、四でしょう。この詩の場合、嵬《かい》、隈《わい》、堆《たい》。ここでひとつ切れる。

昔の中国語には、平声《ひょうしょう》、上声《じょうしょう》、去声《きょしょう》、入声《にっしょう》があり、四つあるから四声《しせい》という。大きく分けると、平らと平らでないの二つです。平らではない、平仄の仄には、上声、去声、入声の三通りがあります。普通は韻を踏むときは、平らな音で踏む。なぜかというと、平らな音だと余韻が漂うんですね。平らでないと、余韻が漂わないでしょう。上声は上がる。去声は下がる。入声というのは詰まる音ですね。現代中国語も四声ありますが、昔の中国語の四声とは違います。現代中国語の四声は一声、二声、三声、四声で、一声は平ら、二声は上がる、三声は下がって上がる、四声は下がる。

現代中国語には、入声がない。入声はｐｔｋといって、ｐで詰まる音とｔで詰まる音とｋで詰まる音。昔の中国語ではこのｐｔｋを発音したんです。この入声に関しては日本人のほうがわかる。なぜかというと漢字音で、たとえばｐに当たるものは、旧仮名遣いで「ふ」と書きます。「てふてふ／ちょうちょう（蝶々）」とか「えふ／よう（葉）」が、ｐの音です。戦後、旧仮名遣いをやめてしまって、今はわからなくなってしまいました。ｔはたとえば数字の「一《いっ》」。ｋは「国《こく》」。これが入声音ですね。現代のいわゆる北京語しか知らない中国人は、入声がわからない。

漱石と子規、若き日の出会い

漱石は若いころ、手前味噌めくが、二松學舎で勉強しました。今の日比谷高校の前身の、旧制第一中学に入っていたのですが、途中で退学した。半年か一年ぐらいぷらぷらしていたらしいが、今も同じ場所にある、九段の二松學舎に入って漢文を勉強した。二松學舎の創立者は、三島中洲《ちゅうしゅう》

（一八三一〜一九一九）です。岡山の出身の山田方谷《ほうこく》（一八〇五〜七七）が先生で、この方谷が愛弟子の三島中洲と川田甕江《おうこう》（一八三〇〜一八九六）に、「剛毅」の二字を分けて、三島に毅《き》、川田に剛《ごう》と名づけました。同い年です。ただ生まれ年が川田のほうが早い。だからちょっと兄貴分になる。三島は明治十年（一八七七）、今の二松學舍大学の前身となる漢学塾・二松學舍をつくりました。川田甕江は明治二十九年（一八九六）、大正天皇がまだ十八歳の皇太子のとき、侍《じ》講《こう》、皇太子に侍っていろいろ講義をする役に選ばれた。ところが川田が亡くなってしまい、その後釜に三島が選ばれました。三島のほうは大正八年（一九一九）まで長生きをしました。

夏目漱石が二松學舍に入門したというのは、なかなか勘がよかったと思う。おんぼろ校舎で、カリキュラムなんてものもほとんどないような、非近代的な学校だったのに、一中をやめてまで入ったというのは、一種の見識だと思う。それがまぎれもなく、漱石の土台をつくった。そこでみっちり、従来の日本人と同じ土台をつくる教育を受けたわけです。よい選択をしたと思います。二松學舍で漢学を勉強して、漢文でもって根底をつくった。根底をつくっておくと、いろいろな応用が効くんです。事実、漱石は東大では英文科に進んで、はじめ英文学者になったのですが、実は根底に漢文がどっかりと礎を築いていていました。

漱石は、この湯島聖堂にも来たことがありますよ。ここは昔図書館でした。本を読みに来たか借りに来たかでしょうね。

漱石は数えの五十歳で死にました。早死にじゃないですか。正岡子規（一八六七〜一九〇二）は三十五で死にました。昔の人は早死にだったけれども、その短い人生で大きな仕事をしていますなぁ。どっちがいいかわからんな（笑）。

漱石は正岡子規という同い年のよきライバルに恵まれて、これが絶妙でした。漱石は旧制一中を途中でやめて、二松學舎に入り、そして大学予備門（今の東京大学教養学部）という高等学校にあたる学校へ入って、そのあと本科へ入った。予備門では一年落第していますね。落第という と聞こえが悪いが、昔は落第は普通のことで、正岡子規も落第しました。子規は一年を二回やり、漱石は二年を二回やりました。そのころ二人はよく知らなかったらしいが、予備門を終えて本科へ進むころ、寄席の趣味が同じであることがわかって、親しくなったという話ですね。仲良くなって、互いに張り合う気持ちと、相手を認め合う気持ちと、両方ありました。丁々発止、切磋琢磨。よいライバルや友達がいるといないとでは、うんと違う。もし、この「もし」はあんまり意味がないかもわからないが、正岡子規が四国から東京へ出てこず、彼らがばらばらで同じところで勉強しないような人生を送っていたら、漱石は漱石でなく、子規は子規でなかったかと思う。それがいい具合に天の配剤で、感性の高い年齢のころに出会った。

私も漱石は好きで、よく読みます。漱石の作品のなかににじみ出ているものには、感得しますね。ちょうど日本が幕府の体制から変わって、近代国家になるという上り坂の時勢に遭遇して、若い時を迎えたというものが、作品のなかにある。漱石や子規の時代はそんなに昔のことではないのですが、すっかり変わってしまって、こういう文人風味は今はなくなってしまいました。こういうのを読むと、古き良き時代というのがわかって、なかなかいいものですね。あらためて漱石や子規の風雅に触れるのは、いいことだと思います。

漱石「鋸山」を読む

「鋸山」はご覧のとおり長い、古詩です。漢詩は大ざっぱにいえば三通りの詩の形式があり、古詩と絶句と律詩がある。絶句は四句、律詩は八句、古詩は自由。詩を勉強する人はまずどこから勉強するかといいますと、当然、絶句からです。短いから。絶句にも、一句が五字の五言絶句と、一句が七字の七言絶句の二つがある。では、五言絶句が一番短いから、ここから勉強するかというと、そうではない。五言絶句は却って難しい。七言絶句から勉強する。七言絶句を勉強して上手になったら、五言律詩に進む。五言律詩は対句をつくらなければいけない。対句の稽古をして、そして五言律詩が上手にできたら、七言律詩に進む。七言律詩は二字多く、とても難しくて、極端な言い方をすると、日本で七言律詩の上手な人はいなかった。そう言ってもいいくらい難しい。七言律詩が上手につくれるようになったら免許皆伝だ。そして余力があったら古詩へ進む。古詩にも五言古詩と七言古詩があるが、五言古詩のほうがつくりやすい。五言古詩をつくる。

そして七言古詩をつくる。これは何句にしようかとか、韻を換えるとか、自分で自由に設計ができる。そのように勉強の段階があって、そして上手になる。

そして、一つ残っていたでしょう。五言絶句。一番短い。一句が五字、四句でできている。二十字しか使わない。この五言絶句が一番難しい。五言絶句はつくろうと思ってもつくれない。「ふとできる」というね。

絶句と律詩と古詩、それぞれ、一句五字と一句七字がありますから、六体ある。漱石もそのような階梯を踏んで、勉強した。

いま見ている「鋸山」は、一句が七字ですから七言古詩。その七言古詩をどのように設計するか。もうお気づきと思うが、四句ずつで切れている。「白雲堆《はくうんうずたか》し」、ここで切れる。韻は嵬《かい》、隈《わい》、堆《たい》。一、二、四。次は「迹《あと》無し」、ここで切れる。韻は客《かく》、昔《せき》、迹《せき》。ちょっと違うふうに見えるが、ローマ字で書くとkで詰まっている。一、二、四。その次は「下瞰《かかん》す太平洋」。韻は磄《とう》、滄《そう》、洋《よう》。一、二、四。

このように何気なくつくっているようですが、十二句でできていて、規則通りにきちんと四句で韻を換えている。韻を換えることを換韻という。規則通りといったけれども、厳密な規則ではないです。二句で換える場合もあるし、六句で換える場合もあるし、いろいろなバリエーションがあります。基本は四句で韻を換える。二と四は必ず韻を踏むが、一は踏まないこともある。これは一、二、四、一、二、四になっているが、二、四、二、四でもいい。また、この形は、四句でかちりとつくる必要はない。ですからある意味ではつくりやすい。

鋸山如鋸碧崔嵬
上有伽藍倚曲隈
山僧日高猶未起
落葉不掃白雲堆
（上平・十灰）

鋸山《のこぎりやま》鋸の如く　碧崔嵬《へきさいかい》
上《かみ》に伽藍の曲隈《きょくわい》に倚《よ》る有り
山僧《さんそう》日高くして　猶お未だ起きず
落葉《らくよう》掃《はら》わず　白雲堆《はくうんうずたか》し

鋸山は鋸のようで、遠くの方から見ると青く見える。「碧《へき》」は緑色、青色。「崔嵬《さいかい》」はｓａｉｋａｉで、韻が同じことがわかるでしょう。こういうのを畳韻語といいます。「畳む」は重ねること、だから「韻を重ねる」ということです。「崔嵬」は盛り上がっている様。山がこう盛り上がっている。

上の方には伽藍があって、その伽藍は山の曲がったところ、あるいは、隅っこの方に寄りかかっているようにある。「曲隈《きょくわい》」、山はでこぼこしていますから、曲がったところや隅っこのところにお寺のような建物を建てるわけですね。

その「伽藍」で、お寺であることがわかるが、第三句をみると、その山の上にあるお寺の中には、和尚様がいる。山寺だから山僧といった、日が高くのぼってもまだ起きてこない。これはつまり、もし東京の真ん中にお寺があったら、和尚さんも規則正しく起きてお経を唱え、鐘を鳴らしと、当然するわけですが、山のお寺であるから自由にやっている。そういうことで、のんびりとした雰囲気の形容になっている。なんと、この山の和尚様は日が高くのぼってもまだ寝ているよ。

そして、落ち葉も払わない。「白雲堆し」というのは、山が高いことをいう。山が高いから雲がこう重なっている。「堆」という字は「うずたかし」と読みますが、物が重なっているということです。これで大きく切れた。第一段落です。（韻字：嵬、隈、堆）

（入声・十一陌）

吾是北来帝京客
登臨此日懐往昔
咨嗟一千五百年
十二僧院空無迹

吾は是れ北来《ほくらい》の帝京の客《かく》
登臨《とうりん》此の日　往昔《おうせき》を懐《おも》う
咨嗟《ああ》　一千五百年
十二の僧院　空しく迹《あと》無し

第三句「咨嗟」は音では「しさ」と読むが、これは日本語に直せば「ああ」という感嘆詞です。この山の中のお寺の十二の僧院も今は跡がない。実際には十二も建物があったわけではないらしいんだが、「でまかせ」と言ってはいけないな。「漱石の漢詩に出てきた大きな寺は？」なんて調べる必要はないですよ。ここで切れる。第二段落。（韻字：客、昔、迹）

只有古仏坐磅礴
雨蝕苔蒸閲桑滄
似嗤浮世栄枯事
冷眼下瞰太平洋

（下平・七陽）

只だ古仏《こぶつ》の磅礴《ぼうとう》に坐する有り
雨蝕《むしば》み苔蒸して　桑滄《そうそう》を閲《けみ》す
似たり　浮世《ふせい》栄枯の事を嗤《わら》って
冷眼《れいがん》下瞰《かかん》す　太平洋

そこには何があるか。「磅礴《ぼうとう》」というのは堤、石と土でつくられた土手、そこのところに古い仏様がいる。

「雨蝕《むしば》み苔蒸す」、こういう同じ構造を二つ重ねるのを、「対語」といいます。さてこの古い仏様が鎮座ましましているところを見ると、雨がその像を蝕んで水が溶かしてぼろぼろになっていたり、あるいは土台のほうは苔が蒸したりしている。「桑滄《そうそう》を閲《けみ》す」は、「滄桑の変」という言葉を踏まえています。中国の昔話ですが、あるところに桑畑があったが、五百年後には海になっていた、さらに五百年後にはまた桑畑になっていたという話で、時世がすっかり変わってしまうことの形容になっている。「滄」は海のことです。

この段落第三句の「似たり」は最後までかかる。主語は古仏ですね。古仏は、やれ出世したとか、やれ失敗したとか、そういう浮世の栄枯のことをせせら嗤って、冷ややかな目で太平洋を見下ろしているように見える。（韻字：磄、滄、洋）

この作品はごくくだけた作品ではありますが、きちんと規則も守って、換韻している。七言換韻格。意味はわかりやすい。何気ない詩に見えますが、相当の学問がないとできません。漱石は英文学に進みましたけれども、根底には漢文があることがつくづくわかります。

（平成三十年三月十二日）

III

『安政三十二家絶句』『文久二十六家絶句』入集詩を読む

湯島聖堂文化講座「日本の漢詩」より

［第13講］我が身をうたう

取り上げる漢詩
大乗律師の京に入るを送る／花南楽府の題詞　その一　その二／浪華書感／天王寺に遊び帰路西坂の諸寺を過ぐ／孤鴈／六如上人の塔／花史／酔帰／家乗を閲して感有り／釈褐

『安政三十二家絶句』『文久二十六家絶句』という詞華集に入集した鉄兜の詩をみていきます。世間の人が鉄兜の詩をどのように評価したかがわかります。『安政三十二家絶句』は安政四年（一八五七）刊、著名な詩人三十二人、七四九首の詩を収めた詞華集、『文久二十六家絶句』は文久二年（一八六二）刊、二十六人、六一八首の詩を収めた詞華集です。このようないわゆる「元号絶句集」は、先に文政・天保・嘉永と存在し、この後も文久・慶応・明治と続きました。鉄兜は安政以後、ほとんどの詞華集に入集しました。以前にみた「芳野」は、『安政三十二家絶句』に収められています。

今日は、その『安政三十二家絶句』に入った詩をみていきましょう。なお、「清の諸人の詩を読む　原十首」という詩も二首、入集していますが、一首目は『鉄兜遺稿』に収められた「詩を論ず　その三」と第一句以外同じ、二首目は同じく「詩を論ず　その四」とまったく同じで、その二つの詩は第4講で説明したので、今回は取り上げません。

◎春風のなか律師を見送る

送大乗律師入京　　大乗律師《だいじょうりつし》の京《きょう》に入《い》るを送る　　七言絶句（上平・四支）

戒香散処岳雲移　　戒香《かいこう》散《さん》ずる処《ところ》　岳雲《がくうん》移る

及此経行自在時　　此《こ》の経行《けいこう》　自在《じざい》の時《とき》に及ぶ

花外錫鐶声不断　　花外《かがい》の錫鐶《しゃっかん》　声《こえ》断《た》たず

春風二十五威儀　　春風《しゅんぷう》　二十五威儀《にじゅうごいぎ》

大乗律師が京都においでになるのを送った、見送りの詩ですね。

「戒香《かいこう》」といっているから、身に香をくすべていて、その香が匂う。「岳雲《がくうん》移る」は一つの例えになっていると思いますが、山の雲が移るように律師が都においでになったということでしょうか。

「此《こ》の経行《けいこう》自在《じざい》の時《とき》に及ぶ」、自在においでになったということだろうね。

花の外で大乗律師が持っている錫杖《しゃくじょう》の鐶（金属製の輪）が鳴って、その音が絶えない。大乗律師が都にお入りになる様子をこのようにきらびやかに表現した。

「春風《しゅんぷう》　二十五威儀《にじゅうごいぎ》」、衆生が生死流転する二十五種の世界を象徴するような威儀のある姿、形で、春風に吹かれながら都に入っていくということでしょうか。（韻字：移、時、儀）

◎花南楽府《かなんがふ》の題詞　その一——川の音と涙の音と

七言絶句（下平・八庚）

花南楽府題詞
鉄撥連弾古別情
丈夫児亦可憐生
緑波芳草恨時涙
併入大江東去声

花南楽府《かなんがふ》の題詞《だいし》
鉄撥連弾《てっぱつれんだん》　古別情《こべつじょう》
丈夫児《じょうふじ》も亦《また》　可憐《かれん》の生《せい》
緑波芳草《りょくはほうそう》　恨時《こんじ》の涙《なみだ》
併せて入《い》る　大江東去《たいこうとうきょ》の声《こえ》

「花南楽府《かなんがふ》」というものの題詞です。「題詞」は、詩華や書物のはじめにそれがよまれた事情や趣意などを記した言葉のこと、「楽府」は漢詩のジャンルの一つで、もとは楽曲に合わせて歌われた歌詞でした。「花南」はよくわかりません。

「連弾《れんだん》」は、バチをずっとかき鳴らす。そういう音を立てて離別の情を惜しむ。「古別情《こべつじょう》」といっているから、古いしきたりによって、そういうものをかき鳴らして別離を惜しむということです。そしてますらおと子供、子供も連れて行かれるということのようだね。

ちょうど季節は春、川が流れていて、その川は春になると木の緑や草の緑が映って緑に見えるから「緑波《りょくは》」といっている。これは水のことを美しくいった。緑の波が立って、別れの時に恨めしい気持ちになり、涙をそそる。

大川《おおかわ》が東へ東へ流れる。その流れる音と、涙を流す音が混ざっているといっている。送別の詩ですから、ちょっと大げさにいっている。（韻字：情、生、声）

◎花南楽府《かなんがふ》の題詞　その二―同じ才に恵まれた子どもたち

七言絶句（上平・一東）

風雲児女亦同工
本色兼存阿堵中
不怪岳爺肝胆鉄
長伝一曲満江紅

風雲《ふううん》の児女《じじょ》も亦同工《またどうこう》
本色兼存《ほんしょくけんぞん》す　阿堵《あと》の中《うち》
怪《あや》しまず岳爺《がくや》　肝胆《かんたん》の鉄《てつ》
長《なが》く伝《つと》う　一曲の満江紅《まんこうこう》

「児女《じじょ》」は息子と娘、それで「同工《どうこう》」といっているから、同じように音楽の才能やそういうものを持っているということでしょうか。「本色兼存《ほんしょくけんぞん》す　阿堵《あと》の中《うち》」、「阿堵」は「これ」または「眼」のことですが、父親の気質や性向が共にあるということかな。

「岳爺《がくや》」というのは、今、児女の話をしているから親父という意味ですね。

「満江紅《まんこうこう》」は南宋の武将、岳飛（一一〇三～四二）による憂国・愛国の詩の名前ですね。琵琶や箏の曲にもなっています。そういう昔の歌をかき鳴らしてくれるということでしょうか。よくわかりませんが、親父の音色をば息子たちも伝えているというようなことでしょう。（韻字：工《こう》、中《ちゅう》、紅《こう》）

◎いい加減なものを売りつける

浪華書感　　七言絶句（下平・七陽）
懸壺市上鬻奇香
道是仙伝是禁方
一様転丸誰弁得
弃他蘇合取蜣螂

浪華《なにわ》書感《しょかん》
壺《つぼ》を市上《しじょう》に懸け　奇香《きこう》を鬻《ひさ》ぐ
道《い》う是《こ》れ仙伝《せんでん》　是れ禁方《きんぽう》と
一様《いちよう》の転丸《てんがん》　誰《たれ》か弁じ得ん
他《た》の蘇合《そごう》を弃《す》てて蜣螂《きょうろう》を取る

「市《し》」は市場《いちば》、まちですから、まちで壺を懸けて不思議な匂いのする香を売っている。その香というのは、「道《い》う是《こ》れ仙伝《せんでん》　是れ禁方《きんぽう》と」、仙人のものだと伝えられるものである。もう一つは宮中で使われているやんごとないものである。こう言いながら、もったいつけて市場《しじょう》で香を売っている。

「転丸《てんがん》」、同じように丸薬になっているから、誰がよくわかるだろうか。

「他《た》の蘇合《そごう》を弃《す》てて蜣螂《きょうろう》を取る」、「蘇合」は薬草の名前ですから、蘇合という由緒のある丸薬を棄てて、蜣螂はコガネムシの一種、そういったものを取っている、いい加減なものを売りつけているという意味でしょうか。

壺を市場に懸けて、仙人から伝えられたものだぞとか宮中から伝えられたものだぞとか、さももっともらしく売っているけれども、それは同じような丸い丸薬になっているから、誰がよくわかるだろうか。立派な丸薬を棄てて、素性のわからないようなものを取っているんじゃないか、こういう意味ではないでしょうか。（韻字：香、方、螂）

◎天王寺の珊瑚寺にて

遊天王寺帰路
過西坂諸寺
冉冉紅塵払不開
発心門外進香回
夕陽冷落珊瑚寺
誰為英雄酹一杯

天王寺に遊び帰路《きろ》西坂《せいはん》の諸寺を過《す》ぐ

七言絶句（上平・十灰）

冉冉《ぜんぜん》たる紅塵《こうじん》　払えども開《ひら》かず
発心門外《ほっしんもんがい》　香《こう》を進めて回《かえ》る
夕陽冷落《せきようれいらく》す　珊瑚《さんご》の寺《てら》
誰《たれ》か英雄《えいゆう》の為《ため》に　一杯を酹《そそ》がん

江戸とか京都とかの繁華なまちで立てる塵のことを「紅塵《こうじん》」という。ここでは題に「天王寺」とあるから大坂ですね。にぎやかなまちの様子をいっている。その天王寺というお寺でもって、香《こう》を進めて回《かえ》る。「発心門外《ほっしん》」というのはお寺のことをいっています。

ちょうど夕日がずっと落ちていく。

「酹」は「らっす」と読んでもいいが、「そそぐ」と読んでもいい。お寺に夕日が沈むころ、ここでお祀りされている英雄のために誰が一杯を注ぐであろうか、注ぐ人はいない。珊瑚寺には豊臣秀吉像が古くから安置されているそうですから、「英雄」は秀吉でしょうか。（韻字：開、回、杯）

◎孤独な雁の秋

孤鴈
孤雲片月影相憐
秋入蘆花又一年
不比上林金孔雀
海棠風暖抱雌眠

孤鴈《こがん》
孤雲片月《こうんへんげつ》　影相憐《かげあい》れむ
秋《あき》は蘆花《ろか》に入《い》りて　又一年《またいちねん》
比《ひ》せず　上林《じょうりん》の金孔雀《きんくじゃく》
海棠風暖《かいどうかぜ》かくして　雌を抱《いだ》いて眠るに

七言絶句（下平・一先）

孤独な雁、「孤鴈《こがん》」。連れ合いもいない。群れも離れている。そういうぽつんとした雁をうたっている。

ちょうど雲もぽつんと浮かんでいる。「片月《へんげつ》」、月も片割れ月になっている。そういうような雲や月と「影相憐《かげあい》れむ」、お互いに憐れみ合っている。主語は、題にある「孤鴈」ですね、孤独な雁が、ぽつんと浮かぶ雲、あるいは片割れ月と相憐れみ合っている。

葦の花に秋が入って、ということはつまり、葦の花咲く秋になって、また一年経った。一年経ったということは、その間ずっとこの雁は孤独だった。

「上林苑《じょうりんえん》」というのは宮中のお庭ですね。やんごとない宮中のお庭の金孔雀が、海棠の花咲く、暖かい風が吹いているところで雌を抱いて眠るのには「比《ひ》せず」、比べられない。こういったものとは違う。孤独な雁の今の境遇をうたっています。（韻字：憐《れん》、年《ねん》、眠《めん》）

◎詩の先人を偲ぶ

六如上人塔
兜率天堂払袂還
空留舎利在人間
江西詩法誰相問
一片閒雲旧住山

七言絶句（上平・十五删）

六如上人《りくにょしょうにん》の塔《とう》
兜率天堂《とそってんどう》　袂《たもと》を払って還《かえ》る
空《むな》しく舎利《しゃり》を留め　人間《じんかん》に在《あ》り
江西《こうせい》の詩法《しほう》　誰《たれ》か相《あい》問わん
一片の閒雲《かんうん》　旧住《きゅうじゅう》の山《やま》

六如上人（江戸中期の僧侶・漢詩人。一七三四〜一八〇一）が亡くなってお墓がある。そのお墓の塔をうたっている。

兜率天《とそってん》というのは仏教の天上界の一つです。それにも比すべきお寺。「袂《たもと》を払って還《かえ》る」といっているのは、亡くなった六如上人《りくにょ》のことをいっているのではないでしょうか。

「舎利《しゃり》」は骨ですから、六如上人は舎利を、「人間《じんかん》」、人の世にとどめておられる。

「江西詩派《こうせい》」というのが中国にあります。宋の蘇軾（一〇三七〜一一〇一）の門下、江西出身の黄庭堅（一〇四五〜一一〇五）を祖とする詩派です。その詩法を六如上人が伝えたという。その江西の詩法はいったい上人がいなくなったら誰が伝えるか、誰に聞いたらいいか、聞くすべもない。

今見ると、静かな雲がひとひら流れて、昔住んでおられた山の辺りに雲が流れている。

こういうことで、六如上人の亡くなったあとその塔のところでもって、つくっているということがわかる。（韻字：還《かん》、間《かん》、山《さん》）

◎春の神様に任命された花の史官

花史　　花史《かし》　　七言絶句（上平・十四寒）

批白評紅下筆難　　批白評紅《ひはくひょうこう》　筆を下《くだ》すこと難《かた》し

一篇自叙已開端　　一篇《いっぺん》の自叙《じじょ》　已《すで》に開端《かいたん》す

梅花本紀牡丹伝　　梅花《ばいか》の本紀《ほんぎ》　牡丹《ぼたん》の伝《でん》

我是東皇新史官　　我《われ》は是《これ》　東皇《とうこう》の新史官《しんしかん》

歴史を司る役人のことを「史官」といいます。この役人は「花史《かし》」、花の史官。つまり、いろいろな花を品評して、花を司る役人だと、洒落ていっているわけです。

だから白だったり赤だったりするものを批評する。「批白評紅《ひはくひょうこう》」は互文《ごぶん》になっていて、「白紅を批評す」というのを、批と評を分けて「批白評紅」といっている。そして、どれが白でどれが赤で、よいとか悪いとか、筆を下すことはなかなか難しい。文章や詩の批評は難しい。

「一篇《いっぺん》の自叙《じじょ》」は自叙の一篇ということ、「開端《かいたん》」は「端《たん》を開く」という意味ですから、どれが白でありどれが赤であるというようなことを書き始めた。

ちょうどそれは歴史でいえば、本紀《ほんぎ》と伝《でん》に当たる。司馬遷の「史記」でも本紀があって伝がある。梅の花については本紀、牡丹については伝、このようにいろいろな花をば、本紀に扱ったり伝に扱ったりして書く。

「東皇《とうこう》」は春の神様ですから、春の神様が任命した新しい歴史の役人だと。これも洒落ていったわけです。春の神様に命令されたからその命令に従って、梅の花とか牡丹の花についていろいろ本紀を書いたり伝を書いたりするぞ。（韻字：難《なん》、端《たん》、官《かん》）

◎酔い覚ましの薬は葛の花の煮汁

酔帰　　　　　　　　　　　七言絶句（下平・六麻）

酔下江楼月在沙
肩輿送夢夕帰家
厨娘已鮮解醒法

酔帰《すいき》

酔《よ》うて江楼《こうろう》を下れば　月は沙《すな》に在り
肩輿《けんよ》夢を送り　夕《ゆうべ》に家に帰る
厨娘已《ちゅうじょうすで》に鮮《かい》す　解醒《かいせい》の法

一勺清泉煎葛花

一勺《いっしゃく》の清泉《せいせん》　葛花《かっか》を煎《せん》す

「酔帰《すいき》」、酔っ払って帰る。

酔っ払って川べりの高殿《たかどの》をおりてくると、ちょうど月が低くみぎわにある。「月は沙《すな》に在り」というのは洒落た言い方ですが、月がみぎわにあるという意味です。

「肩輿《けんよ》」というのは肩でかつぐ輿《こし》、人の肩にかつがれることですね。酔っ払って夢（夢吉。鉄兜のこと）は人の肩にかつがれて、夕暮れにうちに帰ってきた。

「厨娘《ちゅうじょう》」は台所にいる娘という意味で、女中のことです。女中はすでに酔っぱらいを解く法を知っている。しょっちゅう酔っ払って帰るから「解醒《かいせい》の法」、酔いを覚ます方法をよく知っているということですね。

それは「一勺《いっしゃく》の清泉《せいせん》　葛花《かっか》を煎《せん》す」、清らかな泉でもって葛の花を煮たものを飲ませてくれる。一勺というのは水の量の単位です。少しですね。（韻字：沙、家、花）

◎家の歴史を子孫に伝える

閲家乗有感　　七言絶句（下平・九青）

南海風潮巻血腥
千年廟貌閟威霊
子孫如問先公業
読我鉄兜書院銘

家乗《かじょう》を閲《えっ》して感有り

南海の風潮《ふうちょう》　血を巻いて腥《なまぐさ》し
千年の廟貌《びょうぼう》　威霊《いれい》を閟《ひ》す
子孫《しそん》如《も》し　先公《せんこう》の業《ぎょう》を問わば
読め　我が鉄兜書院《てっとうしょいん》の銘《めい》

「家乗《かじょう》」は家の歴史、家に伝わったいろいろな来歴ですね。そういうものが伝えられていたのでしょうか、それを見て感慨にふけった。

河野鉄兜の先祖は南海、伊予（今の愛媛県）の出身です。「血を巻いて腥《なまぐさ》し」といっているから、いろいろな戦争にも関わったということでしょう。

その伝わってきたわが家の歴史を、「千年」とオーバーにいったのでしょう。「廟貌《びょうぼう》」の廟は死者を祀るお宮です。代々の先祖を祀るお宮には、「威霊《いれい》」というから威力のある神霊が、「閟《ひ》す」、ここにとじられている。

子孫がもし先祖のことを知りたがって、「業」、したことを問うならば、自分の書院「鉄兜書院」の銘を読みなさい、といっている。ということで、先祖から伝えられたものをさらに子孫に伝え

るということだと思います。（韻字：腥《せい》、霊《れい》、銘《めい》）

◎自分の身の上を易で占う

釈褐　七言絶句（下平・三肴）

寂寞江辺一把茅
沙鷗相識定相嘲
十年身分蠱上九
却仮神著問変爻

釈褐《せっかつ》
寂寞《せきばく》たる江辺《こうへん》　一把《いちわ》の茅《かや》
沙鷗《さおう》相識《あいし》りて　定めて相嘲《あざけ》らん
十年《じゅうねん》の身分《しんぶん》　蠱《こ》の上九《じょうきゅう》
却《かえ》って神著《しんちゃく》を仮りて　変爻《へんこう》を問わん

易《えき》のことですね。「釈褐《せっかつ》」は、「褐《かつ》」は粗末な衣服、「釈」はそれを釈《と》く、脱ぐということで、在野の者が仕官することです。

川べりに茅《かや》が生えている。

その茅に、「沙鷗相識《さおうあいし》りて　定めて相嘲《あざけ》らん」、自分のことを例えでいっているわけです。川べりの一把の茅に囲まれたようなところに住んでいて、すると、すなかもめたちがそのことを知って嘲るのであろう。ということで、前半の二句で自分の今の境遇をなぞらえでいっているわけです。

「十年《じゅうねん》の身分《しんぶん》　蠱《こ》の上九《じょうきゅう》」、これは易のことで、十年間の身の上、それは易でいうと蠱の上九だ。五経の一つ「易経」は、「当たるも八卦《け》、当たらぬも八卦」で知られる、いわゆる六十四卦によって自然と人生の変化の道理を説いた書で、その「蠱の上九」の爻辞《こう》（説明の言葉）は「王侯に事《つか》えず、その事を高尚にす」となっています。この爻が出たら「仕えてはならない」とされ、のちに「王侯に事えず、その事を高尚にす」の句は、隠遁者の生涯を賛美する語として慣用されるようになります。

神のお告げによって、「変爻《へんこう》」、今の卦《け》を変えることを問いたいものだといっている。自分の身の上をば易で占って、できれば変えてみたいというようなことではないかと思います。敬業館の教授になる前の心境とも取れますね。（韻字：茅、嘲、爻）

今日はここまでにしましょう。

（平成三十一年一月二十一日）

［第14講］ 謙遜と自恃と

取り上げる漢詩

喚起／当初／秋詞／雑述十首　五首を節す　その一　その二　その三　その四
その五／鼎子玉を訪う／柴東野に贈る　その一　その二／
見る所を書し戯れに緑野の体に倣う　尽く消る能わず也／漫筆　原五首／
赤壁／夜読／水雲／道林寺に宿す／京寓雑詩　その一　その二／
小游仙曲　その一　その二

さて今日は、文久二年（一八六二）刊の詞華集『文久二十六家絶句』に入った鉄兜の詩をみていきましょう。

◎鳥の一声で春の夢から覚める

喚起　　喚起《かんき》　　七言絶句（上声・十七篠）

喚起一声何処鳥
夜来春夢不明了
香篝燼尽古奇南
院鎖梨雲残月小

喚起《かんき》す一声《いっせい》　何処《いずこ》の鳥ぞ
夜来《やらい》の春夢《しゅんむ》　明了《めいりょう》ならず
香篝《こうこう》燼《や》き尽《つ》くす　古奇南《こきなん》
院に梨雲《りうん》を鎖《とざ》して　残月小《ざんげつしょう》なり

どこの鳥であろうか、けたたましく鳴いて呼び起こす。

夜、春の夢を見て、そこへ一声、どこの鳥か知らないが鳴いて春の夢がはっきりしなくなった。夢がはっきりしなくなったということは、つまり、目が覚めた。

起きてみると、お寺のほうで「香篝《こうこう》」（香炉にかぶせる籠）を焚き尽くし、「奇南《きなん》」、良い沈香が立ちこめている。

そして、雲とも紛う白い梨の花がいっぱい咲いていて、すでに「残月小《ざんげつしょう》なり」、月が沈みかけている。（韻字：鳥《ちょう》、了《りょう》、小《しょう》）

◎志を立てたけれども

当初　　七言絶句（下平・一先）

当初立志在希賢

当初《とうしょ》　志《こころざし》を立てて　希賢《きけん》に在《あ》り

花月春秋酔又眠
但道十年読書去
人生能有幾十年

花月春秋《かげつしゅんじゅう》　酔いて又《また》眠る
但《た》だ道《い》う　十年《じゅうねん》書を読みて去る
人生《じんせい》能《よ》く幾十年《いくじゅうねん》有らん

最初のうちは志を立てて、「希賢《きけん》に在《あ》り」、つまり、「希《き》」は「まれ」ですから、当初はまれなる賢人のようになりたいと志を立てた。

しかし、やれ花よ、やれ月よということで春や秋を過ごして、酔っ払ってまた眠って、うかうか過ごした。

その結果として結局、自分の志が駄目になってしまったわけです。ただ十年のあいだは読書した。「読みて去る」は書を読むという意味ですね。人生は幾十年あるか、いくらもないじゃないか。十年読書すれば充分だ、ということですね。

居直ったような変な詩だね（笑）。「当初」という題ですから、その当初は十年のあいだ書を読み去って、結局は「花月《かげつ》春秋　酔いて又《また》眠る」ということになってしまったということでしょうか。（韻字：賢《けん》、眠《めん》、年《ねん》）

◎無情の水が阻む牽牛と織女

秋詞

欲飲黄牛向浅沙
鳴機彷彿隠秋花
無情一帯盈盈水
又阻人間織女家

七言絶句（下平・六麻）

秋詞《しゅうし》

黄牛《こうぎゅう》に飲ませんと欲《ほっ》し　浅沙《せんさ》に向かう
鳴機《めいき》彷彿として　秋花《しゅうか》に隠《かく》る
無情一帯《むじょういったい》　盈盈《えいえい》の水《みず》
又《また》阻む　人間織女《じんかんしょくじょ》の家《いえ》

これは牽牛と織女のことをうたっているわけです。牽牛は自分の牛に水を飲ませようと思って浅瀬に向かう。

すると機織りが聞こえてくる。「鳴機《めいき》」の「機」ははた。「彷彿として　秋花《しゅうか》に隠《かく》る」、秋の花に隠れてその向こうで機織りのような音がする。織女が秋の花に隠れて機を織っている。

しかし「無情一帯《むじょういったい》　盈盈《えいえい》の水《みず》」というから、そこに行くには水を越えていかなければいけない。「盈盈」というのはたっぷり水が流れているさまで、だから無情の水が流れていることによって織女の家に行かれない。

「又阻《また》む　人間《じんかん》」とあるから、また地上の世界でも、男女の間を大きく隔てるものがあるなぁと連想している。

「秋詞《しゅうし》」といっているのは、牽牛と織女の物語は七月七日の七夕《たなばた》のころで、旧暦では初秋になりますから、それでうたっている。(韻字：沙《さ》、花《か》、家《か》)

◎雑述十首　その一――北宋の程叔子に恥ずかしい

雑述十首　節五首　　　　七言絶句（上平・六魚）

自家経伝太空疎
博物誇人儘有余
多愧伊川程叔子
終身不読異端書

雑述十首　五首を節《せっ》す
自家《じか》の経伝《けいでん》　太《はなは》だ空疎《くうそ》
博物人《はくぶつひと》に誇るは　儘《みな》余り有り
多く愧《は》ず　伊川《いせん》の程叔子《ていしゅくし》
終身《しゅうしん》　異端《いたん》の書《しょ》を読まざるに

題は「雑述」、謙遜しています。「五首を節《せっ》す」、「十首のうち五首取った」とあります。「自家《じか》の経伝《けいでん》」は、「わが家に伝わっている学問」と言い換えてもいい。大変空疎である。中身がない。粗末なものである。これも謙遜です。「経伝」というのは、伝えられたことという意味です。

「博物人《はくぶつひと》に誇るは　儘《みな》余り有り」、「博物」の「博」は「ひろい」という意味ですから、ものを広く知っている。「儘」は「みな」と読んで、みんな、すべて。人偏を取った「尽（盡）」と意味は同じです。該博な知識を人に誇るのは「儘《みな》余り有り」、余分なものを知っている。肝心なことではなくて、余分なことが多い。

かの伊川《いせん》の程叔子《ていしゅくし》にはまことに恥ずかしい。「程叔子」は、北宋の思想家、程頤《い》（一〇三三～一一〇七）のことです。字《あざな》は正叔、号は伊川。兄の程明道《めいどう》（程顥《こう》／一〇三二～八五）も学者で、兄弟で有名です。二人合わせて「二程子《にていし》」という言い方もあります。

程伊川は一生涯、異端の書を読まなかったのだから。それに比べれば異端の書を読んでいる私なんかは非常に恥ずかしい。

この第一首目は、謙遜の詩ですね。（韻字：疎《そ》、余《よ》、書《しょ》）

◎雑述十首　その二──幸と不幸は公平であるはずなのに

七言絶句（上平・一東）

禍福乗除本至公
千秋金鑑歴然中
無人認取光明体
空照鬚眉向善銅

禍福乗除《かふくじょうじょ》　本《もと》至公《しこう》
千秋《せんしゅう》の金鑑《きんかん》　歴然《れきぜん》の中《うち》
人の光明《こうみょう》の体《たい》を　認取《にんしゅ》する無し
空《むな》しく鬚眉《しゅび》を照らして　善銅《ぜんどう》に向かう

「禍福《かふく》」は世の中の災いと幸い、「乗除《じょうじょ》」は数学でも使いますが、掛けたり割ったりということで、つまりプラスのこととマイナスのこと。禍福も乗除も「本至公《もとしこう》」、一見でこぼこがあるように見えるかもしれないが、結果としては、至って公平である。人間というものは、自分だけが不幸だとか思う人が多いけれども、そうではない。

「千秋《せんしゅう》」は長い歴史、「金鑑《きんかん》」の「鑑」は鏡ですから、ずっと永遠に流れている歴史のなかで、金の鏡に照らして、過去のいろいろな出来事、禍福乗除を見ていると、そのことは歴然としている。歴史を照らしてみるとよくわかる。

そうはいうものの、輝く体《たい》、輝くものを持っていても、誰も認めてくれない。だから、空しく鏡に向かって自分の顔を照らすだけだ、といっている。「善銅《ぜんどう》」は、鏡のことですね。銅でできているので善銅という。自分の顔を鏡に照らして、空しくひげや眉を照らしているだけだ。「空しく照らす」というから、人が認めてくれることはない。

自分は認められないということを、後半の二句はいっている。一種の自嘲の詩ですね。(韻字:公《こう》、中《ちゅう》、銅《どう》)

◎雑述十首　その三──いい加減な本の多さに耐えられない

七言絶句(下平・五歌)

注家該博務包羅
奈此薫蕕同器何
標曰大全亦私定
西塗東抹不勝多

注家《ちゅうか》該博《がいはく》　包羅《ほうら》を務《つと》む
此《こ》の薫蕕《くんゆう》の同器《どうき》を　奈何《いかん》せん
標《ひょう》して大全《だいぜん》と曰う　亦私定《またしてい》
西塗東抹《せいととうまつ》　多《おお》きに勝《た》えず

経典などに注を付ける注釈家のことを「注家《ちゅうか》」といった。注釈を付ける人は該博な知識を持っている。「該博《がいはく》」は今でも使う言葉で、非常に広い知識を持っている。「包羅《ほうら》を務《つと》む」といっているから、包んだり並べたりすることに務める。「包」は包む、「羅」は並べる。自分の該博な知識をひけらかすために、ある事柄についてそれを全部包み、そして並べる。こういう仕事に一生懸命力を費やす。

奈と何で目的語をはさんで「いかんせん」と読んで、どうしたらよいか、という意味になります。「薫蕕《くんゆう》」の「薫」はいい匂いがすること、「蕕」はいい匂いでないこと、それが「同じ器になっている」というのは、一緒くたに批評されているということです。もっぱら包羅に務めて、たくさんのことを並べているけれども、いい匂いのものとくさい匂いのものと一緒の器の中に並べているのはどういうことか。

「標《ひょう》して大全《だいぜん》と曰う　亦私定《またしてい》」、本に「何とか大全」という名前をつけて世の中に本を出しているけれども、それは自分で勝手に定めたものだ。西のほうに塗り、東のほうに抹《まっ》すというのは、「塗抹《とまつ》」という言葉があるが、塗ったり削ったりする、そういうことでもって本をつくることの、その多さに耐えられない。つまり、いろいろな文献を批評するときにあちらから持ってきたりこちらから持ってきたりをやたらにやって、その多さに耐えられない。（韻字：羅《ら》、何《か》、多《た》）

◎雑述十首　その四―でたらめな本をつくる人たちを批判する

七言絶句（上平・十灰）

断句長篇任口裁
新雕詩板逐番開
百年梨棗有何罪
不朽幾人喚囈来

断句長篇《だんくちょうへん》　口《くち》に任せて裁《た》つ
新雕《しんちょう》の詩板《しばん》　番《ばん》を逐《お》うて開く
百年《ひゃくねん》の梨棗《りそう》　何《なん》の罪《つみ》か有る
幾人《いくにん》の喚囈《がんげい》を　朽《く》ちせずして来《きた》る

自分の好みに従って句を切ったり、篇を長くしたりする。「口《くち》に任せて裁《た》つ」、口からでまかせにいい加減に、でたらめにつくっている。当時の著述をつくる人のことをやっつけているわけです。

「雕《ちょう》」という字は、字を彫るということです。あまり聞かない言葉ですが、木版の時代ですから。「新雕《しんちょう》の詩板《しばん》」は、できたばかりの詩板《しばん》。「番《ばん》を逐《お》うて開く」は、「逐番《ちくばん》に開く」と読んでもいい。つくった版木を広げていくと本になるわけで、木版の板を順序立てて彫って出す、仕立て上げて出版する。

「梨棗《りそう》」は、版木のことですね。

第四句の「唫囈《がんげい》」はうわごと、江戸中期の天文学者・本草学者の廬草拙《ろそうせつ》（一六七五～一七二九）の著作に「唫囈録」があります。世の中の、うわごとのような本をたくさんつくる連中に対する批判、新しくつくったものに対する批判をしていると思います。「来」という字はほとんど意味はなく、韻を踏むためにこの字を使っています。（韻字：裁《さい》、開《かい》、来《らい》）

◎雑述十首　その五─胸の中には大きな屋敷

七言絶句（下平・七陽）

瓦枕夢涼方竹床
千金何用築書堂
胸中全屋寛多少
無復園庭無復墻

瓦枕夢《がちんゆめ》は涼し　方竹《ほうちく》の床《しょう》
千金何《せんきんなん》ぞ用いん　書堂を築《きず》くを
胸中《きょうちゅう》の全屋《ぜんおく》　寛《ひろ》きこと多少
復《ま》た園庭《えんてい》無く　復《ま》た墻《しょう》無し

この詩は、自分の貧乏暮らしのことをいっていますね。

瓦の枕で寝ると、涼しい夢を見る。「方竹《ほうちく》の床《しょう》」は、小さな四角い竹のベッド。

千金のおカネを使ってどうして立派な書斎を築く必要があるか、必要ない。瓦の枕と、竹のベッドで充分だ。

胸の中には大きな屋敷がある。「寛《ひろ》きこと多少」というのは、「多い」のほうに意味がある。非常に広い。

その非常に広い屋敷は、胸の中だから、庭もなければ、垣根もない。

この五首のなかでこれが一番おもしろい。（韻字：床《しょう》、堂《どう》、墻《しょう》）

◎画家の友人を訪ねて

訪鼎子玉
満城無地不塵埃
莫恠幽人時一来
欲拝仙真澄妄想
君家画障有天台

七言絶句（上平・十灰）

鼎子玉《ていしぎょく》を訪《と》う
満城《まんじょう》　地《ち》の塵埃《じんあい》ならざる無《な》し
恠《あや》しむ莫《な》かれ　幽人《ゆうじん》時に一来《いちらい》するを
仙真《せんしん》を拝《はい》し　妄想を澄《す》ませんと欲《ほっ》す
君《きみ》が家《いえ》の画障《がしょう》には　天台《てんだい》有り

鼎子玉は、鼎金城《かなえきんじょう》（一八一一～六三）という人で、江戸時代後期の画家として知られている。それを訪ねたという。

「満城《まんじょう》　地《ち》の塵埃《じんあい》ならざる無《な》し」、これは二重否定になっているから、塵埃だということですね。町じゅう埃だらけだ。

そんな埃だらけの町のなかにも、幽人《ゆうじん》（人里はなれて静かに暮らしている人）が時にやって来るということを怪しんではいけないよ。題を見ると「鼎子玉を訪う」というから、自分のことを言ってるんだね。町じゅうは埃だらけだが、私のような幽人が時にやって来るのを怪しんではいけないよ。

お宅に来た理由は、仙人のようなお姿を拝し、自分の妄想を澄ませようとしたからだ。

あなたのうちの、「障《しょう》」は屏風ですから「画障《がしょう》」は絵を描いた屏風、そこに天台山の絵が描いてある。だからあたかも君のうちへ来ると天台山にお参りしたような気持ちになる。お世辞を言っているわけです。（韻字：埃《あい》、来《らい》、台《だい》）

◎柴東野に贈る　その一――大坂を去る友に

七言絶句（下平・十二侵）

贈柴東野

柴東野《さいとうや》に贈《おく》る

桂玉三年寄瀵陰

桂玉《けいぎょく》三年　瀵陰《てんいん》に寄《よ》す

萍如身迹水然心
娥眉山好不帰住
書味深於郷味深

萍如《ひょうじょ》の身迹《しんせき》　水然《すいぜん》の心《こころ》
娥眉山《がびさん》好《よ》くして　帰住《きじゅう》せず
書味《しょみ》は郷味《きょうみ》の深《ふか》きより深し

柴秋村《しばしゅうそん》（一八三〇〜七一）に贈った詩ですね。阿波徳島生まれの幕末の儒者で、号は秋村、東野は別号、字《あざな》は緑野。江戸の大沼枕山、大坂の広瀬旭荘らに漢学を学び、豊後日田（今の大分県日田市）の咸宜園に遊学し、徳島の藩校で教鞭を執った人です。鉄兜が亡くなったあと、林田・道林寺の墓誌を書いたのが、この柴秋村でした。

「桂玉之地」という言葉があって、物価の高い都市のことをいいます。澳は淀川を指しますから、桂玉の地、物価も高い、淀川沿いの大坂の下町に三年住んだ。

「萍《ひょう》」は水に浮かんで生える水草のこと、身は水草のように、心は水のように、のびのびと思うがままに過ごしてきた。

「娥眉山《がびさん》」は徳島の眉山《びざん》を美しくいっているのかな、ふるさと阿波へは帰らず、咸宜園で学問を深めようとしている。

「頑張れよ」と励ましているのでしょう。（韻字：陰《いん》、心《しん》、深《しん》）

◎柴東野に贈る　その二―高く飛ぶ一羽のミサゴのように

七言絶句（上平・十三元）

紛紛利走又名奔
暮望車塵朝掃門
誰向青雲推一鶚
諸侯席上説秋村

紛紛《ふんぷん》たる利走《りそう》　又名奔《またがいほん》
暮《く》れに車塵《しゃじん》を望み　朝《あした》に門を掃《はら》う
誰《たれ》か青雲《せいうん》に向かって　一鶚《いちがく》を推す
諸侯《しょこう》の席上《せきじょう》　秋村《しゅうそん》を説く

これは柴秋村を褒めている。

世間では紛々として、利益とか名誉とかいうことに対して奔走している。それはちょうど夕暮れには車の塵を望み、つまり誰か来ないかと思って待っているわけです。人が車に乗ってくると塵が上がるので、誰か来ないかと思ってそれを待っている。朝は誰か来ることを期待して門を掃除している。

「青雲《せいうん》」は青い空、誰がこの青空に一羽で高く飛ぶ鶚《みさご》のような存在だ。「鶚」はミサゴという、鷹に似た鳥のことですね。

諸大名の席ではもっぱら秋村が取り沙汰されているぞといって、柴東野を褒めているわけです。

（韻字：奔《ほん》、門《もん》、村《そん》）

◎柴秋村の詩の体をまねて

書所見戯倣緑野体
不能尽肖也
水連青草丈余肥
奮起湖魚挟雨飛
背上大瓢揺不定
円荷代笠老奴帰

見る所を書し《しょ》戯《たわむ》れに緑野《りょくや》の体《たい》に倣《なら》う
尽《ことごと》く肖《に》る能《あた》わず也
水は青草《せいそう》に連《つら》なりて　丈余肥《じょうよこ》ゆ
湖魚《こぎょ》の奮起して　雨《あめ》を挟《はさ》んで飛ぶ
背上《はいじょう》の大瓢《たいひょう》　揺れて定まらず
円荷《えんか》笠に代わり　老奴《ろうど》帰る

七言絶句（上平・五微）

題を見ると「緑野（柴秋村）の詩の体に倣ったけれども、うまくまねができなかった」と謙遜している。

水が広がっていて、青草も広がっている。その青草は「丈余肥《じょうよこ》ゆ」といっているから、ぼうぼうと茂っている。

湖の魚が奮い立っている。「雨《あめ》を挟《はさ》んで飛ぶ」というのは、雨のなか、魚がぴょんと水の上を飛んで泳いでいる。

背中に大きなひょうたんを背負っている。

「笠に代わり」は、蓮の葉っぱは大きいでしょう、丸い蓮の葉っぱを笠に代えて、老いた使用人が帰ってくる。（韻字：肥《ひ》、飛《ひ》、帰《き》）

◎生まれながらにして英雄

漫筆　原五首　　七言絶句（下平・八庚）

落地果然英物声
呱呱出室挙家驚
可憐牢握吟詩筆
僅与秋虫和不平

漫筆《まんぴつ》　原《もと》五首《ごしゅ》
地《ち》に落ちて果然《かぜん》　英物《えいぶつ》の声《こえ》
呱呱《ここ》室《しつ》を出《い》ずれば　挙家《きょか》驚く
憐れむべし　牢《かた》く吟詩《ぎんし》の筆《ふで》を握り
僅《わず》かに秋虫《しゅうちゅう》と不平を和《わ》す

もと五首あった。

これは詩全体が比喩になっています。

赤ん坊が「地《ち》に落ち」、世の中に生まれたときに、もうすでに「英物《えいぶつ》の声《こえ》」、普通の人ではない、英雄の声がした。

赤ん坊がわあわあと泣いていて、あり得ないことだろうけれども、もう部屋を出てくるので、家中みんなが驚いた。

「憐れむべし」はかわいそうという意味ではなくて、「すばらしいなぁ」という褒め言葉です。見ると赤ん坊はかたく詩を書く筆を握っている。

ちょうど秋の虫が鳴く。その秋の虫と一緒に不平を鳴らしている。

あり得ない話ですけれども、英物の様子をなぞらえているわけです。（韻字：声《せい》、驚《けい》、平《へい》）

◎英雄は人に理解されない

赤壁
千古風流事可稽
長江一嘆有余凄
英雄寄托無人会
鵲自南飛鶴自西

赤壁《せきへき》　　七言絶句（上平・八斉）
千古《せんこ》の風流《ふうりゅう》　事稽《ことかんが》うべし
長江一嘆《ちょうこういったん》　余凄《よせい》有り
英雄《えいゆう》の寄托《きたく》　人《ひと》の会《かい》する無し
鵲《かささぎ》は南より飛び　鶴《つる》は西《にし》よりす

「赤壁《せきへき》」というのは中国・長江の南岸にある「赤壁の戦い」（二〇八年）のあった古戦場です。

その後、宋の蘇軾（一〇三六〜一一〇一）がその場所と誤って、長江の北岸で一〇八二年七月に「赤壁の賦」をつくりました。同年十月に再遊して「後赤壁の賦」をつくり、「赤壁の賦」は二つあります。よく絵の題にもなりますが、その絵を見てつくったという詩です。

その長江の景色を描いた絵を見ると、「余妻《よせい》有り」といっているから、よくできている、たっぷりとしたすごさだから絵柄が人を打つ。

英雄が自分のことを人にわからせることはなかなかない。「人《ひと》の会《かい》する無し」、この「会」は「理解」という意味で、人が理解することはない。

「鵲《かささぎ》は南より飛び　鶴《つる》は西《にし》よりす」、これは一種のなぞらえをしているわけです。「前赤壁の賦」には「月明らかに星稀に、烏鵲《うじゃく》南に飛ぶ」、「後赤壁の賦」には「適《たまたま》孤鶴《こかく》有り、江《こう》を横ぎりて東より来《きた》る」とあります。「烏鵲」はカササギのことです。おのずからカササギは南へ飛び、鶴は東から来る、こういうふうに決まっているではないか。そういうことを人が理解しない。つまり、赤壁という有名な一件をこのように書いた。（韻字：稽《けい》、凄《せい》、西《せい》）

◎「読書の借金」を返済できる日はいつ

夜読　七言絶句（下平・一先）

破屋寒氈二十年
五更灯火伴陳編
何当還了読書債

夜読《やどく》

破屋寒氈《はおくかんせん》　二十年《にじゅうねん》
五更《ごこう》の灯火《とうか》　陳編《ちんぺん》に伴う
何《いず》れか当《まさ》に読書の債《さい》を還了《かんりょう》し

花影日高窓下眠

花影《かえいひ》日高くして　窓下《そうか》に眠るべし

これはわかりやすい詩ですね。

自分の家を謙遜して「破屋《はおく》」といっている。ぼろ家。そして「寒氈《かんせん》」といっている。寒々しい毛布。そういう貧乏暮らし二十年。

「夜読《やどく》」という題によってわかるように、夜ともしびをつけて勉強をしている。「五更《ごこう》」は朝早く。「陳編《ちんぺん》」は古い昔の書籍。直訳では、古い書籍に伴って、朝のともしびがつけられている。ですから、夜通し、朝になるまで古い書物を読んでいる、ということです。

いつそうしたことができるだろうか、「読書の債《さい》」、読書の借金を返済し、つまり勉強すべきものをぜんぶ勉強して、そして太陽が高くのぼってのどかに花の影が映る窓下に眠ることができるだろうか。そうしたいなぁという願望ですね。「花影日高くして《かえいひ》」は、唐の杜荀鶴《とじゅんかく》（?〜九〇四?）の詩の「日高くして花影重なる《かえい》」から来ています。この詩はなかなかおもしろい詩です。（韻字：年《ねん》、編《へん》、眠《めん》）

◎風流な放浪生活

水雲

水雲《すいうん》　　七言絶句（上平・八斉）

水雲不復定東西
猶把琴書到処携
輸与僧包無副具
王宮聚落一伽黎

水雲《すいうん》　復《ま》た東西《とうざい》を定めず
猶《なお》琴書《きんしょ》を把って　到る処《ところ》に携《たずさ》う
輸与《ゆよ》す　僧包副具《そうほうふくぐ》無し
王宮《おうきゅう》の聚落《しゅうらく》　一伽黎《いちかれい》

「水雲《すいうん》定まらず」というのは、あっちに行ったりこっちに行ったりして、居所を定めず放浪することをいいます。

しかし「琴書《きんしょ》を把って　到る処《ところ》に携《たずさ》う」とあるから、そういう放浪の生活をしていても琴と書物は離さないという風流な生き方をしている。

礼服も人にやってしまい、副具もない。何も持たない僧よりもっと持たないような放浪生活だ。「伽黎《かれい》」は袈裟ですから、王宮でも村落でも同じ一枚の袈裟で放浪するように、束縛されず自由に生きるぞといっている。（韻字：西、携、黎）

◎眠っているお坊さんを詩で起こしてやろう

宿道林寺　　七言絶句（下平・九青）
夜院寥寥罷誦経

道林寺《どうりんじ》に宿《しゅく》す
夜院寥寥《やいんりょうりょう》　誦経《しょうきょう》を罷《や》む

宝瓔珞翳仏灯青
吟詩亦是声明業
喚起眠僧仔細聴

宝瓔珞《ほうようらく》翳《かげ》りて　仏灯《ぶっとう》青し
吟詩《ぎんし》も亦是《これ》　声明《しょうみょう》の業《ぎょう》
眠僧《みんそう》を喚起して　仔細《しさい》に聴かしめん

道林寺《どうりんじ》というお寺に宿って、ちょっとからかった詩ですね。道林寺は姫路の林田藩に属するお寺だそうです。

夜のお寺ではもう静かになって、お経を唱えることも止んだ。「宝瓔珞《ほうようらく》翳《かげ》りて　仏灯《ぶっとう》青し」、お寺の様子をいっていますね。詩を吟ずるのも、お寺のお経を唱えるのと同じようなことだ。もう眠っているお坊さんに詩を朗々と、細かに聞かせてやりたい。（韻字：経《けい》、青《せい》、聴《てい》）

◎京寓雑詩　その一──秋の京都、きれいどころに囲まれて

京寓雑詩
幽寺黄花歌扇露
深山紅葉舞衣風
京華真箇麗人国

七言絶句（上平・一東）

京寓雑詩《けいぐうざっし》
幽寺《ゆうじ》の黄花《こうか》　歌扇《かせん》の露《つゆ》
深山《しんざん》の紅葉《こうよう》　舞衣《ぶい》の風《かぜ》
京華真箇《けいかしんこ》　麗人《れいじん》の国《くに》

秋在囲香陣粉中　　秋《あき》は囲香陣粉《いこうじんぷん》の中《うち》に在り

「京寓雑詩《けいぐうざっし》」ということで、京都に宿っていたときにつくった詩です。「黄花《こうか》」は菊です。奥深いこのお寺、菊の花が咲き、そして「歌扇の露《かせんのつゆ》」といっているから、ここで踊ったり何かする催しがあったのでしょうか。「舞衣の風《ぶいのかぜ》」とあるから、女性の美人が舞を舞っている。それが深山の紅葉《もみじ》と映えている。「京華真箇《けいかしんこ》　麗人の国《れいじんのくに》」、これは京都を持ち上げている。都の京都は、まことに麗人の国ですね。「囲香陣粉《いこうじんぷん》」といっているから、いい匂いと白粉《おしろい》で、女性のことをいっている。つまり、芸者。「囲香」は取り囲む香り、「陣粉」の「陣」はたくさんという意味、量の多いことをいう。さすがにこの京都の秋は、取り囲む香りと白粉で、ほかのところとは違うなぁ。どうやら京都に行って祇園かどこかに繰り込んだかな。（韻字：第一句踏み落とし、風《ふう》、中《ちゅう》）

◎京寓雑詩　その二―春の夕、枇杷の花が落ちる　　　七言絶句（上平・一東）

一春傷別已匆匆　　一春《いっしゅん》別れを傷《いた》み　已《すで》に匆匆《そうそう》
珠咲香顰夢亦空　　珠《たま》は咲《わら》い香りは顰《ひそ》み　夢も亦空《むな》し

才子不来校書病
枇杷花落夕陽風

才子《さい》来《き》らず　校書《こうしょ》は病《や》む
枇杷《びわ》花《はな》落ちて　夕陽《せきよう》の風《かぜ》

意味深の歌だね。

春もあっという間に過ぎて、別れを傷む。春を別れるという意味と、きれいどころと別れるという意味と、掛けているのかもわかりません。

「珠《たま》は咲《わら》い香りは顰《ひそ》み」、これは間接的な表現で、祇園の舞妓さんたちのことをいっているのではないでしょうか。

「校書郎《こうしょろう》」というのは元々は中国の官職の名前ですけれども、唐代の名妓が文才を認められて校書郎に任じられたという故事から、才能のある女性、芸妓のことをいいます。才子は男ですから、男は来ないで、女性は病んでいる。

庭では枇杷の花が落ち、夕日のなかに風が吹く。（韻字：匆《そう》、空《くう》、風《ふう》）

◎小游仙曲　その一――枯れたくれないは珍しくない

小游仙曲　　小游仙曲《しょうゆうせんきょく》　　七言絶句（上平・四支）

起向雲階折一枝　　起《た》ちて雲階《うんかい》に向かって　一枝《いっし》を折る

南天燭子赤累累
龍宮歳貢珊瑚樹
却是枯紅不足奇

南天燭子《なんてんしょくし》　赤累累《せきるいるい》
龍宮歳《りゅうぐうとし》に貢《こう》す　珊瑚《さんご》の樹《き》
却《かえ》って是《これ》　枯紅《ここう》　奇《き》とするに足らず

「游仙《ゆうせん》」というのは唐の時代になってから流行った詩の題で、現実離れしたような世界をうたうたですね。「小游仙」というのは昔からある題ですが、仙人世界に遊ぶという舞台装置で、いろいろあでやかな世界をうたう。

雲のように高い階段をのぼって、そしてひと枝を折った。「南天蜀《なんてんしょく》」は植物の南天の漢名で、「南天蜀子」で南天の実、「赤累累《せきるいるい》」で、南天の赤い実が重なり合って実っている。

だが、このように見えたのも実は龍宮城の珊瑚樹で、積年の紅《くれない》も珍しくはないよ、と別世界に誘っているようですね。（韻字：枝《し》、累《るい》、奇《き》）

◎小游仙曲　その二—葛の頭巾に芭蕉布の上着のいでたち

七言絶句（下平・十五咸）

葛巾棕屨称蕉衫

葛巾棕屨《かっきんそうく》　蕉衫《しょうさん》に称《かな》う

愧把山謡納玉函
巻尾不題新賜号
水雲閒客旧頭銜

愧《は》じて山謡《さんよう》を把って　玉函《ぎょっかん》に納む
巻尾《けんび》題せず　新賜《しんし》の号
水雲《すいうん》の閒客《かんきゃく》　旧頭銜《きゅうとうかん》

これは全体の題が「小游仙」という題ですが、「小游仙」というのは現実の世界ではない世界、具体的にいえば色街《いろまち》ですね。色街のいろいろな様子を、あからさまにうたったのではおもしろくないので、いろいろなぞらえをしながらうたっています。

葛の頭巾をかぶって、棕櫚の皮でできた靴を履いて、芭蕉の繊維で織った上着を着ていて、それがよく似合う。第一句を見ると、この七字でもっていでたちがわかります。色街で遊ぶような風体ではない。いわゆる文人、通人です。

そういうような人物であるから、「山謡《さんよう》」、田舎の歌しか知らない。そういう田舎のうたは玉の函に入れて歌わない。謙遜している。

巻物の最後に名前を書くんだが、それは新たに賜った号は書かない。

「水雲《すいうん》」というのはよく使う言葉ですが、水と雲ということで、放浪の生活をしているような暇人。「旧頭銜《きゅうとうかん》」、肩書きなどは昔のままで垢抜けない格好をしている。心は悠々なのでしょうね。

（韻字：衫《さん》、函《かん》、銜《かん》）

河野鉄兜の話も長くなりましたので、この辺で一区切りとします。いや、楽しかったですね。日本の漢詩は研究する学者も少なく、まだあまり研究が進んでいません。量もたくさんあり、いろいろなものが残っているので、宝の山みたいなものです。もちろん全部が傑作とは言わないが、人が知らない傑作もあります。これから研究を進めていかなければいけない分野です。

戦後は科目の漢文がなくなってしまい、日本人の漢文の素養も昔に比べると低くなりましたし、こういうものを読んだり味わったりすることも減ってしまいました。こうやって湯島聖堂に漢文の勉強に来られる皆さんは貴重な存在です。漢詩をなくしてはいけない。裾野が広がらないといけない。私も相当歳になりましたけれども、まだまだがんばるつもりでいます。

（平成三十一年二月四日）

〔附録1〕河野鉄兜の生涯

河野鉄兜はどのような人物だったのか。よく伝えられている逸話やエピソード等を交えて、生涯を辿っておきましょう。

神童と呼ばれた少年時代

河野鉄兜の祖先は、伊予国を治めていた本姓越智で、十六世紀末、播磨へ移住した河野氏だ、と伝えられています。鉄兜は文政八年（一八二五）現在の姫路市網干区垣内本町で生まれました。当時の網干は天領、龍野藩、丸亀藩の飛地が隣接し、揖保川の舟運と瀬戸内海の海運の結節点として繁栄していました。河口には豪商の邸宅が並び、外へ向かう開放感が溢れていたでしょう。この環境が鉄兜の性格にも影響を与えたことは想像に難くありません。

幼少には俊蔵と称し、長じて絢夫と改めました。名は羆（維羆）字夢吉と遺族は記しています。号には月廊、秀野、祝田、楡村、石楠、錦壇、堂号には鉄兜書院、秀野甲堂、美竹西荘、安詩堂、水光明室、文選復興等を用いました。

父三省は、男五、女四の子沢山で、三男が絢夫、五男が禁門の変で負傷したといわれる東馬（号・香村）です。

家は決して豊かではなく、鉄兜は読書欲を満たすために神社仏閣を訪ねては蔵書を借りて読みました。その書写に際しても半紙一枚に七千二百字と微細な文字を書き込む等、節約を心懸けています。十四歳の時、鉄兜が欲しがる「詩韻含英」を、姉が、徹夜で機織りをして稼いだ十三文で買い与えた、との話が残っていますから、学問を大切にする家庭だったことも窺えます。

才能には恵まれ、早くから神童と呼ばれました。

記憶力も抜群でした。

「本屋では、主人と話している間に本に目を通すや、もう買う必要が無かった。だから鉄兜の姿が見えると、主人は新刊書を隠した」

「よく酒を呑みに通っていた酒屋では、親しくなった媼に記帳を頼まれていた。或時、火事のために店が焼け、貸し先も不明となったが、鉄兜、直ちに筆紙をとって記憶を頼りに帳を作り直した。媼が集金に回ったところ全く誤りが無かった」

等の逸話が語りつがれています。

勉学に励んだ過程は、年表を参考にして下さい。

豪放磊落、鋭い舌鋒

元来、性格は豪放磊落で雄弁、よく酒も嗜みました。

「舌端談欟波瀾湧　吻角詞葩錦綉舒」（日柳燕石《くさなぎ》）と雄弁を、「又有佳句似李候　一斗百篇観者驚」（広瀬旭荘）と酒豪ぶりが詠じられています。

意気盛ん、二十四歳で江戸へ行くに当たっては、「当世の名家では、広瀬旭荘、大沼枕山の他は、共に語るに足らず」と吟じたり、「今、天下の詩家で我が敵手たるべき者は、大沼枕山あるのみ、この行は枕山と角逐せんがため」などと豪語するほどになっていました。

江戸では、播州から出てきた詩人としては驚くほど多くの著名な人たちに会い、名声も俄然として上がりました。得意絶頂の姿が髣髴として浮かんできます。

しかし、その人柄は、半面で狷介な所もあり、自分の意に染まない時には、議論の相手を舌鋒鋭く罵倒することも屡々あったようです。ある酒宴では多くの人たちと激論の挙句、不穏な動きが起こりそうになり、これを察した宗像芦屋が難を逃れさせたと言われます。

この後、芦屋は曾て自らが詩文を教えていた日光の寺を鉄兜に紹介し、訪ねて行くよう勧めます。これに応じて、鉄兜は半年近く、浄土院などに滞在し、僧と語り、また詩文の講義などをして過ごしました。宗教的な雰囲気の中、生涯で最も安穏で充実した日々に当たるかも知れません。

仕官、そして広がる活動

詩名も挙がった鉄兜は条件を付けて林田藩校敬業館教授兼記室（右筆）に就きますが、一面、この仕官は、鉄兜にとって、河野氏の先祖が失った「士」の身分への復帰という宿願の達成でもありました。「草莽《そうもう》に生を偸《ぬす》むこと三百年」と詠じた「草莽」からの脱出は「脳裏に〝南朝義士之裔〟とする自負心が蘇生する」（柴田一「播磨における尊王思想家の存在形態」、有元正雄編『近世瀬戸内農村の研究』溪水社、昭和六十三年）契機になったとされます。鉄兜の尊王思想は、この「仕官」で、開花したのでしょうか。

「士」で心境も新たに、更に活動の舞台を広げていきます。

四国、中国、九州の西下の漫遊は何処でも歓迎されました。全国屈指の名門塾、豊後日田の広瀬淡窓の咸宜園《かんぎえん》では、一月ほど世話人を付けての逗留の栄に浴し、日夜饗宴を享けました。

淡窓のことを、鉄兜は「痩せて短小なる人にて一の田舎翁なれども、動止言語の際、射的の英風あり、極めて謙遜に見揺る中に、一世を籠罩《ろうとう》する気を含める」と書き、次に訪ねた佐賀の草場珮川《はいせん》については「淡窓より豊容にて温和なる人なり、応接の間、靄然《あいぜん》の気あり、極めて多芸にて、しかも頴敏《えいびん》たぐいなし、才翁神翁というものならん」と評しています。

鉄兜はどう見られていたか。

珮川の子、船山は多久《たく》で応待して、日記に「播州林田藩河野俊蔵、東馬来過、俊蔵博覧強記無比類人」と一行だけ記しています。余程、強い印象を残したに違いありません。船山を紹介したのは、頼三樹三郎（頼三樹）ですが、以後この三人は親密な友人となります。

鉄兜は多芸多能で、音楽でも名声を得ていました。

安政の大獄で刑死する頼三樹三郎は、ある時、自刻の印を鉄兜に贈ります。それは、孝明天皇が、鉄兜が横笛と笙の名手だということを侍臣の語中に聞き留められて「鉄兜は儒生ではないか、音律にも通じるか」と仰せられたことを頼三樹が知り、我がことのように喜んで「天子知名」と彫った印でした。

また、和歌にも巧みでした。

誰が拾い残せし玉か伊勢の海の清き渚の秋の夜の月
たのみなき世の中なれや水にしも浮名おいたる草はありけり
わがさとは松杉多し朝霧のたつのの里に紅葉尋ねん

三首目は、ふるさとを詠んだものです。

西遊後、鉄兜の名声は更に挙がり、大坂の文人たちの間でも中心的な役割を果たすようになります。当然の如く尊王の志士たちとの関わりも深くなりました。安政の大獄で頼三樹を失いましたが、広い交流は益々盛んになり、次第に頼られる存在にもなります。

「林田は僻地のようで、京摂と遠く離れていない」とされ、松本奎堂《けいどう》、藤本鉄石、日柳燕石らが謀議をこらしたり、庇護を求めて立ち寄りました。不穏な時勢の情報も遅滞なく集まり、「僅か一万石の小藩が天下に重きをなしたるは、一に鉄兜ありたるためにして」と四屋《よつや》穂峰《すいほう》（日向延岡藩儒者）は尺牘《せきとく》に記しています。

来客は増えましたが、その陰で、家計は逼迫し、近くの道林寺の住職から米や金を借りた書簡も残っているのを、見逃せません。

『文久二十六家絶句』に入集され、藩主・建部《たけべ》政和《まさより》に京で建言する三十八歳頃からが、鉄兜の絶頂期でしょう。

しかし、その藩主の死去など望まぬ事態が続き、自らの病も徐々に悪化します。

四十歳を迎えた京摂、江州への旅は、友人、知己との別れの挨拶ともなりました。

晩年、長崎のオランダ医・ボードウィンの処方を取り寄せる等、養生に努めますが、明治に入る前年に四十三歳で亡くなります

日柳燕石は「我が墓碑銘を託さんと思いしに、却って自分が君を祭る文を草するに到った」と嘆きました（草薙金四郎『随筆　日柳燕石』文友堂書店、昭和十六年）。

諡号は文崇先生。病が篤くなった時の詩が残っています。

終期将至　手書永訣諸子

天地多凄気　春寒雪撲窓　吾心如有喪　魔障已皆降

曲院梅香合　深堂燈暈雙　道山消息近　髣髴見雲幢

埋もれた詩名と再評価の動き

鉄兜の著書は稿本三十余冊に及びながら未完に終わった「詩壇三尺」の他、「小日本史」「近文奇賞」「百花欄」「美竹西荘詩箋」「雲鶴日程」など随筆十四種、詩文歌稿二十余巻に及んだとされます。

ことに「予の死後遺稿を編まば必ず人の手に玉石混同せらるべきを憂い病中選抜訂正して置いた」と門下生に詩稿を託した『鉄兜遺稿』は最も重きを為し、その刊行は悲願だったでしょう。しかし、没後の家に蓄財もなく、未亡人は遺児の教育のため、遺物を売却して充てた、とも言われています。

時代の急変する中で、『鉄兜遺稿』の公刊も、野口松陽ら門人の多くが尽力しながら実現せず、漸く明治三十二年（一八九九）になって、「秀野草堂記」（草場船山）等、多くの寄せられた賛辞、詩文等を附録として発刊されました（発行者・河野天瑞）。

昭和三年（一九二八）には、勤王家であったとして正五位を追贈されますが、歳月を経るに従い詩名は埋もれていきます。辛うじて、教科書『新修漢文』（昭和五年）に掲載された「芳野懐古」一詩だけで、その名が残ったのです。

最近になって、鉄兜が清の文人・沈浪仙らとの交遊があったと論じられ（石暁軍「幕末・明治期における播磨の漢詩人と中国文人の交遊」『姫路獨協大学外国語学部紀要28』）、また、郷土・網干の人たちの顕彰活動なども行なわれるようになり、再評価の動きもあります。

洒落た風趣

鉄兜の詩の特質は何処に有ったか。

石川忠久先生は、講義のなかで幾度も「洒落ている」と繰り返されており、また、「華麗な表現や雅味の強い内容」（合山林太郎『幕末・明治期における日本漢詩文の研究』和泉書院、平成二十六年）とも評されています。

「漢詩に現れた日本人の心、その特質は『公と正義の感覚』」（宇野直人『知っておきたい日本の漢詩』勉誠出版、平成三十年）の通り、鉄兜もその範疇に属してはいるでしょうが、その特性は、洒落て風雅な色合いが濃かったということでしょうか。

鉄兜は文章は得意ではなく、弟の東馬に「詩は良いが文はなっていない」と言われ、門人には常々「詩は人を動かす処にあるべし」と語っていました。

鉄兜の本領は、やはり、言葉の純化を究めた、心の琴線に触れる詩歌を詠ずる所にあったと言うべきでしょう。

抑制された尊王思想と情意の溢れる詩才を持ち合わせて、爛熟期の詩壇に稀代の傑物として登場した、河野鉄兜の颯爽たる姿を想像してみるのも一興です。

洒落た、この風趣は、時を超え、現代の詩人、読者にも再評価されるカギにならないでしょうか。

（前田隆弘）

〔附録2〕河野鉄兜年譜および姫路ゆかりの史跡

※年齢は数え年

元号　年	西暦	事項
文政八	一八二五	一二月一七日、播磨国揖東郡網干余子浜村垣内（幕府領。現在の姫路市網干区垣内本町）の医者・河野通仁（通称・三省）と久美の三男として生まれる。通称は幼時は俊蔵、のちに絢夫《あやお》。名は羆《しぐま》、維羆。字名は夢吉《むきち》。号は鉄兜、秀野《しゅうや》ほか（名・字名の読み方は一説） ・異国船打払令
文政一二	一八二九	父から四書五経の素読を受ける（五歳）
天保二	一八三一	三月、読書始め（七歳）
天保六	一八三五	「山陽詩稿」一〇〇余篇を暗誦して、神童といわれたという 五男・東馬が生まれる（一一歳）
天保七	一八三六	天保七～一二年、国学者の大国隆正（一七九二～一八七一）が播磨の小野藩に招請されて、藩校・帰正館を開校し藩の子弟を教育、このころ鉄兜も従学して国学・和歌を学んだという

天保八	一八三七	和久村（姫路市網干区北部）の医師・代谷順治に通学して学ぶ（一三歳） ・二月、大坂で大塩平八郎の乱
天保九	一八三八	父・通仁が四八歳で死去 ・緒方洪庵、大坂に適塾を開く
天保一〇	一八三九	一夜百首を作って人々を驚かせる（一五歳）
天保一一	一八四〇	兄・三策とともに隣の興ノ浜村の丸亀陣屋内、同藩儒官の吉田鶴仙（？～一八五六）に学ぶ（一六歳） ・清とイギリスとの間にアヘン戦争起こる（～一八四二）
天保一二	一八四一	このころ、蔵書家の家に行っては読書したり、津宮八幡宮（魚吹八幡神社）別当の等覚院の書庫に入って国学の書や仏書を手当たり次第に読んだり、近隣の巨刹・龍門寺に入り込んで仏書を読みふけったという（一七歳） ・老中・水野忠邦によって天保の改革始まる
天保一三	一八四二	このころから笙と横笛を学ぶ 姫路藩領・御着村の衣笠家の養子となり、仁寿山校に入る（一八歳）
天保一五 弘化元	一八四四	仁寿山校を退学して網干に帰る このころ、京都で梁川星巌（一七八九～一八五八）に詩を学んだといわれ

		る（二〇歳） ・一二月二日、弘化に改元
弘化二	一八四五	丸亀藩領の揖西郡伊津村（たつの市御津町）で医師を開業（二一歳）
弘化五 嘉永元	一八四八	九月、江戸遊学に出発。以前から大坂へは往来して篠崎小竹（一七八一～一八五一）らに大切にされていたということで、まず大坂へ行き、京都を経て東海道筋を下り、一〇月初めに江戸に入る。江戸の佐藤一斎（一七七二～一八五九）や菊池五山（一七六九～一八四九）、大槻磐渓（一八〇一～七八）、大沼枕山（一八一八～九一）ら著名な詩人たちと交流（二四歳） ・二月二八日、嘉永に改元
嘉永二	一八四九	閏四月（三月説も）、江戸を発って日光へ行き、浄土院という寺に滞在するが、九月に実家から兄・三策が眼病を患っているので帰国するよう連絡があり、江戸から中山道を通り、京都・大坂を経て一一月（一〇月説も）に帰郷、三策に代わって医業に従事。鉄兜を非常にかわいがっていた母は帰郷に大喜びし「もう遠くへ行ってくれるな」と言ったという（二五歳） （江戸から日光へ移ったのは、詩会などで無遠慮に振る舞ったために一、二の年長者に恨まれ、九州の儒者・宗像芦屋の注意で危ういところを逃れて、

嘉永三	一八五〇	その勧めで転地したものという。鉄兜は宗像に情誼を深く感じ、後年いろいろと助け、その死後は遺児を家に引き取ったという） 四月、網干・興浜の大覚寺末寺で無住だった実津院を借りて私塾を開き、近所の子弟に読書を教える 余暇には秋元安民（一八二三〜六二）ら姫路藩士らと行き来して会ったり、京坂に出かけたりし、梁川星巌には親しく接して感化を受け、詩法を質問したという
嘉永四	一八五一	このころ御着村の衣笠家から正式に離籍（二六歳） 九月、伊津村の里正（庄屋）井上三左衛門の三女・保子と結婚 このころ、興浜の塾の生徒は増え、嘉永二年の東遊以来、鉄兜の文名が大いに上がっていたため諸侯から招聘の話があり、ある大藩（熊本藩か）からの話は相当に進んでいたが、母が遠方へ手放すのを嫌がったために結局決まらなかったという（二七歳）
嘉永五	一八五二	三月、林田藩（藩主・建部政和）から藩校敬業館の教授就任を申し込まれる。林田は一万石の小藩ではあったが網干と同郡で三里しか離れていないことから母の意にかない、記室兼教授に就任することになる。その際、以下の

嘉永六	一八五三	条件をつけ、承諾された（着任の年は嘉永四年説もある） ・一応出仕はするが、二、三年間、中国・九州を漫遊すること、それを終えるまでは家を移さないこと ・住居を郭外に置き私塾を設けること、「四方漫遊の士」と自由に行き来すること ・母の存命中は毎月一回、定省（安否伺い）すること 五月、林田に赴き、済水寺に仮住まいして、敬業館へ出勤する 九月、西遊の許可があり、まず伊予の今治へ行って先祖ゆかりの跡を訪ね、その後讃岐へ行き、金比羅宮を詣で、榎井村（香川県仲多度郡琴平町）で日柳燕石（一八一七～六八）と、丸亀で吉田鶴仙らと交遊。大坂に出て越年、京都・大坂の友人を訪ねる（林田出発を嘉永六年とする説もある） 一二月一日、長女・玉誕生（二八歳） 七月一七日、大坂の広瀬旭荘（一八〇七～六三）に詩の批正を乞いに行き初めて会う。八月中は時おり姿を見せて旭荘の著書を借り出した。旭荘門人の柴秋村（一八三〇～七一）に会う。京都で頼三樹三郎（一八二五～五九）に会う。（二九歳）

嘉永七 安政元	一八五四	・六月、米使ペリー、浦賀に来航 三月、弟・東馬らを連れて西下。その後、備前（岡山県南東部）・備中（岡山県西部）・備後（広島県東部）を巡る。母の病気の知らせを受けて鉄兜と東馬は帰郷。母の回復後、再び備後に行き、芸州（広島県）から防州（山口県）を経て、八月、下関へ。下関から豊前小倉に渡り、七月二九日豊後稗田（現在の福岡県行橋市）の水哉園（村上仏山［一八一〇～七九］の私塾）→中津等→八月七～一二日、豊後日田（大分県）の咸宜園（広瀬淡窓［一七八二～五六］の私塾）→久留米→佐賀→九月二五日、肥前多久（佐賀県）→武雄（佐賀県）→大村（長崎県）→長崎（四〇日余滞在）→諫早（長崎県）→島原（長崎県）から船で熊本→日田（大分県）→秋月（福岡県朝倉市）→山家（福岡県筑紫野市）→太宰府（福岡県）→博多（数カ月滞在）、福岡。肥前多久で草場佩川（一七八七～一八六七）・船山（一八一九～八七）父子を訪問。諫早の儒医・野口良陽（一八一八～幕末頃？）は子息の松陽（?～一八八一）を鉄兜に託す。一一月末、小倉を出発、下関を経て、一二月一七日、片上宿（岡山県備前市）→三石宿（岡山県備前市）→片島宿（たつの市揖保川町）→正條宿（たつの市揖保川町）→一二月中に帰宅（三〇歳）

安政二	一八五五	（この旅行において経由した土地と交流した人々、及び『鉄兜遺稿』所載の各地でよまれたと思われる詩については、田村祐之「河野鉄兜の四国・中国旅行の旅程について―その再構成の試み」『姫路獨協大学外国語学部紀要27』、徳田武「河野鉄兜の九州紀行」『江戸風雅　第四号』などで詳細に考察されている） ・三月、日米和親条約 ・一一月四日・安政東海地震、同五日・安政南海地震、同七日・豊予大地震（鉄兜一行は日田から甘木（福岡県朝倉市）へ行く途中に遭遇、歩いていて気づかなかったという） ・一一月二七日、安政に改元 四月、家を林田の西久保に移す 別に家塾を開き「新塾」と名付ける。盛名を聞いて四方からの来訪が多くあったという（三一歳） （この年の春から夏にかけて、大坂の広瀬旭荘を盟主とする、河野鉄兜・伊藤顕蔵［金本摩斎。一八二九～七二］・柴秋村・劉冷窓［一八二五～？］・長三州［一八三三～九五］の会盟による師門の相違をこえた結社の構想があったが、柴秋村が緒方洪庵の適塾に入門したことにより頓挫したという。鉄兜

安政三	一八五六	と大坂の文人たちとの交流は安政年間を通じて活発に展開されたとみられる［小堀一正「幕末知識人社会とネットワーク」『近世大坂と知識人社会』］ 五月一二日、奥州一関藩家臣の森文之助とともに、姫路城下福中町の古手屋にて、姫路藩校好古堂教授の亀山敬佐（雲平。一八二二～九九。のちに藩大目付）らのもてなしを受ける 九月、林田の市場町に転居、二階建ての外塾を新築（三二歳）
安政四	一八五七	一二月一日、長男・瑞太（天瑞）誕生 『安政三十二家絶句』に「芳野」ほか入集。梁川星巌、藤井竹外の作品とともに「芳野三絶」として知られるようになり、一躍、名声をあげる。以降、元号絶句集など主要な詞華集にほぼ入集 このころ、各界の人が訪れ、鉄兜自身は網干への毎月の帰省のほか、姫路や高砂、明石辺りまで出かけることがあった（三三歳）
安政五	一八五八	春、鉄兜周旋の書画会「明石会」開かれる（三四歳） （この年の安政の大獄を契機として、河野鉄兜ら、広瀬旭荘と近かった文人たちが、長州藩とそれらに連なる攘夷派の志士・浪士たちと関わりを深めていったという見方がある［前出「幕末知識人社会とネットワーク」］）

安政六	一八五九	・六月、日米修好通商条約調印 ・九月、鉄兜の師、梁川星巌病死 ・九月、井伊直弼による安政の大獄が始まる ・八～一〇月、安政の大獄の逮捕者断罪、死罪に処された人のなかには鉄兜と親しかった頼三樹三郎もいた
安政七 万延元	一八六〇	一〇〇日間の休暇を取り、播磨・余部出身の門人の八木鵠（?～一九一二）を連れて京坂、美濃・伊勢地方へ。九月一〇日林田を出発→加古川→兵庫→神戸→御影→西宮、一〇月六日大坂入り、翌々日箕面に遊ぶ。同二三日高槻を経て京都へ→一一月一八日大津から守山へ→同二五日美濃・大垣へ→同二九日大垣出発、五反郷（岐阜県輪之内町）に逗留、養老の滝を観に行く→一二月三日五反郷を出発、川舟で伊勢・桑名へ→陸路で四日市を経て津へ→松坂→山田（三重県伊勢市）、伊勢神宮参拝、二見浦見物→同一〇日松坂→同一一日津→同一三日帰路に着く→草津→伏見から川舟で大坂→西宮→兵庫→加古川→同二〇日帰宅。藤井竹外（一八〇七～六六）、江馬細香（一七八七～一八六一）、森春濤（一八一九～八九）らと交遊（三六歳） ・一月、咸臨丸、遣米使節に随伴しサンフランシスコへ向けて出発

		・三月三日、桜田門外の変 ・三月一八日、万延に改元
万延二 文久元	一八六一	松本奎堂（幕末の志士。一八三一〜六三）・松林飯山（肥前大村藩士。一八三九〜六七）・岡鹿門（仙台藩士。一八三三〜一九一四）のために鉄兜周旋の書画会が開かれる（三七歳） （松本・松林・岡の三人はこの年一一月、鉄兜が命名者となった私塾「雙《そう》松岡《しょうこう》」塾を大坂に開くが、わずか半年ほどで閉鎖されるに至った。松本はこの二年後、尊王攘夷派の一団・天誅組を組織する） ・二月一九日、文久に改元
文久二	一八六二	『文久二十六家絶句』入集（三八歳） ・七月、薩摩藩士により九条家家士・島田左近暗殺、このころより尊攘派志士によるテロ事件が横行
文久三	一八六三	一月、藩主・建部政和に謁見するため京都に上り（政和は安政三年に大番頭となり、文久二年に京都御在番となって二条城守護の任に就いていた）、時代の状況について言上。その趣旨は「尊王の大義名分は最も重んずべきである」「脱藩した大高又次郎は元来精

忠の士なので、墓参等の立ち入りを許してやってほしい」「とはいえ御役柄、浪士とあまり交流するべきではない、隠居の政醇公も憂えている」「充分にご自重なさって上下東西の事情に精通し、いざというときには方向を誤らず勇んで前へと邁進するよう、多くの人の心が石のように一致結合することが必要だ」「御在所は譜代大名に取り巻かれ、外様として孤立していることは疑いない。因幡・備前に常に依頼なさるように」

ところが尊王の浪士に上京の意図を誤解され、行きは待ち伏せする者があったために迂回し、帰りは護衛がついて、三月初め、ようやくのことで無事に帰藩

このころ鉄兜は勤王の志士たちと盛んに交流。指導的な立場だったが慎重な姿勢を貫き、二月の建部政和の死去後は表立っては時事に携わらなくなる

松山藩士・原田亀太郎から、師の森田節斎（一八一一〜六八）に宛てた三月二一日付書簡において「近頃、先生及び鉄兜の評、浪士中に大いに悪敷、皆切歯して速かに梟首すべしと云ふ」と言及される

（原田はこの年八月の天誅組の挙兵に参加。鉄兜と、尊王攘夷論者として知られた森田節斎は親しい間柄で、節斎は天誅組の変後、幕府の偵察を避け

		るため紀伊国那賀郡［現在の和歌山県紀の川市を中心とした地域］に逃れた） 鉄兜の塾に久米邦武（佐賀）、岡鹿門ら、若い学徒が集まる この年正月刊行の『星巌先生遺稿』の序を執筆 夏頃より蜜病（糖尿病）を発症（三九歳） ・二月、建部政和が二条城内で死去（三一歳）、長子政世が相続、隠居の政醇が後見となる ・八月一七日、天誅組の変 ・八月一八日の政変、攘夷派公卿失脚
文久四 元治元	一八六四	森春濤とともに「元治絶句」の編纂を図り、全国の漢詩人に声をかける（四〇歳） 七月、兄・三策が四五歳で死去 ・二月二〇日、元治に改元 ・七月、蛤御門の変（門人の安東鉄馬［一八四三〜六四］が長州軍に参加して戦死。一説によると、鉄兜の弟・東馬も長州軍として参戦したという） ・八月、第一次長州征伐
元治二	一八六五	一月、病気の具合がよくないため、京都での養生を思いつく。一月二九日

慶応元

印南郡大塩村に立ち寄り、同二六日に落成していた大塩稽古所（大潮書院。新塾に入るまでの予備教育の場。門人の八木鵠が教えたという）の開講に立ち会う→高砂→別府→明石→二月六日兵庫から海路大坂へ、医師（緒方洪庵に関係の医師か）の診察を受ける→同一六日京都に入り、「委託を受けていた星巌翁遺稿の校正上梓の仕事」を「梁川氏」（梁川紅蘭居宅か）で進め、一方で複数の医師の診察を受けて養生する

（『星巌先生遺稿』は文久三年に刊行されたが、その後、元治二年に八冊に分けられた版が刊行されており、その際の「校正上梓の仕事」か）

四月、星巌遺稿の仕事が大方片付いたので養生のため江州（滋賀県）へ行き、水口（滋賀県甲賀市水口町）→日野（滋賀県日野町）→同一五日水口→同二一日京都

五月、母の病気の知らせを受けて京都を出発、伏見へ→大坂→海路で大塩へ→帰宅

養生に努めて病状は少しよくなり、学館へときどき出勤したり、藩の大手前で行なわれた「勢揃い」に小具足陣羽織の出で立ちで参加した（四一歳）

・四月七日、慶応に改元

慶応二　一八六六

一一月、清・浙江省の文人・沈浪仙（一八〇二〜六二）の詩文を屏風（敬業館に現存）に揮毫

（日本の歴史地理や漢詩の研究をしていた沈浪仙は、鉄兜ほか日本の漢詩人と書簡や詩文のやり取りによる交遊があったとみられる。沈のその詩文は日本の漢詩界や漢詩人の評価を主旨とするもので、その第三五句で鉄兜のことを「一鶴」、非凡な存在だと讃えている［石暁軍「『林田敬業館河野鉄兜筆行草六曲屏風』詩文の著者沈浪仙（沈筠）について」『姫路獨協大学外国語学部紀要27』、同「幕末・明治期における播磨の漢詩人と中国文人の交遊―河野鉄兜、亀山雲平を中心として」『同紀要28』］）

病気がだんだん進行し、他国より来ていた塾生の大方はことわり他へ行かせて、残る者はごく少数となる。諫早の野口松陽に依頼して、当時長崎にいたオランダの軍医ボードウィンの処方を取り寄せる。講義はしなくなっていたものの、来客に会ったり、揮毫や著述は行なう（四二歳）

・一月、薩長連合成立

慶応三　一八六七

一月、容態が目立って悪化、月末に辞世の詩五言律詩と七言絶句を一枚ずつ揮毫

		二月六日、死去（四三歳） 門人の八木鵠が最後まで看護し、また後年、遺児の天瑞を伴い上京して修学の面倒をみたという 墓所ははじめ林田の道林寺の墓地、明治二四年（一八九一）に三昧谷に改葬 ・一〇月、大政奉還 ・一二月、王政復古の大号令
慶応四 明治元	一八六八	弟・東馬が網干に戻って医業に携わり、稲香村舎（香邨書屋）（のちの私塾「誠塾」）を建てたという ・一月三日、鳥羽・伏見の戦い、旧幕府軍敗退、徳川慶喜江戸に帰る ・四月、江戸城無血開城 ・五月、上野戦争、彰義隊壊滅 ・閏四月～八月、会津戦争、会津藩降伏 ・九月八日、明治に改元
明治二	一八六九	・五月一八日、箱館戦争終結、幕府派と倒幕派との一連の戦い終わる
明治四	一八七一	・林田藩、廃藩置県により林田県に、その後姫路県、飾磨県を経て兵庫県に

明治一二	一八七九	四月、母・久美が八一歳で死去
明治一六	一八八三	清の兪樾《ゆえつ》が編集した日本漢詩集成『東瀛《とうえい》詩選』（日本漢詩人五三七人・延べ五三一九首収録）に鉄兜の漢詩七首収録（附録3参照）
明治三二	一八九九	『鉄兜遺稿』、友人の森春濤、門人の野口松陽とその息子・寧斎らの尽力により出版（発行者・河野天瑞） （『鉄兜遺稿』は、数千首よんだなかから「病中選抜訂正して置いた」という鉄兜自選の七四三首を、巻上「五言古詩四二、七言古詩五八、五言律詩四二、五言長律二、七言律詩九〇、七言長律二」と巻下「五言絶句二二一、六言絶句四、七言絶句二八三」の二巻及び附録に分けて編んだもの。明治期の漢詩壇で中心的存在となった森春濤は、附録に収めた文章中に「詞壇の主盟なる者は／君に非ざれば其れ誰ならんや」と書いている）
明治四五	一九一二	六月一〇日、弟・東馬が七八歳で死去
大正二	一九一三	一月一三日、妻・保子が八三歳で死去（一八三一〜一九一三）
大正五	一九一六	四月四日、長女・玉（林田藩医・重田定興に嫁いでいた）が六五歳で死去
大正一四	一九二五	三月一一日、長男・天瑞（鉄道技師、土木技師、鉱山技師）が六九歳で死去
平成四	一九九二	誠塾と敬業館講堂が姫路市指定文化財に指定される

※河野天瑞『河野鉄兜伝』の記述を基にした他、多くの先行研究を参考にさせていただきました。

姫路の主な鉄兜ゆかりの史跡

【網干】

河野鉄兜生家跡　昭和一五年（一九四〇）に網干地方史談会が建立の「東條子臧の播州を問うに答う」の文学碑がある。姫路市網干区垣内本町

大覚寺　鉄兜が敬業館教授に就任する前、大覚寺境内にかつてあった子院の実津院で私塾を開き、近所の子弟に読書を教えたという。姫路市網干区興浜151

稲香村舎「誠塾」　河野鉄兜の弟・東馬が慶応四年（一八六八）に設立したといわれる。姫路市指定文化財。姫路市網干区新在家1396

【林田】

林田藩校敬業館　鉄兜が教授を務めていた藩校。第七代林田藩主建部政賢が寛政六年（一七九四）に創設。文久三年（一八六三）焼失し、ただちに復興されたと伝える。唯一現存する建物の講堂が姫路市指定文化財。姫路市林田町林田13

道林寺　河野鉄兜の墓碑がある。十五代住職の定海が鉄兜と親交が深かった関係という。墓碑には柴秋村による以下の墓誌が刻まれる。「(正面) 文崇先生之墓　(側面) 河野羆　字夢吉　号秀野　称絢夫　私謚文崇　文政八年乙酉十二月十七日生　慶応三年丁卯二月六日歿　享年四十有三　阿波文学柴莘（柴秋村）拝誌」。姫路市林田町六九谷816

済水寺　鉄兜が敬業館教授に就任したころ、仮住まいしたという。姫路市林田町久保209

（「年譜」「ゆかりの史跡」作成：山本桂）

〔附録3〕『東瀛詩選』入集の河野鉄兜七首

『東瀛詩選《とうえいしせん》』（一八八三）は岸田吟香の依頼で清の高名な学者である兪樾《ゆえつ》（一八二一～一九〇七）が編集した日本漢詩集成である。入集した七首とも『鉄兜遺稿』に収められているが、若干の漢字の異同があり、ほぼ『鉄兜遺稿』に拠った。岸田吟香（一八三三～一九〇五）は美作（岡山県）生まれの新聞記者・事業家で、河野天瑞『河野鉄兜伝』によると、鉄兜の塾生だったという。

河野羆　字夢吉　号秀野　播磨人

短歌十首　寄頼子春　節五　　七言古詩

其一

永昌坊柳碧于水
簾前風絲揺不已
紅絃弾出玉梅春
歌喉宛転嬌欲死
有耳誰不愛艶詞
我亦牛背習横吹
願倚纎纎玉人指
唱我桃花本事詩

（上声・四紙／韻字：水、已、死）
（上平・四支／韻字：吹、詩）

其二

上方下界漲香塵
祇園長楽可憐春
紅緑相扶花遠近
出侍板輿能幾人
我与子春兄弟約
汝母我母何厚薄
慈顔一笑杯少停
夕照半銜華頂閣

（上平・十一真／韻字：塵、春、人）
（入声・十薬／韻字：薄、閣）

其五

海日失明蛟気黒
飄然身落文身国
仗剣顧影薄如煙
大胆士徳亦菜色
不以為意君何雄
大駝峰頂踞長風
目断雲天無一髪
直将呼吸化為虹

（入声・十三職／韻字：黒、国、色）
（上平・一東／風、虹）

其八
月隠芒花風裊裊
莎鶏啼破霜郊暁
一幅東野早行図
六年此景吟不了
到処逢人説君詩
五字七字玉参差
青邱雖死遺音在
振起大雅更属誰

（上声・十七篠／韻字：裊、暁、了）
（上平・四支／韻字：差、誰）

其十
十五負笈辞郷塾
六経三史看已熟
懐刺生毛少所知
十年燈火猶骨肉
湖海文章一代盟
不為桓文誓不生
願汝雲龍長上下
与我人間第二名

（入声・一屋／韻字：塾、熟、肉）
（下平・八庚／韻字：生、名）

＊頼子春は、安政の大獄で刑死した頼三樹三郎のこと。

失題二首　　七言律詩

其一

繍箱塵涴旧衣紋
不意仙凡有路分
妝鏡半辺聊付使
盟書一則要煩君
空懸孤影離鸞泣
細読相思暗麝薫
長記祇園初夜月
手扶花朶立春雲

（上平・十二文）
（韻字：紋、分、君、薫、雲）

其二

翠恨紅啼尚現前
夢中有夢淡如煙
情深虚語為真誓
歓極佳期亦悪縁
病裏容華消綽約
愁辺眉月慼連娟
痴心合掌大悲座
乞与未来同一蓮

（下平・一先）
（韻字：前、煙、縁、娟、蓮）

〔附録4〕河野鉄兜略系図

孝章（のち三省、号・南台）（御着村衣笠家より河野氏相続）——河野久美

＝通仁（通称・三省、号・蘭台）（揖東郡東保村森沢家より）

- 蘭
- 熊太郎（早世）
- 三策（桂陰）——辰次郎（蘭の子）——俊之助——通俊
- のぶ
- **鉄兜**——**瑞太**（天瑞）——**資基**——**汀**《みぎわ》
- とみ
- みつ
- 権之助（早世）
- 東馬（香邨）——通興——通胤——通仁

※増田喜義編著『河野鉄兜漢詩研究』掲載の「網干河野家系図」を基に、名前表記を一部改めました。

あとがき

平成二十八年（二〇一六）三月のことだったでしょうか、神戸新聞の姫路版に「河野鉄兜没後一五〇年記念　遺墨展　及び記念講演会」の小さな記事を見つけました。あの有名な絶句「芳野」の作者が隣町の出身だとは知りませんでした。

他にどんな詩を読んでいたのか、興味が湧いて調べ始めました。ところが、ウェブ上でも、全く、手に入る資料がありません。東京・神田の漢詩専門の古書店の老店主にも問い合わせましたが「誰のこと？　知らないなあ」と言われてしまう始末。

幕末に江戸、京坂、中国、九州の詩壇を席捲するほど勢いのあった河野鉄兜は、すでに「埋もれた詩人」になっていたのです。

本書は、「河野鉄兜の詩の世界」を、現代の碩学、石川忠久先生（以下先生）が、七言絶句から読み解いた講座の記録です。

テキストは明治三十二年（一八九九）発行『鉄兜遺稿』に依っています。上・下・附録から成る同書は、自選の古詩、律詩、絶句、それに詩友の賛文などが収められています。本書では七言絶句の半数近く百二十三首が取り上げられていますが、これは鉄兜の詩全体のほんの一部に過ぎません。それでも詩選集として、その洒落た風趣と魅力の一端は、感じ取りいただけるでしょう。

ただ、漢詩に縁の薄くなった現在、鉄兜の多様な詩を理解するのは簡単ではありません。

今回、新元号の考案に参画された斯界の権威が、ＮＨＫラジオの漢詩講座でも好評を博した巧みな語り口で、評釈されました。先生が、日本の漢詩人ひとりについて、これほど長い間、話されたことはありません。先生もその風雅に魅せられたのでしょうか。

臨場感のある講話録とするため、余談や寄り道も、できるだけ残しました。長くなった所は、「特別講義」「コラム」と別立てにしています。

先生の「漢詩の世界の面白くて役に立つ道草」として楽しんで下さい。


編集に当たっては、人名、地名、史実、典故など百五十年前の常識が、今では、想像し難くなっていることを痛感しました。先生も幾度か「判らんなあ」と呟かれました。

さらに鉄兜の博覧強記にも驚き、です。『焦氏易林』（明、嘉靖年間）など京都大学図書館に寄贈された蔵書からも窺えますが、音楽、医学、仏典とその知識欲の広さと深さは想像を越えています。当時の読者には、同等の素養があったのでしょうか。

そのため、本書には鉄兜の詩について誤読、誤解などがあるかもしれませんが、今後の検証、研究に委ねざるを得ません。

また本書では、それぞれの詩の詠まれた場所や時期にはほとんど言及されていません。鉄兜の足跡や活動の状況をより詳細に特定し、より多くの未評釈の詩を読み解いて、詩作の動機や背景を解明することが、課題として残されました。これも意欲ある研究者に期待したいところです。

本書の刊行にあたっては多くの方にお世話になりました。

網干地方史談会の増田政利会長は、代々、河野家の方々の支援をしてこられ、現在も鉄兜、東馬の顕彰に尽力しておられますが、この度も『鉄兜遺稿』等の基礎資料の提供をされ、関係する人物、史跡等についてご教示下さいました。

全日本漢詩連盟の事務局を担われていた中山正道さんには、この企画の最初から事ある毎にご支援いただきました。

また本書は、二松學舍大学と湯島聖堂の講座を担当された事務局の方々のご理解によって成り立っています。殊に湯島聖堂・斯文会の「日本の漢詩」講座テキストを準備されている岩城公子さんには進行の調整など多大の迷惑をかけてしまいました。

播磨学研究所の中元孝迪所長には、当初、本書出版を迷っている時に「それは意義有ることだ」と背中を押してもらいました。この一言が無ければ着手していなかったかも知れません。

その上で、講義音声の文字起こしの適任者として山本桂さんを紹介され、その山本さんに結局は編集までお願いすることになりました。

姫路文学館の甲斐史子さんは、寄贈された資料について懇切な説明をして下さいました。神戸新聞総合出版センターの堀田江美さんは、面倒な注文にもプロらしく、さりげなく対処していただきました。

これらの方々のご助力が無ければ出版は実現できませんでした。改めて感謝申し上げます。

本書の性質上、商業ベースに乗りづらいとのことで、自費出版とせざるを得ませんでした。幸い姫路市文化国際交流財団の補助も受けられましたので可能な限り、多くの大学、図書館などへ寄贈するつもりです。若い人たちの研究資料として、また、漢詩に関心を寄せる一般の読者の漢詩入門書として、そして、鉄兜の郷里の地域おこしの一環として、お役に立てるよう願っています。

「鉄兜遺稿」刊行から百二十年
令和元年（二〇一九）秋

前田隆弘
（日本記者クラブ会員）

主要参考文献

河野天瑞『河野鉄兜先生伝』（復刻版）（網干地方史談会、二〇一六年）

『天子知名（天子名を知る）――秀野堂印存復刻版　贈正五位河野鉄兜印譜集』（網干地方史談会、二〇一六年）

内海青潮『詩人河野鉄兜』（龍吟社、一九三二年）

河野鉄兜著、田中真治編纂『鉄兜及其交友の尺牘』（西播魁新聞社、一九二九年）

増田喜義編著『河野鉄兜漢詩研究』（一九九五年、網干史談会出版部）

松下忠『江戸時代の詩風詩論――明・清の詩論とその摂取』（明治書院、一九六九年）

合山林太郎『幕末・明治期における日本漢詩文の研究』（和泉書院、二〇一四年）

有元正雄編『近世瀬戸内農村の研究』（溪水社、一九八八年）

小堀一正『近世大坂と知識人社会』（清文堂出版、一九九六年）

徳田武「河野鉄兜の九州紀行」『江戸風雅』第四号（江戸風雅の会、二〇一一年）

石川忠久（いしかわ・ただひさ）

昭和７年（1932）、東京生まれ。東京大学文学部中国文学科卒。同大学院修了。文学博士。

桜美林大学教授、二松學舍大学教授、同理事長、同学長、日本中国学会理事長などを歴任。

現在、全国漢文教育学会会長。斯文会理事長。全日本漢詩連盟会長。

ＮＨＫの漢詩シリーズでも知られる。2019年の改元に際する新元号候補の考案者の一人とされる。

著書・注訳書に『新釈漢文大系　詩経（上・中・下）』（明治書院）、『漢詩のこころ』『漢詩の楽しみ』（時事通信社）、『日本人の漢詩　風雅の過去へ』『大正天皇漢詩集』『漢詩の稽古』（大修館書店）、『石川忠久著作選　全５巻』（研文出版）、『長安好日―わが漢詩の日々　石川忠久華甲記念漢詩選集』『桃源佳境―わが詩わが旅　石川忠久古希記念漢詩選集』（東方書店）ほか多数。

前田隆弘（まえだ・たかひろ）
昭和15年（1940）生まれ。京都大学法学部卒業。ＮＨＫ仙台放送局長退任後、姫路に帰住。
20年来、石川忠久詩作講座などで漢詩を学ぶ。
日本記者クラブ会員。

公益財団法人姫路市文化国際交流財団助成事業

石川忠久講話集《いしかわただひさこうわしゅう》
埋《うず》もれた詩傑《しけつ》　河野鉄兜《こうのてっとう》　その洒落《しゃれ》た風趣《ふうしゅ》

2019年９月30日　第１刷発行

編者・発行者　前田隆弘《まえだたかひろ》

制作・発売　神戸新聞総合出版センター
〒650-0044 神戸市中央区東川崎町1-5-7
TEL078-362-7140　FAX078-361-7552
http://kobe-yomitai.jp/

印　刷　株式会社神戸新聞総合印刷

乱丁・落丁本はお取替えいたします

ISBN978-4-343-01055-1 C0092